AF444871

Nathan de Oliveira nasceu em Brasília, Brasil no dia 02 de Setembro de 1999. Estuda Letras na Universidade de Brasília e tem como meta conseguir publicar seu livros e usá-los em suas aulas como professor. Tem paixão por livros, animes, mangás e, um de seus passatempos preferidos é estudar sobre o passado e aprender novas línguas estrangeiras, o que, sempre que possível, adiciona em seus livros. Principalmente MIR MAGII.

Você pode acompanhá-lo em:

@nathan_tokya / @tokyacosplay

@nathan_tokya

twitch.tv/nathantokya

Nathan De Oliveira

MIR MAGII
O Retorno da Luz

Nathan De Oliveira

"Não estamos interessados nas possibilidades de derrota. Eles não existem."

— Rainha Vitória (1819-1901)

Nathan De Oliveira

Para minha avó, que está junto a mim nesta nova caminhada.

Nathan De Oliveira

I
Darlan

Eu sempre imaginei como seria se o mundo fosse capaz de usar magia. Seria um mundo melhor? Ou seria um mundo pior? Muitos desastres poderiam ser evitados? Ou continuariam acontecendo e talvez em maiores proporções? Grandes heróis atrairiam grandes vilões? Ou exatamente ao contrário? Não sei como seria, mas imagino que eu teria uma vida tão boa quanto a que tenho aqui, no mundo real.

Minha família é a melhor de todas. Meus pais, meus irmãos e todos os outros, amo todos e eles me fazem feliz. Sobre meus amigos, não tenho palavras para descrever o que sinto. E minha vida é comum. Casa, estudo e consigo viver como eu mesmo. Poderia escolher algo melhor?

Opa! Já ia me esquecendo. Chamo-me Darlan Lucas Soares Rodrigues, é meio grande, mas pode me chamar só de Darlan. Tenho treze anos, moro em Brasília, a Capital do Brasil — como se ninguém soubesse — e o meu sonho é sempre ser feliz do jeito melhor jeito possível.

Agora, o que eu não sabia, é que minha vida iria mudar drasticamente de forma tão rápida.

Há alguns meses eu venho tendo alguns sonhos estranhos. Alguns não, vários. Eles pareciam ser reais, como se eu estivesse vivendo aquilo de verdade. Como uma premonição. Quando começou eram sonhos até simples, eu não dava muita importância a eles.

Até que eles começaram a virar realidade.

Algumas coisas começaram a acontecer exatamente como eu havia sonhado. Tudo, em questão de horas ou dias, acontecia igual. Comecei a estranhar, achando que fosse apenas algo da minha imaginação.

Foi então que o sonho mais esquisito começou!

Via-me com uma garota que parecia ser a minha namorada em um local esquisito, lia um pedaço de papel e coisas esquisitas começavam a acontecer. Em seguida eu estava em uma cidade que não sei qual é, ao meu lado está meu melhor amigo, a mesma garota e dois homens e duas mulheres que não conheço, olhando uma Aurora Boreal. Quando olho para o meu reflexo no rio que corre a nossa frente, me vejo mais velho, e diferente. A imagem muda. Estou descendo de uma caravela com metade do grupo da visão anterior e, ao longe, há uma estátua gigantesca com uma bandeira azul com uma faixa branca no meio e dois leões segurando um escudo. Quando adentramos na floresta, o dia vira noite e começa a nevar. Eu estava em algum tipo de deserto, só que completamente coberto por gelo. Ao olhar, vejo que estou em um cavalo, atrás de mim havia muitas pessoas, que parecia ser um exército e, ao meu lado, estava o homem loiro de olhos cinza das outras visões.

Então vem a última, a mais assustadora.

Estou me apoiando em uma espada prateada no pátio do que parecia ser um enorme palácio. Ao olhar para cima, vejo a estátua da outra visão se desfazendo em vários pedaços. O céu estava totalmente negro e havia três figuras misteriosas flutuando acima de um templo que parecia aquele que tem na Grécia. A situação ao meu redor parecia ser de uma guerra. Ouço um grito de um garoto com cabelos ruivos a minha frente e de uma mulher com uma armadura de cachorro ao meu lado. Quando sigo a visão dos dois, vejo um garoto muito parecido com o primeiro despencando em pleno ar, caindo no chão e morrendo. Uma dor começa no meu peito e, sem saber o que fazer, eu fecho os olhos. Quando volto a abrir, eu estou ajoelhado diante a um homem louro com uma armadura grega na minha frente e ele segura uma coroa. Quando ele começa a se aproximar, eu acordo.

É o mesmo sonho todos os dias, sem modificar nada em semanas. Toda vez que penso nesse sonho, lembro-me dos outros que viraram realidade e sinto um enorme sentimento de medo. Mas prefiro acreditar que são apenas sonhos, afinal, são fantasiosos demais.

Será mesmo que esse é uma exceção?

Brasília, Brasil. 11 de Março de 2013.

O mesmo sonho de novo, foi o que eu pensei logo após eu perceber que estava dormindo. Nada muda, sempre acontece à mesma coisa. Mas até agora não aconteceu nada. Isso que me assusta, não estar acontecendo nada. Quando chegou à visão do homem loiro segurando uma coroa, comecei a sentir alguém me cutucando. Logo em seguida, alguém parecia estar me chamando. Até que eu consegui identificar, era Jake, meu melhor amigo, me chamando.

Ao abrir os olhos, levei um susto, pois havia esquecido de que ainda estava na sala de aula e meu professor de física estava na minha frente e com uma cara fechada. E não é lá uma grande beleza.

— Darlan — sibilou o professor —, já é a terceira vez, essa semana, que você dorme na minha aula!

— Desculpa professor! — eu tentei controlar um soluço, mas foi sem sucesso. — Não tenho dormido bem ultimamente...

— Estou vendo exatamente o contrário... — ele me interrompeu irritado. — Acho que a coordenadora vai amar ouvir as suas explicações.

Levantei-me da carteira e saí da sala em direção à coordenação.

Sim, tive que contar o porquê não estava dormindo direto nesses últimos tempos. E é claro que riram! Então tive que ficar ouvindo a psicóloga da escola ficar falando sobre como o estresse e o que eu assisto ou leio pode criar sonhos desse tipo, até o final da aula.

Quando voltei para a sala de aula para pegar meu material, Jake ainda estava lá me esperando. Ele era um pouco mais alto do que eu, mais moreno do que eu, tinha olhos castanhos e cabelos pretos cortados nessa moda de hoje e tem brincos nas duas orelhas. Ele pode parecer aquele tipo bom moço, mas é só ele começar a sorrir que ele revela sua verdadeira personalidade. Extrovertido, mulherengo, brincalhão, companheiro e, acima de tudo, leal. Além do fato de que ele consegue falar italiano fluentemente, por causa da mãe dele.

Só uma dica, se ele começar a falar em italiano, é porque ele está tentando seduzir você. Se *você* for uma garota, lógico!

—*Sfigato*, eu achei que não ia voltar mais! — brincou ele.

Bom, nesse caso, é porque somos praticamente irmãos. Então, temos um pouco de liberdade.

— Eu também... — respondi. — Tive que ficar ouvindo a psicóloga falar um monte de coisa sem sentido!

Ele começou a rir. Mas fazer o que?

Estávamos saindo da sala de aula quando ela entrou ao nosso encontro. Quem? A garota mais doce, linda, inteligente e perfeita desse mundo, Michelle! Temos a mesma idade, estudamos na mesma escola e nos conhecemos já tem uns três anos. Ela é ruiva e seus cabelos vão até a altura da cintura. Seus olhos são de cor azul violeta, o que a deixa extremamente perfeita. Foi Jake que me apresentou a ela. E desde então nós começamos a conversar bastante. E confesso, eu tenho uma queda por ela.

Estava tão fixado em Michelle, que não vi Jake me chamando.

— Darlan! — gritou ele.

— O que? — respondi sem graça.

Ele deu um sorriso malicioso e mudou o peso do corpo de um pé para o outro.

— *Andiamo*!

— É normal você ficar misturando português e italiano? — perguntou Michelle

— Só quando ele quer te seduzir... — respondi

Michelle ficou tão vermelha quanto um tomate.

— Desculpa Jake... — ela deu um sorriso sem graça. — Mas você não faz o meu tipo...

Toma! Quer dizer... não sei se fico aliviado ou se fico triste por Jake ter levado um fora desses. Mas isso quer dizer que ele está fora de questão!

Jake ficou alguns segundos sem reação e depois começou a sorrir.

— Eu não estava tentando se... — ele olhou para mim e voltou para ela novamente. — Ah, deixa para lá! Vamos logo embora.

Peguei minha mochila e nós três fomos embora enquanto Jake tentava explicar que não estava dando em cima de Michelle.

***

À noite, o mesmo sonho de sempre. Na mesma ordem. Mas agora o sonho continuou. Quando o homem loiro colocou a coroa em mim, a imagem se dissolveu. Estava no pátio da escola. As grandes pilastras abriam um espaço grandioso e bonito. Estava próximo a uma das cadeiras que tem espalhadas pelo pátio. Sentado na cadeira, estava Jake, com um sorriso sarcástico no rosto. Então, me vi ajoelhando, segurando uma pequena caixinha. Eu não conseguia ouvir o que acontecia no sonho, era como se eu estivesse dentro da água.

A minha frente estava uma garota. Eu não conseguia ver quem era. Eu disse alguma coisa e a garota levou as mãos à boca e depois pulou em mim. Eu tentei tirar a névoa que escondia a sua identidade, mas a visão se dissolveu novamente.

Então apareci em outro lugar. A paisagem que em que eu estava era extremamente linda. Por toda parte havia vários morros cobertos por campos de grama sedosa. Havia várias árvores alguns metros à frente, mas o que predominava ainda era o campo aberto. Muito mais a frente, posicionado em um morro no meu lado direito, erguia-se uma enorme mansão.

Muitas árvores rodeavam a gigantesca propriedade, mesmo assim não conseguiam escondê-la. Do lado oposto a mansão, provavelmente alguns poucos quilômetros de distância, tinha uma cidade de construções baixas. O prédio mais alto tinha algo que parecia uma torre e uma cúpula redonda, com telhado vermelho. O sol estava atrás da mansão e da cidade, de modo que o céu estava uma mistura de vermelho, laranja, azul e roxo.

Olhei aquela paisagem pelo que pareceu ser alguns minutos, absorvendo toda aquela beleza. Então, fui interrompido pelo barulho de alguém se aproximando atrás de mim.

Quando me virei, dei de cara com um garoto. Mais velho do que eu, mas provavelmente, não tinha mais que uns dezessete anos. Ele usava roupas de inverno e botas. Seu cabelo louro avermelhado saía de sua touca formando uma franja. O verde de seus olhos era igual aos meus, vibrante, quase um verde-esmeralda. Então me dei conta de que era o mesmo garoto que gritava em meus sonhos.

O garoto sorriu como se já me conhecesse há muito tempo.

— Olá... — eu disse tentando não parecer idiota de estar conversando em um sonho. — Quem é você?

— Alguém que ainda não existe... — ele levou o dedo indicador até os lábios, como se pedisse segredo. Ele chegou mais perto e sussurrou. — Eu sou você e você sou eu. Nós somos a pessoa que vai te salvar, mas se não fazer as escolhas certas, ou não for corajoso, somos aqueles que vão te arruinar!

Então outro garoto surgiu de trás dele. Ele era idêntico ao primeiro. Porém, seus cabelos eram castanhos e seus olhos de cor azul cinzento intenso. Ele era o garoto que morria.

— Como assim me arruinar? — disse assustado. — E me salvar do que?

— Tudo ao seu tempo... — disse o segundo garoto. — Estamos aqui para lhe avisar...

— Esteja preparado... — completou o primêiro garoto.

— Tudo o que você conhece vai mudar drasticamente...

— Lembre-se, seja corajoso.

Antes que eu pudesse perguntar mais alguma coisa, eu acordei. Então, comecei a pensar que espécie de aviso era aquele, quem eram aqueles dois? O que está acontecendo comigo? Isso tudo me massacrou durante semanas, onde os mesmos sonhos vinham. Parando sempre no mesmo lugar, com o homem loiro me coroando. E a garota me abraçando.

Então seis meses depois, a visão da garota me abraçando se realizou. E ela não era ninguém menos que a garota que sempre está comigo e com Jake. A garota era a Michelle.

II

Darlan

"Do Impensável, a luz surgirá..."

Outubro de 2013.

Sentei-me ao pé de uma árvore onde esperaria meus amigos chegarem. Coloquei meus fones de ouvido e comecei a pensar nos sonhos, que agora são cada vez mais frequentes. Estava quase dormindo quando levei um chute. Ao olhar para cima vi Jake, meu melhor amigo me chamando. Ele estava acompanhado de Michelle, e a quarta integrante de nosso grupo é a sua atual namorada, que até hoje não sei o nome.

— Vamos logo, ou vai ficar aí dormindo o dia todo? — disse Jake rindo.

— Desculpe não vi vocês chegando. — respondi enquanto Michelle me ajudava a levantar.

Michelle é a minha namorada já faz uns dois meses, mas parece que é a muito mais. Ela é mais incrível do que eu imaginava. Só para deixar claro...

— Esquece, vamos logo. — sorriu ela. — Por falar nisso, Sophia, este é Darlan meu namorado.

— Prazer em finalmente conhecê-lo. — ela me olhou tão fixamente que senti algo estranho.

— Digo o mesmo. — respondi, sem graça.

Enquanto andávamos em direção ao Shopping percebi que Sophia não parava de me encarar, e toda vez que ela fazia isso sentia um frio na espinha. Decidi me distanciar de Jake e Sophia para conversar com Michelle.

— Michelle, acho que é impressão minha, mas você não sente algo esquisito na Sophia? — sussurrei em seu ouvido.

— Sinto, mas não posso falar nada. Afinal, ela é namorada do Jake.

— Mas é estranho, como o Jake...

Fui interrompido quando tudo ao nosso redor parou e ficou em cor sépia, e o som de tudo havia desaparecido. Apenas eu e Michelle continuávamos normais. Quando percebi um buraco negro se abriu abaixo de nós, e sem mesmo ter tempo de termos alguma reação, nós fomos puxados para dentro dele.

Depois de um longo tempo caindo na escuridão sem som, chegamos ao chão com uma queda brusca. Após conseguirmos levantar, várias luzes começaram a se acender e a revelar uma enorme sala. A sala era cheia de pinturas de reis antigos, e no centro da sala havia uma mesa com um pergaminho sobre ela. Um ar gelado começou a correr, e então eu e Michelle começamos a andar pela sala.

— Onde estamos? — ela perguntou.

— Não sei. — respondi — Mas seja onde for precisamos encontrar a saída.

Quando estávamos vendo as pinturas dos reis, vimos uma que nos chamou atenção. A pintura do primeiro rei era em estilo Renascentista. Ao olharmos a descrição estava escrito: *"Nicholas Leon Gregory. Criador da Magia, Grande Rei do Mundo Mágico e Filho de Páris e Helena de Tróia."*.

— Como assim filho de Páris e Helena? — falei em voz alta e quando me virei para Michelle ela estava me olhando com uma cara estranha. — O que foi?

— Desde quando você é fluente em Grego? — quando olhei novamente a descrição vi que havia mudado para "Νικολάου Λέων Γρηγόριος. Δημιουργός της Μαγείας, Υψηλός βασιλιάς του μαγικού κόσμου και Υιός του Παρισιού και της

Ελένης της Τροίας." — E, além disso, ele é meio parecido com você.

Olhei atentamente para a pintura e percebi o que ela estava falando. Ele tinha uma vaga semelhança comigo, o que me espantou. Ele usava uma túnica longa branca com detalhes em vermelho, suas sandálias estavam apenas com as pontas à mostra e segurava uma espada de ouro. Seu rosto era bem parecido com o meu, porém não consegui ver direito a cor do olho dele, e seus cabelos loiros e longos eram perfeitamente arrumados com uma coroa de louros grega feita de ouro.

— Um pouco. — respondi.

Então viramos e fomos em direção à uma mesa com um pergaminho, e o abri.

— Tem algo escrito aqui também.

— Você consegue ler? — ela me olhou novamente

— Acho que sim… — assoprei a poeira e comecei a ler em voz alta.

Apenas o escolhido pode retomar a história original do mundo. Para quebrar o antigo selo, deve ser dito as palavras aqui escritas…
Magicae solve.

Quando terminei de falar as palavras em destaque, o pergaminho desapareceu e um terremoto começou a tremer tudo. Eu e Michelle caímos um longe do outro, mas quando tentamos nos aproximar novamente um feixe de luz verde nos atingiu. Uma dor incessante começou em meu corpo, parecia que um enorme bloco de chumbo me prensava contra o chão, ou que a gravidade havia aumentado mil vezes. Os gritos de Michelle eram altos e estrondosos, e a cada segundo ficava mais forte. Quando Michelle se calou, olhei para ela, e vi que havia desmaiado. Tentei levantar-me o mais rápido possível para salvá-la, mas ela desapareceu de onde estava como se tivesse sido tele transportada. Gritava o nome dela o tempo todo, e com as minhas últimas forças e tentei levantar-me novamente. Cai e o peso pareceu aumentar mais. Já não sentia meu corpo direito, minha visão estava tremula e escurecendo a todo o momento, então quando não via mais nada, acabei desmaiando também.

Acordei com Jake chamando a mim e a Michelle. Sentei e minha cabeça começou a doer, senti como se uma enorme carga de informação tivesse entrado nela. O que tinha acabado de acontecer, era o que eu vinha sonhado há tempos. Mas ainda não entendia nada. Olhei em volta e não vi Sophia, mas estávamos no mesmo lugar onde caímos no buraco negro.

— O que aconteceu com vocês? — perguntou ele

— Não sei. – respondeu Michelle — Darlan você está bem?

— Estou. Jake, cadê a Sophia? — quando perguntei, os dois me olharam de uma maneira estranha.

— Quem é Sophia? — perguntaram os dois em uníssono. E então só Jake completou — Darlan, estamos apenas nos três aqui.

— Ela é a sua namorada. — respondi

— Eu não estou namorando. — falou ele — Além disso, nunca namorei uma Sophia.

Quando olhei o melhor, vi que ele havia mudado um pouco. Seus olhos que eram pretos se tornaram um tipo de verde claro. Seus músculos estavam mais definidos, seu cabelo estava normal, com um corte moicano e sua orelha furada continuava lá também. O que mais me chamou atenção foi uma tatuagem preta no seu pulso, um símbolo que não sabia o que era ou de onde era.

Comecei a desconfiar ainda mais daquela garota, mas nenhum dos dois se lembrava dela. É como se ela tivesse desaparecido. Tentei achar alguma coisa que pudesse provar que ela esteve ali, mas não achei. Então fui interrompido quando Jake começou a falar.

— Bom, mudando de assunto. — falou Jake enquanto limpava sua roupa. — Com o desmaio de vocês perdemos o filme. Mas que tal irmos para Guilda?

— O que é isso? — perguntei e os dois olharam para mim novamente.

— Você está brincando, né? — riu Jake.

Assenti negativamente.

— Bom, não sei explicar. — Michelle começou a rir e continuou — Já sei, já que vamos pra lá, você conhece a guilda de uma vez.

— Ok. — respondi meio sem graça, pois não estava entendendo nada.

Então quando eu percebi, havia muitas pessoas fazendo coisas estranhas. Olhei em minha volta e todo o cenário havia mudado. Pessoas voando, objetos estranhos entre outras coisas haviam aparecido no lugar. Pensei em tudo que tinha acabado de acontecer, tinha medo de que o que sonhei durante o meu desmaio fosse verdade.

— O que é isso? — perguntei e os dois pararam de repente.

— Como assim? — respondeu Jake. — Darlan, você está bem?

— Sim estou. — respirei fundo e continuei. — O que é isso tudo? Porque as pessoas estão fazendo essas coisas estranhas. Na verdade, o que eles estão fazendo?

— Usando magia. — disse Michelle, Subitamente. — Darlan, você está realmente bem?

— Claro que estou. Só não me lembro de magia existir em momento algum.

— Ela sempre existiu. Você sempre soube disso. Por que não se lembra? – retrucou Jake.

— Eu não sei. — sussurrei

Um breve silencio ficou entre nós três. Então Michelle decidiu quebrá-lo. Ela me deu um beijo e começou a falar.

— Vamos logo. Quando chegarmos a Guilda eu vejo se te explico sobre o "Mundo Mágico"... — ela abaixou a voz em um sussurro. —... De novo.

Quando chegamos, a Guilda era uma construção enorme à beira do Lago Paranoá. Era um prédio de mais ou menos quatro andares. No topo do prédio, tinha uma bandeira vermelha com o mesmo símbolo do pulso de Jake em dourado. Logo que entramos no prédio, chegamos a um enorme hall com várias mesas, e pincipalmente, muitas pessoas. No final do hall, havia um palco e tinha algumas pessoas conversando sobre ele.

— Acho que o Império está aqui. — sussurrou Jake.

— Império? — perguntei — Como assim?

— Império Mágico. É um país que é o centro do mundo mágico, mas ninguém sabe onde fica exatamente, já que fica escondida por uma barreira. — explicou Jake. — Mas, dizem que quando eles aparecem assim, quer dizer que acharam o escolhido. — então ele olhou para mim e começou a rir — Você não sabe o que é isso né?

— O Escolhido, é a reencarnação do Criador da Magia, Nicholas, eu acho. — falou Michelle. Porém na hora que ela falou o nome de Nicholas, senti um frio na espinha e me lembrei da pintura que vimos naquela sala.

— Nicholas Leon Gregory? — acabei soltando sem querer — Aquele que é filho de Páris e Helena de Tróia?

— Ah! Então você sabe disso, mas não sabe do resto? — falou Jake, ironizando.

Antes que eu pudesse responder, todos dentro da Guilda ficaram em silêncio. Quando olhamos para o palco e vimos uma garota de mais ou menos vinte anos indo para frente. Ela era alta, morena, e seus olhos eram azuis. Seu cabelo estava perfeitamente arrumado, e a sua maquiagem era impecável. Ela usava um vestido azul com uma roda de estrelas amarelas de lado, como a bandeira da União Europeia.

— Olá!

Ninguém se manifestou. A garota mudou o peso de um pé para o outro, com um ar de irritação.

— Meu nome é Elizabeth Parker, e sou a Representante da Europa. — o seu português tinha bastante sotaque. Então ela abriu um pergaminho e continuou — Hoje vim buscar o escolhido. De acordo com a tradição, irei ler o que o Oráculo da Capital nos revelou...

Do Impensável, a Luz surgirá;
Com apenas o Proscrito podendo doutrinar.
Após três anos a Morte deverá salvar;
Para então o Dragão sobrepujar.
No covil sombrio, a insanidade reinará;
Com o sacrifício do Vazio, para o Cervo salvar.
O Eleito, a soberania deve aureolar;
Para então, a existência retornar.

*Brasília, Capital do Brasil, esta é sua exata localização. O mundo espera por você, Grande **Darlan Lucas Soares Rodrigues**.*

Sério, o que está acontecendo com a minha vida! Isso só pode ser coincidência...

Quando ela terminou de falar o meu nome, Jake e Michelle começaram a me olhar com um olhar de que também não estavam acreditando no que acabaram de ouvir. Eles se ajoelharam para mim, e quando as outras pessoas no local viram, fizeram a mesma coisa. Eu não consegui ter reação, fiquei parado sem saber o que fazer. De repente um círculo mágico se abriu aos meus pés. Quando vi tinha aparecido uma tatuagem em meu pulso na mesma forma que o círculo mágico, com uma estrela, e as letras gregas alfa, delta, lambda, pi e ômega. Tudo começou a se iluminar, e então cai no chão desmaiando novamente.

— Darlan?
Quem está me chamando?

III

Darlan

Ouvi uma voz estranha me chamando. Sua voz era doce, mas transmitia soberania. Pensei de várias formas que fosse Jake me chamando, porém quando pensei melhor a voz era extremamente ao contrário a dele.

— Darlan?

Decidi abrir os olhos e encarar a realidade, mas para o meu espanto não estava mais no hall da Guilda. Levantei o meu corpo e vi que estava em uma vasta e enorme planície. A grama verde estava em um movimento suave, seguindo o curso da brisa que ali estava. Havia enormes árvores de diferentes tipos, flores das mais diferentes espécies e lá ao fundo de tudo, uma pequena cidade com construções em estilo greco-romano, umas em renascentista e outras em estilo oriental. Então quando olhei ao meu lado me assustei com uma pessoa me observando e sorrindo.

Ele parecia ser do mesmo tamanho que eu, era forte e rígido. Usava uma túnica grega média que ia até a altura do joelho, sandálias que terminavam na metade da perna. Seu rosto era bem parecido com o meu, porém seu olho era violeta e sua pele era um pouco mais clara que a minha. Seus cabelos quase loiros estavam presos em um rabo de cavalo que iam até a cintura e na frente era solto com uma franja repicada. Vi em seu pulso direita o mesmo símbolo que apareceu no meu, foi aí que o identifiquei.

— Você é o criador da magia! — perguntei de forma calma, enquanto me levantava.

— Pode me chamar apenas de Nicholas. — ele deu um pequeno riso e completou — Vejo que ainda está assustado ou é apenas equívoco meu?

— Um pouco... — respondi. Olhei a marca no meu pulso e continuei — Apenas não entendendo nada. Em uma hora estava vivendo em uma vida normal, onde a magia não existia, de repente, em um milésimo de segundo, tudo mudou completamente. E agora descubro que sou encarnação sua.

Eu o olhei e percebi que ele estava com um olhar sarcástico para mim, então acabei percebendo.

— Mas espera... Se eu sou você, como você está aqui? — perguntei.

— Ótima pergunta. — ele apontou a para a planície e para a cidade e continuou — Este lugar é uma parte dos Campos Elísios, que é separada de sua parte principal e destinada apenas para as almas dos escolhidos e de quem eles desejarem.

— Então estamos no mundo dos mortos? Que é governado por Hades?

— Bom, como disse essa é uma parte separada e especial do Elísio. Sua parte física se encontra ao lado do Olimpo e não no Reino de Hades. Mas você é a única pessoa que pode entrar aqui sem nenhum problema, pois há uma entrada através do seu subconsciente. — explicou Nicholas.

— Entendi. — apesar de ter respondido, eu não havia entendido nada.

Por um longo tempo fiquei em calado olhando o horizonte. Então decidi quebrar o silencio.

— Você pode me explicar como será daqui por diante? — perguntei

— Agora não posso... — vi sua feição ficar um pouco séria — Mas você deve ir à Grécia e encontrar um homem chamado Paolo Helyus.

— Mas onde eu vou encontrá-lo se nem o conheço?

— Ele está na cidade de Chania, na ilha de Creta. Você saberá quando o encontrar. Ele é o único que deve ser seu professor.

— Mas a profecia dizia que era um tal de proscrito.

— Você saberá tudo no seu devido tempo... Agora você deve ir, a cronologia aqui é diferente. Se não for agora perderá muito tempo.

— Mas quando irá me explicar tudo?

— Quando estiver pronto. Lembre-se, eu estou no seu subconsciente. Adeus.

Nicholas deu um breve sorriso e começou a ventar forte. Tudo começou a perder o seu foco. Então minha visão começou a se distorcer e então eu acordei.

***

Acordei ofegante e assustado, por isso só fui perceber onde estava quando consegui me acalmar. Estava no meu quarto e quando olhei para o chão, vi Jake dormindo em um colchão. Quando olhei para o relógio, marcava duas horas e cinquenta minutos da manhã. Lembrei-me do que havia acontecido antes do meu segundo desmaio e estava rezando para que fosse apenas um sonho. Respirei fundo e olhei o meu pulso direito e, infelizmente, a marca estava lá. Fui até o pé da cama e chamei Jake várias e várias vezes, mas tudo o que fez foi dizer: "só mais cinco minutos pai...". Quando perdi a paciência, apenas chutei as suas costas e ele se levantou assustado, mas quando me viu se acalmou mais e sentou.

— Darlan, você acordou! — exclamou ele. — Fiquei preocupado.

— Como eu voltei para casa? O que você está fazendo no meu quarto? — acabei soltando tudo de uma vez e Jake começou a rir. Respirei fundo e completei mais calmamente. — O que aconteceu àquela hora?

— Opa! Uma pergunta de cada vez... — ele pensou um pouco e respondeu. — E outra coisa, percebeu como aquela Elizabeth é gata?

— Eu vi... Mas dá para não mudar de assunto?

— Ok desculpe.

Depois de uma longa conversa ele me explicou tudo o que aconteceu. Assim que desmaiei, Jake e Michelle começaram a ficar desesperados, pois não sabiam o que fazer. Elizabeth me levou para casa e como os dois ainda estavam preocupados comigo, Jake decidiu dormir na minha casa. Ela conversou com os meus pais sobre que eu era o escolhido, como foi a primeira manifestação de poder e qual era a profecia. Parece que meus pais ficaram um pouco chocados e que não aceitaram, mas logo se acalmaram. Ele também me disse que Elizabeth viria aqui em casa para que pudesse me explicar melhor tudo e conversar com os meus pais sobre o treinamento.

— Bom, é basicamente isso. — ele finalizou.

— Jake você lembra a profecia inteira?

— Não. — ele puxou um pedaço de papel antigo que estava embaixo do travesseiro e me entregou. — Mas eu consegui roubar o papel da Elizabeth. Acredito que vá precisar no futuro.

— Ótimo! — peguei o papel e o li rapidamente. — Eu preciso te contar algo...

***

Assim que acordamos novamente, Elizabeth já havia chegado a minha casa. Sentamo-nos todos na sala principal onde a conversa ocorreria. Ela começou a explicar para os meus pais acerca de tudo. Que eu nasci com a alma do criador da magia, o que fazia de mim o escolhido. Que agora eu deveria fazer um treinamento de três anos que, aliás, seria totalmente bancado pelo Império Mágico. Explicou também como serei responsável por muitas coisas importantes e que sempre que tiver uma reunião dos setes representantes, eu deveria estar presente, em todas. Meu pai depois de tudo, finalmente fez uma pergunta.

— Onde vai ser esse treinamento? — ele perguntou com a sua voz calma e rouca.

Isso me pareceu meio estranho, afinal pelo que Jake me disse, ontem meus pais quase bateram em Elizabeth. Agora eles parecem indiferentes, insensíveis, como se não se importassem.

— Será no centro de treinamento da Capital Atlantis, no próprio Império Mágico.

— Mas... — comecei e todos olharam para mim. — E se eu tiver que ir para outro lugar mais importante?

— Não pode! São leis do Império. — retrucou Elizabeth

— A profecia disse quem deve ser meu professor. — respondi de forma seca.

— Mas não sabemos quem é. — disse Elizabeth desviando o olhar. — Proscrito quer dizer expulso. O que não é bom. Além disso, não podemos deixá-lo nas mãos de um desconhecido.

Respirei fundo e pensei no lugar que devo ir e na pessoa que devo encontrar. Lembrei-me de quando eu falei para Jake sobre o sonho e sua resposta foi: "Se ele falou que você deve ir a este lugar, então deve ser muito importante.". Quando eu o olhei, ele estava balançando a cabeça positivamente para que eu continuasse.

— Devo encontrar uma pessoa chamada Paolo Helyus na cidade de Chania. — após falar isso Elizabeth ficou totalmente pálida, suas mãos começaram a tremer e sua voz não conseguia sair. — Quem me disse isso foi o próprio Nicholas, depois que desmaiei.

— Ok! — a voz de Elizabeth finalmente saiu. — Vou reportar a Capital à mudança nos planos. Mas antes disso você deve escolher sua contrapartida.

— Contrapartida? — perguntamos eu e Jake em uníssono.

— Sim, sua contrapartida. É alguém que você queira que receba os mesmos poderes que você e te auxilie no que precisar. Essa pessoa vai ter que ir treinar junto com você, então escolha com sabedoria.

Na hora em que ela terminou de explicar, eu já sabia exatamente quem escolher.

— Eu escolho o Jake. — assim que respondi, consegui ver o olhar de animação nele.

Jake e Michelle são as duas únicas pessoas que eu realmente posso confiar, mas isso eu não conseguiria com ela. Nem é por sua escolha, e sim pela sua família. Más Jake já é diferente. Ele mora com o pai e a sua mãe morrera de leucemia quando ele tinha cinco anos. Seu pai não é casado, mas quase toda semana está namorando alguém diferente. — Pensando bem, acho que sei de onde Jake puxou isso. — Ele engravidou a mãe de Jake quando eles tinham dezesseis anos. Hoje com vinte e oito anos, os dois acabam tendo uma relação muito aberta. Outro fato que também ajuda o pai dele autorizar é o que sou amigo de Jake desde os seis anos de idade, e tanto ele quanto os meus pais são amigos também.

— Ok. Preparem suas coisas... — disse Elizabeth, levantando-se do sofá. — Vocês viajam comigo em uma semana.

Depois que ela foi embora, eu e Jake decidimos ir para a Guilda. Ligamos para Michelle e pedimos que ela nos encontrasse lá. Durante um longo tempo do percurso, fiquei em silêncio pensando de fato como seria a minha vida a partir da hora em que eu for para Chania. Tudo iria mudar. Comecei a pensar nas missões diplomar que terei que participar ou até mesmo comandar, como ficarei em relação a minha família, pois como sou a encarnação de Nicholas, serei perseguido por muitos, então fico apreensivo quando começo a pensar como protegerei a minha família se isso acontecer. Tentei afastar este pensamento pensando em outras coisas.

Quando olhei Jake, ele estava bem mais animado do que normalmente. Acho que o fato de eu o ter escolhido como contrapartida era o motivo. Eu estava calado o ouvindo falar — que, aliás, não me dava tempo para falar também —, ele falava sobre várias histórias sobre a Guilda e falava que eu iria adorar entrar nele. Bom, acho que me esqueci de mencionar que antes de ir treinar, tenho que escolher uma guilda. Pois quando eu terminar o treinamento e voltar para a coroação, o meu país natal e a guilda estarão em evidência. A não ser que eu queira ser subordinado ao Império vinte e quatro horas por dia.

Assim quando chegamos à Guilda, Michelle já havia chegado e estava nos esperando no portão principal. A primeira palavra que passou na minha mente foi: "Você está linda". Ela usava um vestido azul marinho rodado, bota com cano curto e seu cabelo estava preso uma tranças. Quando chegou a mim ela me beijou e me puxou para dentro. Depois que finalmente terminei a minha inscrição, eu escolhi onde colocaria a minha marca e qual cor. Escolhi colocá-la no meu abdômen do lado direito e sua cor era preta. Depois disso, Jake e Michelle montamos um time, onde poderíamos fazer as missões juntos.

Quando voltamos ao salão principal Jake saiu e foi cumprimentar uns amigos dele, já eu levei Michelle para o jardim, onde queria contar algumas coisas para ela. Eu sabia que ela ficaria decepcionada, pois ela não poderia ver junto para o treinamento, mas eu tinha que avisar a ela. Expliquei tudo o que Elizabeth havia nos falado mais cedo, mas quando cheguei à parte onde eu e Jake iríamos ficar isolado no meio da Grécia eu percebi que sua animação havia sumido. Eu fiquei triste, mas eu teria que fazer algo para animá-la. Antes que eu pudesse falar algo, ela deu um pulo e começou a sorrir.

— Pelo menos vamos ter uma vantagem... — disse ela, animada novamente. — Assim, quando você chegar, nós vamos estar mais fortes.

— Mas terei que te deixar por muito tempo. — respondi

— Assim nosso amor só cresce ainda mais. — ela se virou e piscou para mim.

De repente ouvimos Jake gritar o meu nome. Ele estava vindo em nossa direção com uma mulher ao seu lado. Ela parecia ter uns vinte e cinco anos. Sua estatura era média e suas curvas eram bem definidas. Sua pele era um pouco morena e o seu cabelo preto ia até a metade de suas costas. Usava um vertido curto verde, seus cabelos estavam arrumados com um diadema de ouro em formato de cobra e carregava uma bolsa que parecia ser cara. Seu rosto era realçado pela maquiagem em estilo egípcia que usava. Eles pararam na nossa frente e Jake começou a falar.

— Darlan, esta mulher disse que quer falar com você. — falou Jake com um tom sério.

— Olá querido — ela falou com uma voz forte e autoritária.

Quando olhei para o olho dela eu acabei perdendo a visão de onde eu estava. Comecei a ver imagens de uma vida inteira, que se passava no Egito e em Roma. Então eu a reconheci em uma mulher sentada em uma cadeira rodeada de serviçais. Usava roupas leves e várias joias de ouro. Ela se relacionava com um homem romano, cujo sua presença era tão grandiosa que faltava ar só de olhar em seus olhos. Depois da morte dele ela ficou inconsolável, com o único filho, fruto desse relacionamento. Alguns anos depois, ela começa um novo relacionamento com um outro romano, mas isso acarretou a sua perseguição por outro general. Na tentativa de fuga, o outro homem acabou se matando, e ela acaba recebendo um convite de alguém que não consegui reconhecer. Ao aceitar ela forjou sua morte e desapareceu, assim quando o general romano chegou ao Egito encontrou a notícia de sua morte.

Quando as visões acabaram, eu já havia descoberto quem era na verdade aquela mulher.

— Como você ainda está... — fiquei tão paralisado, que não consegui completar a frase.

— Quem é você? — perguntou Michelle e me olhou novamente esperando a resposta.

— Me chamo Cleópatra Thea Philopator. — ao falar isso Jake ficou surpreso e Michelle começou a se afastar. — Ou simplesmente Cleópatra, Faraó do Egito.

Nathan De Oliveira

IV
Jake

Ok, isso não é algo que qualquer um costuma ouvir todo dia. Então quer dizer que essa mulher que está na nossa frente é aquela Cleópatra que todo o mundo conhece? Sim, essa mulher emana um enorme poder, mas a história não fala que ela se matou? Tanto faz, o que importa é que ela está aqui.

Depois que ela revelou quem era, tanto Darlan quanto a Mi ficaram extremamente paralisados. Bom, tenho que confessar que também tive a mesma reação que a deles. Ela começou a explicar a história dela — como se já não soubéssemos — mas quando chegou perto de sua morte mudou tudo o que conhecíamos. Ela teria recebido um convite de vida eterna de uma pessoa muito importante se ela prometesse o seguir e for uma serva leal. Nesse tempo ela vinha aprendendo magia e recentemente, estava se adaptando ao mundo contemporâneo, já que passou mais de dois mil anos, isolada do mundo. Assim que ela terminou Darlan respirou fundo e quebrou o breve silêncio:

— Só uma pequena pergunta… — ele deu uma breve pausa e continuou — Quem foi que lhe ofereceu essa proposta?

— Anúbis, Deus da mumificação e da vida após a morte. — respondeu ela.

— ANÚBIS? — gritamos nós três em uníssono.

— O próprio... — ela olhou para Mi e começou a sorrir. — Eu fiz uma promessa com ele e agora tenho que cumprir. Ele falou que salvaria o Egito da destruição, como Augusto queria, e, mudaria a mente dele fazendo com que ele apenas transformasse o Egito em uma província romana. Em troca, teria que treinar magia e outras coisas até que o escolhido aparecesse.

— Mas já tiveram outros escolhidos, não? Por que então você só pode sair agora? — perguntei e ela nos olhou com aquele olhar fixante.

— Não lhe falaram nada sobre o Escolhido? Como é seu nome mesmo? — ela perguntou

— Darlan. E até agora só falaram que eu sou o escolhido. — respondeu Darlan. — Mas o escolhido não é aquele que nasce com a alma do criador da Magia?

— Bom, mais ou menos. O escolhido é aquele que vai acabar com a guerra contra Heron e, se for possível, conter o avanço da escuridão. — ela deu uma pausa, olhou para cada um de nós e continuou. — Mas pelo visto você ainda não começou o seu treinamento. Até você voltar ficarei aqui e treinarei a garota.

— Eu? — Mi perguntou assustada.

— Sim. — respondeu ela. — O Sr. Anúbis uma vez me falou que devo achar um aprendiz e, pelo que eu estou vendo, essa garota é mais do que capaz. Se ela quiser, lógico!

— Obrigada, vai ser uma honra ser treinada pela senhora. — Mi deu um longo sorriso e pegou na mão de Darlan. — Por que não entramos? Podemos conversar melhor lá dentro.

E assim foi feito. Depois que Cleópatra nos explicou inúmeras coisas sobre ela, Anúbis e até mesmo sobre o mundo da magia, Darlan começou a se socializar um pouco. Eu sou amigo dele há muito tempo, então sei, apenas olhando, como Darlan está. Apesar de ele estar se mostrando forte e confiante em relação às coisas que acabou de descobrir, no fundo ele está apavorado. Pois a partir do momento em que nós formos para Grécia tudo vai mudar, principalmente a segurança dele e de qualquer um que tiver ligação.

Depois de um tempo percebi que finalmente Darlan estava se adaptando a Guilda. E no último dia antes de irmos para a Grécia, ele já havia se tornado amigo de todos.

***

— O que diabos estamos fazendo na Embaixada Grega? — gritei

Elizabeth foi nos buscar numa manhã de sábado. Meu pai me chamou dizendo que Darlan e a "Garota da Capital" haviam chegado. Tomamos café da manhã e então me despedi do meu pai. Como era para ser uma viagem comum, fui preparado para um aeroporto. Mas quando eu e Darlan percebemos, estávamos na Embaixada da Grécia.

— Você está mesmo querendo enfrentar uma viagem de avião? — Elizabeth retrucou. — É bem mais fácil e sem dúvida menos cansativo vir por aqui. Então cala a boca e me siga.   — OK. Ela provavelmente está naqueles dias.

Nós entramos na parte restrita da embaixada. Andamos por inúmeros corredores até pararmos em uma porta com uma placa com a palavra "*Transporte*" escrito. Ao entrarmos a sala era enorme e vazia, apenas com duas estátuas de Hermes, uma do lado direito e outra do lado esquerdo. Ficamos no centro dela com a nossas malas, até que a senhorita TPM terminou de programar algo em um monitor e voltou até o meio da sala. Cinco segundos depois, não estávamos mais na sala e sim no centro da cidade de Chania.

Apesar de simples a cidade passava uma bela visão com as construções antigas e com o agito das pessoas que estavam por ali. Elizabeth começou a andar sem mesmo nos avisar, então tivemos que segui-la e, sim, levando todas as nossas malas. Andamos uns vinte e cinco quilômetros a pé em um silêncio pesado.

Depois de um tempo eu e Darlan começamos a conversar, como seria o treinamento entre outras coisas. Quando finalmente a Sra. TPM parou percebi que já havíamos saído da cidade estávamos em uma praia. A areia era branca e extremamente fina, as águas eram em um tom azul cristalino e as pessoas se divertiam das mais diferentes formas. Umas apenas sentadas na areia, tomando banho no mar e até mesmo surfando. Depois de uns três minutos ali parado ouvimos várias garotas gritando e correndo para um lado da praia, onde um surfista estava na água.

— Ele finalmente apareceu. — eu e Darlan começamos a olhar para a Sra. TPM e percebemos que ela estava com um sorriso sádico. Então ela começou a correr em direção à multidão de garotas, mesmo de salto alto. — Venham logo, achamos quem procurávamos.

Aquilo foi à coisa mais impressionante que eu já vi, cara. O homem que estávamos observando, sem dúvida, era o mais bem comparado aos outros que estavam ali, que no caso também pararam para assisti-lo. Depois que acabou ele começou a correr para a praia com a prancha em sua mão. Ele estava usando um traje completo de surf, mas depois que seus pés saíram da água, sua roupa mudou para apenas um bermudão de praia. Ele era alto, aparentava ter uns vinte e um anos e — detesto dizer isso, mas desta vez vou ter que assumir — muito bem definido. Sua pele bronzeada combinava com uma tatuagem que começava no abdômen, subia até o peito e terminava descendo até o pulso direito. Seu cabelo loiro puro em um corte médio estava jogado para trás. Além disso, seu olho cinza era extremamente paralisador.

Assim que viu a Sra. TPM, ele simplesmente soltou a prancha e começou a correr na direção dela. Ela, por outro lado, começou a falar "não" em todas as línguas possíveis — Como ela pode falar todas essas línguas? Sério, tinha idiomas ali que nem sabia que existia.

— Liza! — ele veio gritando até onde estávamos.

Porém quando ele chegou, ela o parou com um enorme soco no meio do rosto que o fez cair sentado no chão. Os dois ficaram brigando por uns cinco minutos em grego até que o garoto disse algo para a Sra. TPM que a fez calar a boca. Ela nos olhou e certamente percebeu que, tanto eu quanto Darlan, estávamos sem entender uma palavra. Foi quando ela de repente bateu em nossa testa.

— Ai. Por que você nos bateu? — falei me segurando para não devolver nela.

— Feliz? Ativei o feitiço de linguagem. — ela gritou em resposta ao garoto. — Agora que você já sabe o que está acontecendo, faça pelo menos isso direito, ok?

— Feitiço de linguagem? — perguntei.

— Serve para que vocês possam falar e entender a uma determinada língua como se fosse a sua língua matriz. — respondeu o garoto.

— Desculpa a pergunta... — interrompeu Darlan. — Mas o que exatamente aconteceu entre vocês dois?

— Ela é a minha ex-namorada. — respondeu ele. Quando ele falou isso acabei rindo sem querer e quando viramos para o lado ela simplesmente havia desaparecido. Então ele se levantou e começou a sorrir. — Eu sou Paolo Helyus e a partir de hoje eu vou treinar vocês dois. Atlantis já me explicou a situação. Vamos lá para casa, assim podemos conversar melhor e vocês poderão se acomodar.

Ele nos levou até o seu carro que estava em uma espécie de estacionamento. — É sério? Quem em meio a uma crise grega tem um Volvo C70 conversível? — Paolo nos falou o que aconteceu entre os dois. Eles namoraram por três anos, até que ela simplesmente terminou sem ao menos dizer o motivo. E depois de seis meses, quando ela foi atrás dele, ela teve um ataque por descobrir que Paolo já estava namorando novamente.

Acabamos entrando na parte nobre da cidade, onde as casas eram maiores em relações as que vimos quando chegamos.

Quando chegamos à casa de Paolo vimos que ela era grandiosa. O estilo neoclássico da fachada está impresso na simetria, no teto triangular, nos dois pilares gregos como base em estilo jônico (como as construções clássicas da Grécia antiga). Parecia ter uns dois andares e pintura era uma mistura harmoniosa de azul e branco. Ao entrarmos vimos que a casa era enorme, exatamente como aquelas mansões que vemos em filmes. Paolo nos levou até nossos quartos e depois preparou o almoço. Ficamos conversando durante horas, onde Darlan contou como descobriu quem era e como ficou sabendo que deveria vir treinar com ele.

Paolo contou várias coisas sobre ele, como seria o treinamento, mas parecia estar omitindo algumas partes. À tarde, fomos nos arrumar em nossos quartos e quando o procuramos, ele não estava em lugar nenhum. Isso era bastante estranho!

Quando era umas sete e meia da noite, Darlan recebeu uma ligação de Paolo falando que chegaria em breve, e que éramos para nos arrumar, que como é o nosso primeiro dia, ele iria nos levar para sair. Como era mês de outubro e ainda estava quente, vesti apenas uma bermuda jeans, uma camisa simples verde e um tênis. Darlan já estava com uma blusa azul, uma bermuda jeans e um all star preto.

Então Paolo nos levou para todas as partes da cidade, fomos a todos os estabelecimentos da cidade em apenas uma noite e no final de tudo, quando voltamos para casa, já eram quatro e meia da madrugada.

— Meninos, eu me esqueci de falar. — Paolo nos chamou enquanto subíamos as escadas em direção aos quartos. — Descansem bem. Afinal o treino de vocês...

Quando eu e Darlan viramos, ele simplesmente havia desaparecido novamente. Isso era preocupante. Sim, ele parecia ser um cara legal, mas ele não disse praticamente nada sobre ele. E a gora simplesmente some?

Olhei para Darlan e parece que ele teve o mesmo pensamento que eu. Não vamos baixar a nossa guarda por enquanto. E, principalmente, vamos tentar descobrir quem realmente é nosso professor!

V

Jake

O Darlan acordando de manhã é tão delicado quanto um elefante dançando lambada. Ele andou pelo quarto começando a se arrumar e, pelo jeito que andava, era evidente que ele estava nervoso. Eu me encontrava naquele limbo entre o dormindo e o acordado. Quando você escuta tudo o que está acontecendo ao seu redor, mas seu corpo adormecido ainda pesa como se tivesse uma tonelada. Estava torcendo para conseguir voltar a dormir quando ouvi uma pancada seguida de um grito do Darlan. Abri os olhos e o vi pulando em um pé só enquanto segurava o outro.

— Qual é Darlan... — eu disse enquanto me sentava na cama. — Tem como você acordar sem fazer um carnaval?

Ele me olhou com uma cara fechada e se sentou na cama dele.

— Desculpa... — murmurou ele enquanto ainda massageava o pé batido. — Mas eu estou ansioso. Eu nunca... você sabe...

— Usou magia? — respondi e ele assentiu com a cabeça.

— Dói?

Eu demorei alguns segundos para processar o que tinha acabado de escutar. Comecei a rir igual um louco enquanto Darlan me olhava com cara fechada. Essa é uma das principais características dele, ele sempre tentou mostrar ser alguém forte e calmo, mas morre de medo quando as coisas fogem do controle. Acho que todos tem isso, mas ele acha que ele é o culpado do desastre. Ele não externa isso, mas eu sei pois, depois da família dele, eu sou a pessoa mais próxima. Eu sei que o Darlan não é perfeito. O que eu sei, é que ele é a pessoa certa para esse papel que ele acabou de receber, que aliás, não é fácil.

Parei de rir quando percebi que ele realmente estava com medo. Foi nesse momento que percebi por que ele me escolheu. Ele confia em mim, sabe que se acontecer alguma coisa, eu vou saber segurar as rédeas e ajudá-lo.

— Não... — eu disse enquanto me levantava da cama. — Não dói. Na verdade, é uma sensação muito boa. É como se... É como se algo forte nascesse dentro de você...

— E o que mais? — perguntou ele interessado.

— Eu não sei como explicar. — pus minha mão no ombro dele e sorri. — Não vai doer, pode confiar. Você vai descobrir daqui a pouco.

Após nos arrumar e tomar café da manhã, Paolo nos explicou como seriam os horários e a rotina da casa enquanto descíamos para o... porão? Fiquei tentando entender por que treinaríamos ali até que Paolo ligou a luz e não consegui acreditar no que estava vendo. O porão dele era um centro de treinamento completo com academia, campos e quadras de quase todos os esportes possíveis, aparelhos de ginástica, armas e tudo o que você imaginar. Aquele local deveria cobrir o quarteirão inteiro. Sério, quem é esse cara?

Descemos da plataforma que estávamos até o que parecia ser uma pista de atletismo com uma arquibancada de mármore em volta. Paramos no centro da pista onde havia uma plataforma levemente mais alta.

— Certo... — disse Paolo cruzando os braços e abrindo um sorriso travesso. — Pelos documentos que recebi hoje de madrugada de Atlantis... Darlan, você nunca usou magia, né?

Darlan assentiu e olhou para mim, ele estava basicamente gritando socorro com o olhar.

— Sem problemas. O Ni... — Paolo se interrompeu bruscamente e mudou o peso do corpo de um pé para o outro. Por algum motivo, senti que o que ele cortou era uma informação valiosa para entender quem é ele. — Algumas pessoas que eu já treinei também chegaram assim para mim. Mas acredito que você terá mais facilidade, visto quem você é.

— E quanto a contrapartida? — perguntei. — Pelo que eu sei, as contrapartidas têm "os mesmos poderes" da encarnação. Mas eu já tenho magia primária e secundária, como isso vai ser possível?

Paolo colocou a mão no queixo e pensou por alguns segundos. Então seu sorrisinho travesso aumentou ainda mais.

— Boa pergunta. — ele começou a usar os dedos para enumerar as coisas. — Primeiro, vamos fazer ele lançar a primeira magia por vontade própria. Segundo, vamos fazer ele mudar a sua propriedade mágica, fazendo com que a sua magia seja uma cópia da dele. — ele olhou fixamente para mim como se estivesse me analisando. — A propósito, qual é a sua magia primária e secundária Jay? Posso te chamar assim?

Eu ri. Só a minha *nonna* me chama assim. As pessoas já me chamam de Jake, que é um apelido, pois meu nome verdadeiro parece nome de velho, Jacob.

— Pode sim. — respondi. — A minha magia primária é "Força e Resistencia", que herdei do meu pai. Digamos que eu consigo lutar e me defender usando força bruta e resistência amplificadas em dez vezes. E a minha secundária eu chamo de "Estratégia Bélica". Eu consigo traçar planos e estratégias rapidamente mesmo em situações difíceis, além de conseguir adaptar qualquer coisa para aumentar ainda mais o meu poder. Minha mãe chamava isso de *"Intuizione"*.

— Mas o que é isso de magia primária e secundária? — perguntou Darlan.

— Magia primária é sua magia principal, geralmente com apenas um princípio. Você já nasce com ela, pode ser uma magia herdada ou repassada, como o caso do Jay ou a pessoa pode nascer com uma magia totalmente nova ou diferente da família, que é o que mais acontece. — explicou Paolo. — E magia secundária é uma magia de apoio, já que cada pessoa pode ter apenas um tipo de magia. A secundária vai te auxiliar ou potencializar a principal e não é tão aberta quanto a primária. Essa você pode adquirir independentemente.

Darlan olhou para as próprias mãos e respirou fundo.

— E qual é a minha magia? A única coisa que me falaram que ela difere das outras. — ele perguntou olhando novamente para Paolo.

Paolo não respondeu na hora. Ele parecia estar procurando as palavras certas para responder à pergunta de Darlan.

— Todas. — Paolo respondeu e apontou para a marca no pulso de Darlan. — Este é o seu círculo mágico, e está vendo as letras gregas que tem no interior dele? São o que chamamos de classificação elemental. O fato do seu círculo ter todas os elementos, é porque você não está limitado a apenas um tipo de poder, resumindo, está livre para usar e aprender todas.

— Então quer dizer que a minha classificação elemental são todas essas? — perguntou Darlan enquanto olhava o pulso.

— Sim e não. — disse Paolo rapidamente. Ele apontou para mim e completou. — Você pode domar todas, mas é classificada apenas à uma. Por exemplo, pelos poderes do Jay, acredito que a classificação dele deva ser Delta. A sua é classificada como Ômega, a mesma dos deuses.

Uau, nem mesmo eu esperava por essa. O Darlan tem a mesma classificação elemental que os deuses... Cara, o quão poderoso ele é? E estou surpreso de como o Paolo acertou a minha classificação com uma análise tão superficial.

— E qual é a sua? — perguntei.

— Não interessa... — respondeu Paolo friamente. Ele virou para Darlan e sorriu. — Então, está pronto?

Passamos algumas horas tirando algumas dúvidas básicas sobre magia. Paolo lutou comigo para tentar ver o meu nível e do que sou capaz de fazer. Nem preciso dizer que perdi feio, né. Darlan trabalhou a respiração enquanto fazia a posição do cavalo durante a luta. A luta parou porque nem eu nem Paolo conseguimos nos concentrar na luta depois de vermos a cara de sofrimento de Darlan na quela posição.

Paolo anunciou que começaríamos o treinamento pelos elementos da natureza. Que é mais simples e fácil para alguém que nunca usou magia. Ele explicou o processo para produzir fogo, essa seria a primeira magia de Darlan.

Ele repetiu os movimentos umas três vezes até Paolo dizer que estava ótimo. Foi então que ele voltou para a posição original, fechou os olhos e respirou fundo. Após, quase um minuto, ele abriu os olhos e começou os movimentos que tinha treinado a pouco. Só que dessa vez, fogo estava sendo produzido com elas. Darlan parecia dançar com as chamas, que começaram fracas, mas rapidamente começaram a aumentar a intensidade, quantidade e calor. Se alguém visse esta cena, nunca acreditaria que ele nunca havia usado magia. Além disso, o fogo fazia-o parecer que estava brilhando. Ele repetiu a sequência, só que, desta vez ele ousou tentando uns movimentos novos. Não parecia que aqueles movimentos eram improvisados, pareciam movimentos antigos, quase ancestrais. O fogo saía não como algo indomável, e sim como se fosse uma extensão de seus membros.

Quando finalmente terminou, Darlan estava ofegante e suado. Ele olhou para as próprias mãos e sorriu. Eu sabia exatamente o que ele estava sentindo, uma sensação que é difícil de explicar, porém incrível. Ele olhou para mim e eu levei um susto. Seus olhos, que eram um verde bem claro, agora estavam brilhantes e mais intensos. A "nova" cor de seus olhos se aproximava de um verde esmeralda vivo. Seus cabelos estavam como aqueles de propaganda de produto capilar, mesmo depois de todos esses exercícios. E o mais importante, não foi só o exterior que sofreu algumas mudanças, eu sei que alguma coisa dentro dele mudou, ou melhor, acordou.

— Uau... — disse Darlan com uma cara de bobo. — É incrível.

— Eu disse que não doía. — disse dando um soquinho no ombro dele. Olhei para Paolo que batia palmas sorrindo, visivelmente entusiasmado. — E agora?

Ele pensou um pouco e levantou os dois polegares.

— Darlan, polegar direito na cabeça e esquerdo no coração. — ele colocou os dedos dele na posição sem sair do lugar. — Tente sentir um fluxo dentro do Jay. Como se fosse rio, só que ramificado pelo corpo inteiro. Quando achar, tente entrar nele. Assim que sentir que encontrou a nascente desse fluxo, faça com que ele mude, pense no seu poder e faça com que o fluxo dele se torne um espelho o seu.

Darlan assentiu e virou para mim. Me olhou nos meus olhos e acomodou as mãos nas posições pré-estabelecidas.

— Pronto? — ele sussurrou.

Eu confirmei com a cabeça e ele fechou os olhos. Logo após um longo suspiro de Darlan, comecei a sentir algo dentro de mim. Parecia um formigamento, mas ao mesmo tempo era diferente. Parecia estar correndo por todo o meu corpo, como uma grande circulação. Então me senti pesado, como se alguém tivesse tomado o controle do meu corpo a força. Meu sangue começou a esquentar, chegando a um ponto que parecia queimar. Então, de repente, tudo parou. Meu corpo suava frio, como se estivesse com carência de adrenalina.

Darlan abriu os olhos e sorriu.

— Pronto. — disse enquanto se afastava. — A "nascente" do seu fluxo de poder parecia as Cataratas do Iguaçu.

— Certo Jay, — disse Paolo chegando mais perto de nós. — agora tente fazer a mesma sequência que o Darlan fez.

— *Bene*. — respondi enquanto me posicionava do mesmo jeito que o Darlan.

Quando um rugido de fogo saiu, quase me desconcentrei. Foi totalmente diferente de como eu usava a minha magia, mas ao mesmo tempo foi... Natural. Enquanto repetia os movimentos de forma suave, uma enorme sensação de bem-estar e euforia corria pelo meu corpo, se convertendo em chamas agressivas e brilhantes. Aquilo parecia mentira, eu estava usando uma magia totalmente diferente da que uso desde que meu pai começou a me treinar. Eu estava me sentindo incrível.

— Incrível! — disse Paolo batendo palmas logo após eu terminar. — Sinceramente Darlan, eu achei que você ia errar e eu precisaria intervir...

Nós dois olhamos assustados para ele por não ter nos contado essa possibilidade. Mas, na verdade, nós é que fomos ingênuos esquecendo de considerar que ele poderia errar e algo ruim acontecer.

— Eu sinto que talvez Nicholas tenha me ajudado. — ele respondeu sem graça. — É como os movimentos que eu fiz com o fogo, que não eram da sequência que você ensinou. Elas só apareceram na minha mente, como algo que eu já havia feito e que eu conseguiria fazê-las sem dificuldade. — ele olhou para mim e sorriu. — E foi a mesma coisa agora. Algo parecia me guiar para exatamente onde eu acharia a nascente do seu fluxo.

— Interessante... — disse Paolo colocando a mão no queixo pensativo.

— E agora? — eu dei uns soquinhos no ar, demonstrando a minha empolgação. — Vamos aprender outra sequência nova, para complementar essa?

— Não. — Paolo deu um sorriso sádico e apontou para a pista de atletismo. — Quinze voltas correndo sem parar. Depois subam para o almoço.

— Sério? — eu e Darlan reclamamos em uníssono.

Começamos a correr e Paolo foi em direção à saída. Segundo ele, iria preparar o almoço. Antes de sair pela primeira porta ele gritou do alto da plataforma.

— Se vocês pararem, eu vou saber!

Depois de algumas voltas, Darlan quebrou o silêncio.

— Você também percebeu, né? — disse ele sério e ofegante. — Que ele não quis falar a classificação dele?

— Sim. — respondi. — E posso estar errado, mas acho que aquele nome que ele ia dizer e não completou era Nicholas.

Essa pista era gigantesca...

— Também achei. — ele deu uma respirada profunda e continuou. — Mas isso não seria impossível? O cara seria mais velho que Matusalém.

Comecei a rir e acabei parando. De repente a voz de Paolo apareceu em algum sistema de som daquele lugar dizendo: "Vocês estão parados, como punição, mais uma volta!".

— Darlan, você se esqueceu que antes de virmos para cá conhecemos Cleópatra em pessoa? — ele balançou a cabeça como se estivesse considerando o que eu falei. — E outra, no Império, existe a Rainha Eterna. Ela é a irmã de Nicholas. Ela realmente é eterna.

— Tá, mas Cleópatra é um caso à parte. — ele deu uma acelerada na corrida pois faltavam penas duas voltas. — Existe mesmo essa possibilidade de alguém se tornar imortal?

— Existe. A Rainha Eterna é um exemplo disso. — assim que terminamos a última volta, paramos abruptamente e nos sentamos no chão. — Mano, isso nós vemos na escola. Como você não lembra?

Ele levantou sussurrando algo que parecia ser *"Por que não era assim...".* Perguntei o que ele tinha dito e ele não respondeu.

Isso pode parecer estranho, mas nas últimas semanas, o Darlan parece aquelas crianças que está descobrindo o mundo. Tudo bem, ele descobriu algo que mudou a vida dele... Mas o resto ele sempre conviveu e viu. Ele ainda me disse o que aconteceu, mas as vezes acho que ele está escondendo algo.

— Então... — disse ele me ajudando a levantar. — Acho que tá na hora de almoçar.

A semana passou correndo. E estávamos começando a nos acostumar com os treinos. Desde então, Paolo não soltou mais nenhuma pequena informação que poderíamos usar pra tentar descobrir quem ele realmente era e, as que tínhamos, não aponta um caminho que pudéssemos seguir para descobrir.

Entramos em uma escola, é claro que o Império não ia permitir que ficássemos sem estudar. Frequentávamos na parte da manhã e voltávamos para casa onde Paolo nos ensinava a parte teórica do que precisávamos saber sobre magia, história, deidades, mitos, leis e, lógico, o treinamento físico e prático. Darlan escreveu cartas para a sua família e para a Mi. Eu escrevi para o meu pai. Podíamos usar internet e celular, mas nós fomos orientados a não contatar nossas famílias por eles, por motivos de segurança e que a melhor forma era por cartas.

Mas o que começamos a perceber é que de vez em quando, Paolo sumia do nada como sumiu no dia em que chegamos. E por mais que perguntássemos, ele afirmava que estávamos imaginando coisas. Será?

VI
Jake

"Com apenas o Proscrito podendo doutrinar..."

Chania, Grécia. 23 de dezembro de 2013.

— Puxem de dentro. — gritou Paolo — O fogo vem da energia vital que você impõe sobre a magia. Quanto mais energia, mais forte a chama produzida fica.

Dois meses se passaram desde que começamos a treinar na Grécia. Pelo menos duas vezes por mês, alguém do Império vem ver como estamos e como está indo o treinamento. Depois que Darlan teve a primeira magia lançada por ele, sua aparência começou a mudar. Agora ele está mais alto que eu e o seu corpo começou a se definir por conta do treinamento. De acordo comam Paolo, o cabelo daquele tem a alma do criador é responsável por armazenar magia, para que em uma emergência, tenha uma solução simples. Por conta disso o crescimento é acelerado, ou seja, agora o cabelo de Darlan já estava chegando à altura do ombro, mas por causa do treinamento estava amarrado em um rabo de cavalo. Enquanto eu estava praticamente do mesmo jeito.

Paolo nos fazia treinar com túnicas gregas e sandália para que nossa flexibilidade e movimentos fossem mais livres. Darlan, como já esperado, consegue aprender as magias com uma facilidade impressionante. Eu já não tenho essa habilidade, mas no final acabo conseguindo — bom, às vezes. Ainda estávamos nas magias elementais, mas felizmente já havíamos dominado.

Nesse tempo, tentamos, de todas as formas, descobrir algo sobre Paolo, mas não conseguimos praticamente nada. Ele não trabalha, mas aparentemente é rico. De vez em quando ele some misteriosamente. Ele basicamente foge de todas as suas perguntas sobre sua família, a única coisa que ele nos disse é que ela era *especial ao seu modo*. Durante as aulas de história e mitologia, ele dizia as coisas com tanta ênfase, que parecia que ele realmente viu ou esteve presente na época. Além disso, ele sabia muito sobre magia para um "simples humano".

Quem é ele? O que ele fez? Por que Nicholas mandou Darlan procurá-lo? Para início de conversa, como Nicholas o conhece? E, principalmente, por que ele denominado como "proscrito" na profecia? Tanto eu quanto Darlan, passamos esses meses tentando responder a essas perguntas, mas parecia que algo ou alguém nos atrapalhava… Mas quem ou o que?

Enfim… Voltando ao assunto…

Como era um dia antes da véspera de Natal, Paolo falou que iriamos treinar mais, pois a semana do Natal e do Ano Novo, descansaríamos. Afinal, segundo ele, ele é convocado pela família dele muito mais vezes nessa época do ano. Perguntamos inúmeras vezes quem era, ou com o que trabalhava a família dele, mas ele sempre muda de assunto.

Já eram oito e meia da noite quando finalmente terminamos o treinamento. Enquanto tomávamos banho, Paolo preparava o jantar. Quando chegamos à cozinha, ele havia preparado praticamente um buffet de sushi inteiro. Começamos a comer enquanto Paolo nos explicava como estava nosso desenvolvimento no treinamento e que iríamos começar o estágio cinco depois que o recesso acabasse.

—Qual é a magia do estágio cinco? — perguntou Darlan.

— Magia Estelar e Magias raras. — respondeu Paolo — Eu não posso usar algumas magias desse estágio então, vou pedir ajuda...

— Mas eu posso! — Paolo foi interrompido por uma voz meio aguda vindo da nossa lateral. — Na verdade posso ensinar qualquer coisa.

Um homem apareceu do nada na cozinha. Ele tinha uma altura mediana, cabelos pretos e encaracolados e sua pele parecia ter uma cor verde acinzentada. Usava uma roupa medieval de couro e segurava um livro enorme. Seus dentes e unhas pareciam estar podres e seus olhos davam medo.

— Quem é você? — perguntei

— Meu nome é Rumpelstiltskin. — respondeu ele. — E sou o senhor... — então ele desapareceu em uma nuvem dourada.

Darlan me olhou e consegui entender o que ele queria dizer.

— O que um personagem de contos de fada estava fazendo aqui? — perguntou Darlan.

— É só um intrometido que mete o nariz onde não é chamado. Ele nem devia aparecer *nesse livro*. — respondeu Paolo — Então o fiz voltar de onde ele veio.

Nesse livro? É melhor eu parar de perguntar por que já está ficando muito esquisito.

— Enfim, provavelmente terei que pedir ajuda para alguém da minha família... — quando Paolo finalmente disse isso eu olhei para o Darlan com o mesmo pensamento, "Finalmente a verdade". Paolo respirou e continuou, mas ele parecia extremamente nervoso. — Mas não sei como vocês vão reagir...

Foi nesse momento que um brilho enorme apareceu em todo o local e só sentimos Paolo pulando em cima da gente. Quando conseguimos nos levantar — e enxergar — vimos que Paolo tinha mudado totalmente. Ele estava usando uma armadura grega completa, seu cabelo estava na altura da cintura e seus olhos cinza se tornaram dourados. Nós três ficamos nos olhando com cara de espanto por alguns segundos, até que alguém quebrou o silêncio.

— Apolo. — disse uma voz grave e forte. — O que está acontecendo aqui?

Quando viramos percebemos que estávamos em um salão de arquitetura clássica gigantesco. — Na verdade como viemos parar aqui? Espera! Desde quando existem pessoas de mais de três metros? Olhei as pessoas e tenho uma desconfiança gigantesca... — Estávamos no Olimpo? Onze gigantes, com exceção de uma cadeira que estava vazia, estavam reunidos em um semicírculo. Depois de um breve momento, boquiabertos, a nossa ficha finalmente caiu.

— Apolo? — eu e Darlan gritamos em uníssono enquanto voltávamos para Paolo, ou Apolo. Droga. Isso já está me deixando confuso. — Quer dizer que você é...

— Sim. — ele nos interrompeu. — Era isso que eu falei que não sabia como vocês reagiriam. Mas certa pessoa não me esperou eu ter a oportunidade de falar...

Ele parou e olhou para o homem que estava na cadeira do centro. E que obviamente é Zeus. Enquanto os outros Deuses sorriam, Zeus estava sério.

— Venham vocês dois. — disse Apolo. O seguimos até a abertura do semicírculo onde ele de repente parou e se curvou. — Peço permissão para retomar ao sétimo assento.

— Pedido Concedido. — respondeu Zeus.

Ele cresceu até a altura dos outros deuses e se sentou em sua cadeira. Feita de ouro com desenhos do sol, arqueiros, uma árvore que acredito ser um Loureiro e... Não sei que flor era aquela.

— É um jacinto... — murmurou Apolo como se tivesse lido minha mente. Pelo olhar dele sinto que aquela flor traz lembranças ruins a ele.

Espera! Lembrei! Apolo pulou essas duas histórias nas aulas de mitologia. Agora sei por quê!

Apolo tem duas histórias, não muito boas, mas muito conhecidas. A primeira foi quando ele se apaixonou pela Ninfa Dafne. Mas Eros (cupido na mitologia romana) atingiu Dafne com a flecha de chumbo, que a fazia desprezar Apolo. Até que ela se transformou em um Loureiro para fugir dele.

Então Apolo transformou a árvore em sua árvore sagrada. Por isso ele criou a coroa de louros, para mantê-la sempre perto dele!

A segunda foi com um homem de nome Jacinto! Ele era o homem mais bonito do mundo daquela época. Então Apolo disputou com outro deus (Zéfiro, o vento oeste, eu acho!) pela atenção de Jacinto. Mas Apolo ganhou do outro deus. Eles namoraram por um tempo... Mas certo dia, enquanto os dois lançavam discos, Zéfiro fez um voltar com força total. Quando acertou a cabeça de Jacinto o matou na hora. — Se um disco de bronze, com a força de um deus, não te matar, nada mais te mata. — Apolo se sentiu culpado pela morte e o transformou em uma flor, que hoje tem o mesmo nome.

Certo, vamos voltar ao presente...

A atitude de Apolo foi estranha, mas devido à tensão que há entre Zeus e Apolo, tanto eu quanto Darlan decidimos não tocar no assunto. Apolo começou a explicar tudo o que aconteceu nesses dois meses aos demais Deuses. E só Zeus parecia não estar gostando da ideia.

— Jake, a Michelle está aqui. — cochichou Darlan no meu ouvido.

— Como? — respondi. — Isso é impossível.

— É ela sim. Eu tenho certeza. — foi quando ele apontou para a décima cadeira onde uma mulher estava. — Olha.

Com certeza não estava vendo a Mi. E sim uma mulher que sua beleza parecia ser uma junção de Angelina Jolie e Avril Lavigne. Ela usava um vestido grego curto rosa e um salto alto vermelho. Seu cabelo castanho cacheado estava com um penteado que realçava sua beleza e sua maquiagem a deixava seus traços mais intensos. Aquela mulher com certeza não era a Mi.

— Darlan, você é estúpido. — disse rindo e Darlan ficou sem entender. — Aquela não é a Mi. Deve ser Afrodite.

— Sério? — gritou Darlan.

Todos olharam para a gente e ficaram sem entender. Já Afrodite, parecia saber da nossa conversa, pois tinha um sorrisinho sarcástico em seu rosto. Darlan ficou vermelho e abaixou a cabeça e Zeus continuou.

— Pare com essa palhaçada. — disse com uma voz imponente. Todos olharam para Apolo que estava com a cabeça baixa. — Você esqueceu o que aconteceu quando você se envolveu nesses assuntos? Não quero ter que resolver tudo novamente.

Por um momento todos ficara em silêncio. Apolo sentou-se e não olhou para Zeus novamente. Foi quando uma voz doce, mas séria, quebrou o silêncio pesado.

— Grande Pai, eu ainda não concordo com a VOSSA resolução dos problemas passados. — levantou uma garota com cabelos pretos e encaracolados. Ela parecia ter a mesma idade de Apolo. Usava um vestido grego longo branco com vermelho e algumas joias de ouro. Tinha um rosto sereno e a cor de seus olhos eram extremamente fortes. Sua fisionomia fazia lembrar-me de alguém, mas não sabia quem era. — O Grande Nicholas, aquele que lhe ajudou a resolver inúmeros problemas, pediu que meu irmão treinasse os meninos. E que, por acaso, é o Escolhido. Aquele por quem tanto esperamos.

— Cale-se Atena. Não se intrometa onde não é chamada. — gritou Zeus.

— Vossa Excelência pode ser Rei dos Deuses, mas não da lógica e da razão. — retrucou Atena. — Lembre-se de que toda sentença, decisão ou julgamento deve ser feito por mim. E se não me engano, *você* não realizou isso nessas decisões.

— Você está questionando as ações de teu pai, Atena? — levantou Hera e o tom da sua voz não estava tão agradável. — O que ele decide é Lei. E fique quieta no seu lugar.

— Você só apoia essas decisões por não gostar de nós e por querer tentar agradar a Zeus. — gritou Ártemis. Ela parecia ter uns dezessete anos, e era bastante bonita. Sua pele era um pouco morena e seu olho parecia refletir a lua. Seu cabelo preto era grande e cacheado deixava sua beleza completa. Ela não usava um vestido grego e sim um medieval com estampa de estrelas. Ela se levantou e continuou. — Lembre-se que Zeus sempre tem outras mulheres. Lembre-se que você tentou matar nossa mãe, mas quando Zeus quis matá-la, foram os filhos bastardos que ajudaram a te salvar. Deixe de ser hipócrita.

— Hipócrita? — gritou Hera e começou a ir em direção a Ártemis. — Você vai ver quem é hipócrita, sua pirralha.

Então em um piscar de olhos os deuses estavam brigando entre si. Por outro lado, Apolo continuou sentado e calado o tempo todo. Aquilo sempre acontecia? Depois de um bom tempo de briga Zeus fez com que todos parassem com a briga e todos voltaram para os seus lugares.

— Peço desculpa pelo ocorrido, garotos. — disse Atena com uma voz doce. — As coisas acabam... Saindo do controle, algumas vezes. — Darlan acenou como um sinal de que não ligávamos. Então Atena virou para Zeus e continuou. — Eu não posso desfazer a sentença que vossa excelência fez, mas a minha sentença deste caso pode melhorar a situação, tanto de Apolo quanto dos garotos e do Império. Se algo errado acontecer, eu me responsabilizo pelos resultados.

Quando Atena disse isso, Apolo se levantou de uma com um rosto preocupado.

— Atena. — disse Apolo. — Não posso deixar que você faça isso...

— Não meu irmão. — Atena o interrompeu. — Tome isso como um presente de irmã. Eu confio em você e acredito que consegue guiar esta guerra para o caminho certo. Mostre que eu não estou equivocada. — Apolo sorriu e voltou ao seu lugar. — Então vamos aproveitar esta semana e ajudá-los da melhor forma possível. — ela olhou para Zeus e continuou. — *Todos* nós.

Íamos ficar no Olimpo por uma semana, mas acabou se tornando um mês. Cada Deus nos treinou de acordo com o seu poder. Atena nos ajudou com a inteligência, raciocínio lógico e estratégias de batalha. Ares, Ártemis, Poseidon e

Hermes nos ensinaram formas de guerra, batalha em todo tipo de lugar, caça e magias de movimento. Hécate como Deusa da Magia, se juntou à Apolo no treinamento oficial. Dionísio e Deméter nos ensinaram a usar a comida das mais diversas formas possíveis. Hefesto nos ajudou em questões de armadura e armas. Somente Zeus não nos ajudou em nada.

E assim... Eu não posso dizer detalhadamente o que aconteceu no tempo que ficamos no Olimpo por motivos de contrato, direitos autorais, ameaças de deuses...

Enfim...

Quando estávamos indo embora os Deuses vieram se despedir. Cada um entregou um tipo de presente referente à sua atribuição. Então foi a vez de Afrodite aparecer.

— O meu presente é um tanto diferente. — disse ela com uma um abraço em nós dois. — Vocês receberão com o tempo e, a parte principal, quando completarem o treinamento. — Ela deu um leve sorriso e puxou uma caixinha e entregou ao Darlan. — Esse aqui é um presente de Zeus, mas ele me pediu para entregar para você. Sabe como ele é.

— Obrigado. — disse Darlan. — Por tudo.

— É melhor irmos logo. — disse Apolo. — Ainda temos muita coisa para treinar.

Então a mesma luz que nos levou ao Olimpo apareceu. Porém em vez de aparecermos na casa, estávamos no meio da praia. Quando olhamos para Apolo ele estava com a aparência normal de novo, mas ele estava só de bermuda e segurando a prancha de surf. Quando vimos nós também estávamos de bermuda. Apolo deu um sorriso e fincou a prancha no chão.

— Este é o meu presente para vocês. — disse Apolo

— Como assim? — perguntou Darlan

— Vou ensinar para vocês coisas que aprendi como humano. Sem magia. — respondeu ele. — Não como um treinador. E sim como um irmão mais velho.

Eu fiquei extremamente animado e certamente Darlan também. Apolo pegou a prancha e começou a correr em direção ao mar.

— Começando pelo surfe.

Sem pensar duas vezes, tanto eu quanto Darlan, começamos a correr atrás de Apolo. Eu estava meio preocupado com esse treinamento. Com medo de que fosse maçante e cansativo. Mas acho que me enganei. Apolo não é exatamente o que a mitologia fala, ele é realmente como um irmão mais velho, bem mais velho. Darlan parece pensar da mesma forma, pois estou começando a perceber que ele está mais relaxado agora. Está esquecendo todo o medo de descobrir que é o escolhido. Ele está finalmente aproveitando essa chance única.

Mas de uma coisa eu sei. Esse tempo de treinamento está sendo o melhor de todos.

VII
Michelle

Brasília, Brasil. 25 de julho de 2016.

Será que aconteceu algo? De acordo com a carta que recebi de Darlan no Ano Novo, eles estariam voltando no segundo semestre e á tempo do retorno ao colégio. Mas até agora nada. Três anos sem ver ele, não sei como ele está, como se porta agora, afinal temos dezessete anos. Ele me mandava algumas cartas, falando que estavam bem e que o treinamento, não sei como, estava divertido.

Há uma semana a capital chegou a Brasília para preparar a festa de coroação do Darlan como Encarnação do Criador da Magia. Então decidi ir até a Esplanada dos Ministérios para ver se encontrava Elizabeth. Quando cheguei, pude ver que a ornamentação para a coroação já havia começado. Bandeiras do Brasil e do Império Mágico estavam espalhadas por toda parte. Encontrei Elizabeth nas rampas do congresso nacional, ela estava com um vestido azul rodado com tule transparente nas costas. Seu cabelo estava preso em um rabo de cavalo e, pelo incrível que pareça, ela estava sem maquiagem. Eu a esperei terminar de conversar com o assessor dela e foi quando ela me viu.

— Olá linda. — disse Elizabeth com o seu português perfeito. — Você é namorado do garoto, certo?

— Sim. — respondi sem graça. — Eu gostaria de saber se a senhora tem alguma notícia do Darlan. Era para ele já ter voltado. Mas até agora nada.

— Ele ainda não deu nenhum sinal? — disse ela espantada. Acenei que sim e ela ficou em silêncio por um tempo. — Esqueci que eles estão com aquele idiota. Pode deixar que vou descobrir o que aconteceu.

Antes que eu pudesse agradecer ela saiu correndo atrás de seu assessor gritando "Ligue para aquele idiota, agora". Então fui para a guilda e decidi treinar um pouco, assim posso esquecer-me de Darlan por um momento. O subsolo da guilda é exatamente para treinos e havia lugares com barreira Mágico para que a magia não saísse do local delimitado.

Enquanto treinava as magias que tinha acabado de criar, fui me lembrando de cada treinamento que recebi da Cléo. Ela ainda é meio atrapalhada com o mundo atual, mas é uma boa pessoa. Minha magia era simples, eu conseguia controlar qualquer tipo de adaga a meu favor, porém com a ajuda dela eu consegui desenvolver a propriedade de vácuo e a medicina Mágica. Ela também me ensinou como planejar uma excelente estratégia entre outras coisas que não requer magia. Mas há duas semanas eu consegui completar o treinamento e foi quando Anúbis a contatou dizendo que era a hora perfeita para retomar o poder do Egito. E espero que ela consiga. Eu por outro lado, vou esperar qualquer notícia de Darlan.

Os dois últimos dias de férias passaram em um piscar de olhos e, como esperado, nenhum sinal do Darlan e do Jake. Acordei com um extremo desânimo afinal eles quebraram a promessa que fizeram comigo. O uniforme feminino do ensino médio era uma saia preta rodada, com um blazer branco com detalhes em preto e uma camisa social com uma gravata azul. Deixei meu cabelo solto e calcei o tênis. Depois que me arrumei fiquei me olhando no espelho por algum tempo.

Nesses três anos aconteceu algo que até hoje eu estranho. Eu acabei desenvolvendo traços que não existiam, ou que não tem nada a ver com os meus pais. Meu cabelo sempre estava perfeito e arrumado, por mais que o desarrumasse, ele sempre voltava. As curvas do meu corpo ficaram muito bem definidas e o que é mais assustador, meus seios cresceram muito. Além do fato de que ter criado uma flexibilidade monstruosa — mas acho que foi por conta do treino. Depois de um longo tempo me olhando percebi que já estava na hora de ir. Nesses três anos, fiz amizade com uma garota que veio da Alemanha. Seu nome era Liesel Müller, linda, rica, inteligente e muito determinada. Ela também estava no terceiro ano. Sua magia era Magia de arquivo, ou seja, ela podia guardar, pesquisar ou qualquer coisa do tipo instantaneamente. Ela sempre me encontrava na porta do colégio e como sempre, estava rodeada de garotos tentando chamá-la para sair.

Quando cheguei à escola e me encontrei com Liesel, acho que ela deve ter percebido minha falta de entusiasmo, porque ela ficou tentando me animar por um bom tempo. Ela me contou sobre como foi às férias na Alemanha, que tinha conhecido um garoto lindo e que começaram a sair. Tentei ser a mais atenciosa o possível, mas ela percebeu que nada tinha funcionado.

— Ele ainda não voltou, não? — disse ela mudando de assunto.

— Sim. — respondi. — Eu estou preocupada. Nem mesmo a Representante da Europa conseguiu fazer contato com eles.

Ela fez uma pausa, levantou-se com um grande sorriso e continuou.

— Eles estão bem. — foi quando o sinal tocou e ela me puxou. — Vem, vai dar tudo certo.

É verdade, eu devo estar me preocupando demais. Eles devem estar extremamente fortes agora, podem se defender. Decidi então parar de me preocupar quando senti algo estranho.

— Droga. — disse uma voz que me parecia familiar. — A gente vai se atrasar.

— Liesel. Você também ouviu isso? — perguntei enquanto procurava a fonte da voz.

— Sim. — ela respondeu.

Quando me virei para traz, uma luz apareceu do nada e dois garotos saíram de dentro dela. E caíram em cima da gente como se fossemos almofadas. Eles se levantaram e pediram desculpas, então pude vê-los melhor. Os dois eram praticamente do mesmo tamanho, mas um era moreno. Eles estavam com o uniforme masculino. A calça social cinza, o colete preto, o blazer branco com detalhes dourados e a camisa branca com a gravata azul. A diferença é que um deles estava com uma bota e o outro com um tênis preto.

— Droga Jake. — falou um dos garotos. — Eu falei para a gente vir mais cedo.

— Jake? — exclamei sem querer.

— Verdade, nós não nos apresentamos direito. — respondeu o outro garoto Ele sorriu e por um momento percebi que certamente aquele sorriso era de Jake. — Meu nome é Jacob di Medici, mas pode me chamar só de Jake. E esse chato aqui é Darlan Rodrigues.

Quando eu ouvi o nome deles, não conseguir ter qualquer reação. Eles finalmente tinham voltado. Mas eles estavam muito diferentes. Darlan havia crescido muito mais do que a última vez que eu o vi, seu cabelo tinha crescido um pouco mais que a altura do ombro e estava arrumado. A cor do seu olho estava mais viva e ele tinha furado a orelha esquerda. Jake estava um pouco mais alto também, mas agora seu cabelo estava em um tamanho médio e preso na lateral com grampo de cabelo.

Eles falaram umas três vezes comigo, mas estava tão paralisada que não consegui escutar.

— Você tem certeza de que está bem? — perguntou Darlan. Mas eu simplesmente pulei em cima dele e o abracei.

— Darlan. — disse chorando. — Você finalmente voltou. Sou eu, Michelle.

Ele não disse nada, só me abraçou. E como era inevitável, ele me beijou e finalmente consegui matar a saudade. Ficamos ali um tempinho até que Jake chamou nossa atenção. Darlan se me soltou e começou a sorrir.

— Michelle. — ele começou a me olhar e começou a corar. — Você, está... Diferente.

— Nem eu estou acreditando nas minhas mudanças. — dei uma rodada e continuei. — Você gostou?

— Oh se gostou. — falou Jake. Mas logo que terminou, Darlan deu um soco no rosto de Jake, que o fez cair no chão. — O que foi?

— Nada. Mas gostei sim. — respondeu Darlan com uma cara sarcástica. Eu não aguentei e comecei a rir. Darlan olhou o relógio, me pegou pelo pulso e começou a correr. — Droga. Se a gente não correr, não vamos poder entrar na aula.

Fazia muito tempo que eu não via o Darlan. Apesar desse reencontro não ter sido, de todo, o mais perfeito, estou feliz. Enquanto corríamos para a sala de aula, não parei de ficar observando as costas dele. Ele certamente tinha ficado mais forte, mais alto e mais perfeito. Pela primeira vez, senti algo que desde que comecei a namorar ele. Algo que não nunca senti. Um sentimento sobre algo que deveria ser somente eu e ele. Algo que com certeza sei que posso confiar nele.

Durante a aula, eu, Darlan, Jake e Liesel, conversamos muito. Eles contaram o que fizeram durante os três anos entre outras coisas. Apenas sei que nós quatro não prestamos atenção em basicamente nada. Fomos almoçar na casa do Darlan e foi quando eu descobri que a família dele e o pai do Jake estavam na Itália com eles. Sim, de acordo com eles, esses não estavam mais na Grécia e sim na Itália.

Depois disso, já era bem obvio, fomos para a Guilda onde todos fizeram mil e umas pergunta para os dois. E é logico que os dois tiveram que mostrar muitas das magias que haviam aprendido. A minha felicidade é imensa por conta do retorno do Darlan, mas ainda queria um momento, um dia talvez, só nosso. O que está sendo difícil por causa do Assédio.

Já eram seis horas da noite quando Darlan me chamou até o Píer da Guilda. Andamos um pouco em silencio, falamos um pouco sobre os meus três anos entre outras coisas.

Então, quando voltamos a falar do treinamento dele, ele revelou algo que me deixou surpresa. Sério.

— Apolo? — disse rindo. — Você está me dizendo que foram treinados por Apolo? O Deus Grego?

— O próprio! Mas os outros deuses também nos ajudaram bastante. — Darlan respondeu do jeito fofo de quando está sem graça. Com um sorrisinho de canto e coçando a bochecha.

Pelo que eu sei, a maioria dos olimpianos são homens. Até aí tudo bem, porque a maioria das mulheres é casada ou tem um pudor maior. Meu único medo é que *Afrodite* tenha feito algo.

— Só espero que Afrodite não esteja nesta história. — respondi com um sorriso que dizia, "espero que eu esteja certa, ouviu?".

— Na verdade... — sua voz saiu tão baixa que quase não ouvi.

Mas foi tarde demais. Eu simplesmente senti meu corpo esquentar. Quer dizer que eu fui traída? E com a pessoa mais vulgar do universo? Quanto mais pensava que Darlan teve contato com Afrodite — e ele ainda afirmou —, mais a minha raiva aumentava. Percebi que ele começou a se afastar de mim com um sorriso besta na cara.

— Darlan Lucas Soares Rodrigues... — gritei enquanto corria atrás dele. — Você está achando que eu vou ser à otária que foi traída com a Deusa do amor? Você está enganado, meu garoto.

— Michelle, calma, não é o que você está pensando. — respondeu Darlan enquanto ainda corria.

— Frase típica de uma pessoa que trai. — gritei.

Corri até que consegui alcançá-lo. Tudo o que passou pela cabeça foi em espancar aquele cretino safado. Ele por outro lado, estava pedindo que eu parasse.

— Ela abençoou você. — quando Darlan gritou isso, já era tarde demais. Acabei acertando-o com um chute na virilha que o fez cair no chão. Enquanto ele se revirava no chão de dor ele continuou com uma voz aguda. — De onde você acha que saiu essa metamorfose toda?

Parando para pensar, agora tudo faz sentido.

— Me explica isso aí. — falei enquanto levantava Darlan. O ajudei a andar até a borda do píer, onde nos sentamos com o pé dentro da água.

Então ele me contou como descobriram que a verdadeira indentidade do treinador deles era Apolo e que no final cada Deus deu um presente aos dois. Principalmente Afrodite. Um eles iriam receber com o tempo, que no caso foi a mudança física deles. E a outra quando terminasem o treinamento. Ou seja, no caso de Darlan, eu.

— Quando eu tiver a oportunidade de agradecê-la farei isso. — disse abraçando Darlan. Então o empurrei e continuei. — Mas isso serve de aviso caso você pense em tentar me trair. E ainda não confio nela...

— Vou anotar isso. — ele me respondeu logo seguido de um beijo.

Depois disso a conversa parou por um tempo. Ficamos vendo apenas o sol se por. Podíamos ver as luzes que se acendiam a cada minuto que escurecia e aquilo fazia a visão muito linda. A Guilda fica pouco antes da Ponte JK e de onde estávamos ela estava linda. Ficamos ali mais um tempo conversando e vendo aquela incrível paisagem. Ficamos ali mais um tempo conversando e vendo aquela incrível paisagem. Ficamos ali até umas seis horas conversando.

De repente, Darlan se levantou e começou a murmurar em grego.

— Poderia falar a minha língua, por favor? — o interrompi.

— Eu quase me esqueci do seu presente. — ele virou de costas, puxou um cristal e começou a falar com a pedra. — Jake, pode começar a *Operação Itália*.

— Operação Itália? — dei uma risada e me levantei. — Darlan, o que você está aprontando?

Ele não respondeu apenas me abraçou. Vi um clarão que me deixou tonta, um vento frio passou entre nós — sem contar que eu estava com a saia do uniforme. Darlan se afastou, começou a sorrir e finalmente respondeu.

— Esse é o meu presente para você.

Quando ele apontou para o lado, finalmente consegui perceber onde estávamos. A Catedral estava totalmente iluminada no meio da noite. Olhei ao redor e a cidade, mesmo tarde, estava animada e cheia. Havia casais caminhando e até mesmo famílias. Estávamos em Florença, na Itália.

— Você me trouxe para Itália? — disse extremamente emocionada. Aquilo era perfeito. Depois de três anos sem nos ver, ele me leva para a Itália. Mas... — Darlan, eu adorei. Mas temos aula amanhã.

— Esse é a Operação Itália. — ele respondeu com aquele sorriso sarcástico que eu adoro. — Vamos ficar uma semana na minha casa da Itália. Mas também não vamos perder aula ou as pessoas vão perceber que sumimos.

— Como? — disse sem entender. — Espera aí... Você tem uma casa na Itália?

— Sim, você vai adorar. — ele começou a andar e me puxou pela mão. — Fiz dois Clones Perfeitos de nós dois. Eles farão tudo no nosso lugar, assim como nós. E quem vigiará é Jake. Ele está com o cristal que controla os clones.

— Então essa semana será apenas você e eu? — Darlan concordou com um pequeno sorriso, eu beijei e continuei. — Então tudo o que posso fazer e aproveitar.

— Mas acho que de uniforme não fica legal. — Darlan tocou em mim e a minha roupa mudou. Um vestido de renda azul Royal, um casaco preto e uma bota preta de franjas salto fino. Já Darlan mudou para uma calça jeans uma blusa branca touca com o cabelo solto e um tênis de cano alto preto. — Bom, agora deixa eu te mostrar a cidade.

Florença realmente é linda. As ruas, as construções, tudo. Ela parecia ter vida própria, as pessoas eram felizes e parecia que nada afetava aquele local. Darlan me levou para jantar em um restaurante supercaro chamado *Enoteca Pinchiorri*. Depois acabamos voltando a andar pela cidade.

Nós caminhamos pela principal da cidade por um bom tempo até que ele parou do nada.

— Está ficando tarde. — disse ele. — Que tal ir para casa?

— Pode ser.

Ele usou o teletransporte novamente e quando vi estávamos em uma sala de TV enorme. E ele fez aquele sorriso sarcástico de novo — para de me seduzir caramba. Darlan me mostrou a casa, que por sinal era enorme. Darlan me mostrou uma foto de Apolo e com certeza é muito mais bonito que os mitos dizem. Conversamos por um longo tempo, jogamos vídeo game na televisão gigantesca e no final estávamos na cozinha comendo doce. E antes mesmo que eu perguntasse a ele me explicou como conseguiu essa mansão.

No Natal de dois anos atrás, o Rei mandou um presente para ele, eram duas chaves que correspondiam à casa da Itália, que era uma das residências de Nicholas, depois que ele criou o Império Mágico. E a outra era a chave do Cofre das encarnações, o qual guarda todos os pertences das encarnações de Nicholas.

De acordo com Darlan, há três portas para esse cofre, uma é a magia, outra é a porta de uma caixa forte (como a do Banco Central) que fica na mansão e a última é a que fica na residência atual dele, no caso, no quarto dele. Mas as duas portas precisam de uma senha e um cadastro de DNA mágico. E depois que ele ganhou esses presentes de Rei, ele, Jake e Apolo se mudaram para a Casa da Itália e com o cofre liberado a treinamento progrediu muito.

Por impulso acabei olhando que horas eram e me assustei quando vi que já era uma e meia da madrugada.

De uma hora para outra comecei a ficar nervosa do nada. Sentia como se algo estivesse faltando, mas não sabia o que era. Como se fosse algo que eu acabei esquecendo.

— Michelle, aconteceu alguma coisa? — falou Darlan de repente. — Eu lhe chamei várias vezes e você não respondia.

— Eu estou bem. — respondi ainda tentando lembrar o que era.

— Michelle, lembra-se da promessa que fizemos?

É isso. A promessa como pude esquecer ela. Com o pude ser tão idiota?

Um dia antes de Darlan ir para a Grécia para treinar eu e ele fizemos uma promessa. Eu estava no quarto dele o ajudando a fazer as malas. Como seriam três anos, ele levou quase todas as roupas do guarda-roupa, ou seja, foram duas malas enormes. Em um determinado momento ele me fez uma proposta, para nenhum dos dois estava claro. Mas depois de nós termos mudado muito nesses três anos, finalmente entendi o que significava a nossa promessa.

— "Quando nos reencontrarmos...".

— "... Faremos de tudo para recuperar o tempo perdido." — ele completou, segurou a minha mão e continuou. — Mas só se você estiver disposta.

Agora eu sei que é uma promessa extremamente boba... Quantos anos eu tinha? Ah, verdade... Treze!

— Darlan, eu fiquei três anos sem te ver, sem saber como você estava, sem estar ao seu lado. — foi nesse momento que percebi que Afrodite mexeu até nos meus sentimentos. Aquilo que senti quando reencontrei Darlan na escola era a primeira manifestação disso. Mas pelo menos é algo bom. — Eu mentiria se dissesse que não estou disposta. Eu te amo, não importa o que aconteça.

Eu comecei a sorrir. Darlan levantou e começou a me levar para o terceiro andar.

— Aonde estamos indo?

— Ao meu quarto.

— Mas você não já me mostrou? — sério depois de trezentos e quarenta e nove quartos ainda havia mais um?

— Deixei o meu por último.

Sim, como pude ter sido tão boba? Darlan já tem dezesseis anos, ele é homem, ou quase. É claro que ele já tem esse tipo de pensamento na cabeça. Senti meu corpo ficando quente e comecei a ficar inquieta.

Darlan percebeu e começou a rir.

— Posso saber do que está rindo? — eu dei um murro tão forte nele que o desequilibrou. — Desculpe.

— Não foi só você... — disse Darlan voltando a andar e virando para um segundo corredor. — Afrodite também mexeu em mim. Tanto fisicamente, quanto emocionalmente.

— Isso quer dizer?

— Quer dizer que não estou mais aguentando. Se já não bastasse o natural, uma deusa grega inventa de triplicar à vontade.

— Darlan. Você tem consciência desta nossa escolha? Não tem?

— *"O meu amor é muito jovem para saber o que é consciência."* — respondeu ele sorrindo. — E isso é Shakespeare. Só para você saber.

Darlan parou em frente a uma enorme porta dupla branca e com detalhes em ouro. Ele levantou a mão e a porta se abriu revelando o quarto. Esse era totalmente diferente dos outros, parecia mais uma biblioteca. Inúmeras estantes junto à parede cheias de livros. A madeira escura deixava o ambiente meio escuro, mas o enorme lustre no centro iluminava tudo. Havia muitas cadeiras, sofás, divãs e pequenas mesinhas espalhadas pela sala.

Peguei um dos livros e comecei a folheá-lo. Ele tinha capa preta e um pouco gasto e suas folhas já estavam com uma cor amarelada. Era todo manuscrito em russo, tinha desenhos e símbolos de magia.

— São diários. Os diários de todas as encarnações estão guardados aqui. — falou Darlan enquanto folheava outro livro, mas um que parecia ser mais novo. — *Mir Magii.*

— Como? — perguntei sem entender.

— É a abreviatura de *Mir, kotoryy prikhodit ot magii*[1]. Foi o nome que a primeira encarnação russa deu ao mundo que vivemos. — Ele pegou o diário que eu estava segurando, guardou e me deu outro. — Esse aqui é mais legal.

Enquanto olhava o livro, Darlan começou a dar aquele sorriso de besta que ele faz quando está se achando. O diário tinha uma capa azul marinho com as pontas douradas e havia o símbolo da Capital cravado na capa. Quando abri, na primeira página, estava escrito Darlan Rodrigues. Vi que os

---

[1] Tradução: *"O Mundo que nasceu da Magia."*

relatos começaram desde o dia que ele foi para Grécia treinar e ele escreveu e guardou tudo, sem exceção.

— É o seu diário? — comecei a rir enquanto ele me olhava decepcionado. — Não liga, só achei bonitinho.

— Não tem nada a ver. — ele começou a corar e ficar sem graça. Ele puxou o diário da minha mão e me entregou outro, mas esse tinha um laço rosa em cima. Ele era roxo e tinha detalhes em prata. — Esse é para você.

— Darlan, obrigada. Ele é lindo. — eu coloquei o diário em uma cadeira, respirei e continuei. — Ok, a gente vai ficar conversando ou vamos fazer logo o que viemos fazer aqui?

— Desculpa. — Ele me puxou até uma porta da mesma cor da madeira que ficava no final da sala. — Bem-vinda ao meu quarto.

Quando ele abriu a porta, fiquei totalmente sem palavras. O quarto era enorme e luxuoso. Parecia muito um quarto do Palácio de Versalhes. A cama majestosa ficava de frente a uma enorme janela que tinha vista para o quintal dos fundos. A luz do quarto estava baixa e havia várias velas e pétalas de rosa espalhadas pelo quarto.

— Eu tinha que fazer algo especial. — Ele me abraçou e continuou. — A final também é a minha...

Eu o interrompi com um beijo. Esse foi totalmente diferente dos outros. Parecia mais quente, melhor, mais perfeito.

— O que importa, é que está perfeito. — Ele começou a rir, me pegou no colo e me colocou sentada na cama. — Eu te amo.

— Eu também te amo.

Eu. Sou. A. Pessoa. Mais. Feliz. Do. Mundo!

Tirei a sua blusa e o abracei. Vi seu corpo daquele jeito pela primeira vez. Estava sem dúvida, musculoso, forte e bonito. Tinha também algumas cicatrizes e arranhões. De todo jeito, eu achei lindo. Darlan começou a descer o zíper do meu...

Espera porque eu estou contando isso?

Nathan De Oliveira

VIII
Darlan

Quatro dias se passaram desde então. Tudo estava sendo exatamente como era para ser. Michelle mudou um pouco depois daquela noite, não fisicamente, mas mentalmente. Finalmente estamos nos vendo depois destes três. Levei Michelle a Roma, Veneza, Milão, Pisa e Vinci. Mas eu não nos restringi apenas na Itália. Paris, Berlim, Viena, Copenhague, Madrid, Londres, Amsterdã, Atenas e por fim o Vaticano. Foram as cidades europeias que ela quis visitar. À noite jantamos nos melhores restaurantes do país em que estávamos e voltávamos para a casa da Itália no final de tudo.

Estávamos nos programando para tentar conhecer alguns países da Ásia, quando algo na televisão nos chamou a atenção.

O presidente e o primeiro-ministro do Egito haviam renunciado. E agora, depois de dois mil e quarenta e cinco anos, o Egito estava novamente sendo governado por um Faraó. Neste caso ninguém menos que última do Antigo Império e a primeira do Novo, Cleópatra Thea Philopator.

— Que ótimo! — exclamou Michelle animada. — Darlan, nós temos que ir à coroação dela.

— Eu teria que ir de qualquer jeito. — disse rindo enquanto Michelle mandava uma mensagem pelo telefone. — Afinal, eu tenho que ir a esse tipo de evento.

Ela começou a rir e me deu um beijo. De repente, a sirene de emergência começou a tocar. A luz vermelha rapidamente acendeu e a televisão mudou. Apareceu na tela a vídeo conferência de emergência. Jake apareceu na tela no pior estado possível. Ele estava todo machucado, o uniforme da escola rasgado e com a Espada de Hira na mão. A lâmina dela era feita de diamante e o punhal em estilo medieval, de couro com detalhes em ouro.

Quando observei direito, vi que ele estava dentro do meu quarto, na sala secreta que eu *construí*.

— Darlan, graças a Deus que você atendeu! — ele gritou parecendo aliviado. — Vocês precisam voltar *AGORA*!

— Mas Jake, ainda faltam três dias. — respondi. Mas, de repente, houve uma explosão que fez a sala tremer e a imagem sair de foco. — O que está acontecendo?

— Não tenho tempo de explicar. — houve uma segunda explosão e a imagem voltou a falhar. — RAPIDO, Brasília está... — a conexão foi cortada sem que Jake terminasse.

Olhei para Michelle e ela estava pensando a mesma coisa que eu. Puxei-a pelo pulso e começamos a correr até o meu cofre. Quando cheguei à porta gigante, digitei a senha rapidamente e fiz a leitura ocular e entramos correndo. Pode parecer mentira, mas o meu cofre tem cinco milhões oitocentos e um mil e novecentos e trinta e sete quilômetros quadrados. E ele se encontra no em todo o subsolo do Distrito Federal e, por incrível que pareça, foi a Capital que foi construída em cima dela. Quando Nicholas estava procurando um local para construir o cofre, achou esse espaço de terra em um continente que até então era desconhecido e manteve segredo.

Michelle ficou de boca aberta quando entramos. Ele tem inúmeras pilastras de trezentos metros de altura que sustentam a superfície do solo. O chão, as paredes, o teto e as pilastras de concreto deixava o local meio cinzento. As luzes por outro lado, deixavam o local muito bem iluminado. Ficamos correndo um tempo até que ouvimos outra explosão. Então paramos enquanto tudo parava de tremer.

— Vai demorar muito se formos assim. — disse Michelle.

— Eu sei. — segurei a mão dela e nos transportei até a ala de roupas e armaduras. Ela é igual às outras alas, mas esta tem vários armários e manequins com armaduras e roupas de todas as eras e modelos, tanto feminino quanto masculino. — Michelle, rápido, procure uma roupa que você se sinta à vontade em uma luta.

Eu coloquei a armadura sem manga medieval de couro preto, braceletes de couro trançado para esconder a marca do meu pulso. Calça preta de e uma bota na altura do joelho. Quando Michelle voltou ela estava com uma blusa decotada de malha preta com manga longa, uma armadura feminina de couro marrom com saia de tiras, calça legging preta e uma bota de montaria marrom. E mesmo com a armadura ela não tirou o bracelete de prata em formato de cobra que ela sempre usa no braço esquerdo.

— Estou pronta. — disse ela ofegante. Ela percebeu que eu estava olhando o bracelete e começou a rir. — Não, eu não vou tirar o bracelete.

— Tudo bem... — houve mais uma explosão e eu aproveitei para nos transportar para a ala da garagem. Acabamos parando na área das motos. Coloquei um capacete e comecei a correr. — Michelle pega um capacete e me segue.

— Ok. — ela veio atrás de mim colocando o capacete enquanto corríamos. — Mas como vamos sair daqui?

Subi em uma Honda CBR 600 azul e ajudei Michelle a subir no passageiro. Liguei a moto, ajustei as coordenadas do teletransporte e o meu círculo magico abriu na nossa frente.

— Desse jeito. — soltei o freio da moto e ela começou a correr ao mesmo tempo em que Michelle deu um grito.

Quando atravessamos o meu círculo magico, aparecemos na Plataforma Rodoviária do Plano Piloto, no sentido Eixo Monumental. Havia batalhas em todos os lugares, prédios destruídos e pessoas e aberrações que eu não sabia identificar feridas ou até mesmo mortas. Quando chegamos à Esplanada dos Ministérios vimos que dos quinze prédios, somente dois não estavam totalmente destruídos. As cúpulas do Congresso Nacional também já estavam destruídas.

"Jake cadê você?", pensei. Quando estávamos no treinamento, eu e ele fizemos uma ligação. Ou seja, se estivermos dentro de um raio de cem quilômetros, podemos nos comunicar através do pensamento. Logo vi a Praça dos Três Poderes na minha cabeça, acelerei desviando das magias e das pessoas e fui em direção onde Jake estava.

Logo na decida do Congresso passamos por um campo de força que estava um pouco estável. Quando estava chegando à curva do Superior Tribunal Federal, uma pedra gigante surgiu vindo em nossa direção.

Transportei-me para as costas da Michelle, a agarrei e nos lancei no gramado deixando a moto ir sozinha em direção à pedra. Que explodiu quando se encontraram. Levantamo-nos e quando tiramos o capacete vimos dois garotos se preparando para lançar feitiços em nós.

— Não ataque eles! — gritou Jake correndo em nossa direção e ele ainda estava com o uniforme todo rasgado. Um dos garotos que estava perto da Estátua da Justiça tentou contestar, mas Jake o cortou. — Ele é Darlan, O Escolhido. Tem certeza de que quer matá-lo?

— Jake não precisa disso. — falei tentando não constranger, ainda mais, os garotos.

— Ainda bem que vocês chegaram. Preciso que venham comigo. — disse Jake voltando em direção ao centro da praça. Ele apontou para os garotos e gritou. — Vocês dois, vão ajudar na barreira de proteção.

— Jake, o que está acontecendo. — perguntou Michelle. — Qual o motivo disso tudo?

— Mi, não temos certeza. — disse Jake parando um pouco. — Mas estamos sendo atacados.

Jake nos contou o que aconteceu. Quando eram oito horas da manhã, começaram a explodir os prédios dos ministérios, as sirenes começaram a tocar, começaram a aparecer um várias pessoas e demônios atacando civis e destruindo prédios e monumentos. A Guilda foi acionada e as forças armadas começaram a fazer a evacuação da população não Mágica de todo o território do Distrito Federal. E desde então eles estão lutando contra esse exército.

— O prédio da guilda também não foi diferente. — disse Jake voltando a andar. — Agora estamos reunidos aqui na praça e cuidando dos feridos no Palácio do Planalto.

Chegamos a uma mesa improvisada, feita de escombros, no meio da praça. Ao redor dela estavam os generais das forças armadas, o mestre da guilda, algumas pessoas de Atlantis, Apolo, o Ministro da defesa e o Ministro da Magia. Quando nós três nos aproximamos todos se calaram e nos olharam.

— Darlan Rodrigues se apresentando. — disse batendo continência tentando esconder a vergonha. — Descobriram algo?

— Bem-vindo de volta. — disse Apolo. Ele sorriu e continuou. — Descobrimos que os ataques estão acontecendo em Washington, Pequim, Tóquio, Berlim, Paris, Londres, Brasília, Roma, Moscou, Nova Deli, Ottawa e em Camberra...

— Espera. — interrompeu Michelle. — Isso quer dizer que eles querem destruir as capitais das doze primeiras potencias mundiais?

— Ou o Selo dos Doze. — quando falei isso às maiorias das pessoas presentes ficaram sem entender. Somente Jake, Apolo e um dos representantes do Império Mágico entenderam. — É obvio. Por que eles estão atacando só estes doze países? E por que eles estão atacando somente a capital?

De repente Apolo começou chamar por alguém desesperadamente e o representante que entendeu sumiu em uma nuvem de fumaça. Todos os outros, contando com Michelle, ficaram perguntando o que é o *Selo dos Doze*. De repente Atena apareceu ao lado de Apolo. Ela usava sua armadura completa de ouro com prata. Estava segurando uma espada dupla com algumas imagens de coruja.

— Sim, já estou sabendo dos ocorridos. — disse Atena indo em direção à mesa de escombros. Quando ela me viu com Jake e Michelle ela deu um sorriso como. — Já contatei os outros para os outros deuses e cada um foi para o país onde o selo de cada um está.

— Senhora... — disse Michelle com medo. — Desculpa, mas poderia nos dizer o que é o selo dos doze?

— Não precisa ter medo. — Atena sorriu para ela e voltou para os mapas. — Quando Nicholas, o Grande, fez o contrato de abertura do Olimpo conosco, foi preciso fazer um selo para que as portas ficassem sempre abertas.

— E é aí que nós entramos. — disse Apolo complementando a deusa. — Somente os doze olimpianos têm o poder para fazer esse tipo de coisa. Então cada um fez um selo de acordo com a sua cadeira.

Atena respirou, abriu os olhos e voltou a falar.

— Os selos são doze cidades. E que por acaso são as capitais das potencias atuais. — explicou ela. Ela apontou para Berlim e continuou. — Então o selo nunca fica no mesmo lugar, ele muda com o desejo do dono. A minha primeira cidade foi Atenas, mas hoje o meu selo fica em Berlim.

— E o meu aqui. — interrompeu Apolo. — Ou seja, se destruírem os selos. Não poderemos mais ter livre acesso à terra e não poderemos ajudar quando é preciso.

— Quem estiver à frente destes ataques deve estar a mando de alguém. Ou melhor, a mando da Darkness. — no momento que Atena falou isso, todos, sem exceção, ficaram paralisados.

Darkness, a deusa das trevas é considerada a pessoa mais perigosa de todas. Ela tem um passado obscuro com o Olimpo, o qual foi apagado da história. Ela quase não deixa rastros de suas jogadas. São raras as pessoas que sabem como identificar esses rastros e principalmente que já a viu.

— Apolo, eu já entrei em contato com a garota. — falou a deusa e Apolo ficou começou a sorrir.

A deusa Atena que já estava indo embora parou duma vez e se virou.

— Por falar nisso, onde estão os governantes do país que deveriam estar aqui?

— Quando os ataques começaram, todos sumiram senhora. — respondeu o ministro da defesa e a deusa deu um sorriso sarcástico. — Até encontrarmos eles, o Sr. Apolo e o Rodrigues estão no comando.

— Eu? — tanto eu quanto Apolo, gritamos em uníssono.

— É claro que sim. — respondeu Atena. Antes de ela desaparecer, ela apontou para a barreira. — A propósito, aquela barreira vai quebrar.

Assim que Atena foi embora, ouvimos uma explosão vinda do congresso. As paredes da barreira explodiram, parecendo um vidro temperado. Um exército de demônios e de invasores apareceu correndo em todas as direções. As pessoas da guilda e das forças armadas voltaram à ação lutando contra eles. Os vidros dos prédios do congresso explodiram e em uma fração de segundo, um dos prédios veio abaixo como aconteceu com as torres gêmeas.

— Michelle, leve os generais e os ministros para o Palácio. — falei e, sem pensar duas vezes, todos a seguiram. Materializei a dupla Excalibur e continuei. — Jake, Apolo... Agora é a nossa deixa.

A noite já tinha caído sobre Brasília e a batalha ainda não havia acabado. O que mais me assustava, além do ataque, foi ver as luzes de Brasília desligadas. Todas as luzes haviam sido desligadas por motivo de segurança, ou seja, o local estava totalmente escuro. Michelle ficou fazendo a proteção do palácio, enquanto Apolo, Jake e eu fomos lutar na linha de frente.

Felizmente, por volta da meia noite, a batalha acabou com a nossa vitória. O exército e a capital prenderam os invasores. A divisão religiosa, que apareceu do nada, exorcizou os demônios e depois foi embora. No fim de tudo nos reunimos no saguão de entrada e decidimos contabilizar as predas.

— Sessenta por cento de Brasília está destruída. — disse Liesel, que estava nos ajudando. Ela respirou, e depois de um tempo continuou. — Mas o pior de tudo é que duzentas e três pessoas morreram, setecentas ficaram feridas e oito foram sequestradas.

— Pelo menos conseguimos proteger a capital do país e salvar milhões de pessoas que vive... — Michelle foi interrompida por um forte barulho vindo de fora. Corremos para fora e depois de trinta segundos, um avião caça passou rapidamente diante de nós. — Para onde está indo?

— Para o Palácio da Alvorada. — gritou o Tenente-Brigadeiro da Aeronáutica descendo a rampa de acesso. — Descobrimos que a Presidente, o Vice e os outros estão escondidos na residência oficial. E aquela aeronave foi roubada!

Sem pensar duas vezes, Apolo, Jake, Michelle e eu pulamos no buraco negro que Michelle criou. Ela criou uma magia que cria um buraco negro que pode nos levar a onde ela quiser desde que esteja dentro de vinte e dois quilômetros. Quando chegamos à residência oficial, a aeronave já estava rodeando o local e pronta para laçar dois misseis em direção à residência.

— Não! — Os misseis foram lançados e Michelle começou a gritar. — Miroir vide.

Após o grito, um rasgo gigante se abriu e os misseis entraram e voltaram, mas agora em direção à aeronave que estava tentando fugir. Mas ele ainda foi alcançado e o avião foi explodido pelo próprio tiro.

— Vamos fazer uma barreira de proteção, sinto que ainda não acabou. — disse Apolo enquanto olhava ao redor. Começamos a fazer a barreira, mas algo nos chamou a atenção. Alguma coisa começou a cair do céu em cima do Palácio da Alvorada. Algo que parecia... A *Little Boy*. Apolo começou a gritar para Michelle correr e mudou as propriedades da barreira. — INVERTAM A BARREIRA AGO...

Ela explodiu ao tocar o teto do Palácio, mas conseguimos inverter a barreira para que ela não se espalhasse, porém tivemos que ficar segurando as paredes. A explosão demorou muito tempo e ver aquele cogumelo gigante, enquanto as paredes nos empurravam para trás, não é uma visão digna. O calor foi subindo cada vez mais, a ponto de chegar a ser insuportável. E depois de dez minutos, a explosão terminou. Já o Palácio da Alvorada, não sobrou nada além de pó. Apolo retirou todas as partículas de toxinas e de radiações deixadas pela bomba. Jake, Michelle e eu vimos à imagem mais lastimável, os restos carbonizados dos líderes do Governo.

Voltamos para o Planalto onde todos ainda estavam se recuperando. Fui para o gabinete presidencial com a Michelle e pedi para Jake e o Apolo chamarem os ministros e os generais. Quando entramos, tanto Michelle quanto eu ficamos sem palavras. Além de ser a minha primeira vez entrando ali, aquela sala era linda. As tapeçarias que tinham espalhadas pela sala, os moveis rústicos e a imponência que o local emanava era enorme. O gabinete parecia ter três ambientes, um era a mesa redonda com quatorze cadeiras, o segundo era um jogo de sofás com uma mesinha que ficava perto da janela e por último, perto da parede tinha a mesa do presidente.

Quando todos chegaram, sentamo-nos nos sofás e começamos a contar o que aconteceu.

—... E no fim, não conseguimos salvar ninguém. — eu disse finalizando a explicação. — Não contávamos com aquela bomba.

— Vocês fizeram tudo o que podiam. — falou o Ministro da Magia. — O importante agora é resolver os assuntos pendentes e descobrir que estava afrente dos ataques.

— Foi Lênus. — falou uma garota que apareceu do nada no meio da sala.

Ela parecia ter uns dezoito anos e era do mesmo tamanho que Michelle. Seu cabelo castanho liso fazia contraste com seus olhos dourados e sua maquiagem era muito bem-feita. Sem dúvida parecia ser uma modelo ou atriz.

Ela usava um casaco branco com detalhes pretos, um vestido curto vermelho e uma bota de salto alto. Quando viu Jake, ela sorriu de forma estranha.

— Sou Hermíone Belvedere Gregory, a Rainha Eterna do Império Mágico. — ela parecia ser muito nova para ser a rainha eterna, mas as pessoas designadas para o poder ganham a imortalidade, então é certo que seja ela. Quando ela falou o sobrenome *Belvedere,* eu e Jake começamos a olhar para Apolo, Afinal o nome dele é *Apolo* Belvedere *Febo.* Ela percebeu o nosso ato e começou a rir. — Sim, eu sou filha do Apolo. Por falar nisso, oi papai.

— Oi Mine, quanto tempo! — ele acenou com um enorme sorriso no rosto. — Quem é Lênus?

— Ele é o mais novo capanga de Darkness. — ela se espremeu para se sentar entre mim e Jake. — Ele descobriu a localização do Império e tentou atacá-la. Então, quando a tia Atena me contatou, decidi vir aqui para buscá-los.

— Nos buscar para? — perguntou Michelle.

— Para uma missão oficial! — retrucou Hermíone. Ela começou a fazer carinho na cabeça de Jake, que estava mais vermelho que as tapeçarias da sala. — Lindo, poderia me falar qual foram os governantes que morreram na explosão? Precisamos resolver isso primeiro.

Jake ficou alguns segundos sem responder nada. Ele começou a suar frio e ficar cada vez mais corado. Eu sabia o que estava acontecendo com ele, afinal Jake é mulherengo e, devido a circunstância e por ela ser filha de Apolo, ele estava se segurando ao máximo as seduções dela.

— A... A... A... — Jake ficou gaguejando.

— A Presidente e o Vice-presidente... — interrompi Jake para que pudéssemos seguir em frente.

— Só os dois principais governantes. — sussurrou o Ministro da Defesa.

Hermíone ficou por um tempo analisando um por um por bastante tempo. Principalmente Jake. Então ela começou a fazer planos de proteção junto aos outros.

Já eram cinco e meia da manhã e ainda estávamos em reunião no gabinete presidencial. Michelle e Jake estavam dormindo no sofá já fazia algum tempo. E os que estavam acordados estavam na mesa redonda. No final foi decidido que o presidente da Câmara assumiria enquanto eleições de emergência eram organizadas. O Império Mágico ajudaria com o que o país precisasse neste momento. Hermíone decidiu que Apolo, Jake — como se alguém tivesse se surpreendido —, Michelle e eu, iriamos com ela nessa missão oficial.

Falei para os generais que levassem as pessoas que foram evacuadas para o setor de refúgio que tem em meu cofre até que tudo fosse reconstruído e a barreira refeita. E entreguei a chave provisória, que pode abrir um portal para o setor em qualquer lugar. Também foi decidido que Brasília iria ser reconstruída, como exatamente era antes da destruição, com a ajuda do Império.

Olhei para o lado e vi o sol nascendo, iluminando toda aquela escuridão e revelando os estragos causados pela batalha. Levei Michelle para buscar suas roupas e documentos em sua casa e ela aproveitou pata deixar uma carta aos seus pais o que havia ocorrido, onde estaria e que não precisariam se preocupar.

Foi uma ideia brilhante da parte dela, então fui a minha casa e fiz a mesma coisa. Jake foi curar a perna de seu pai que ele havia quebrado durante a batalha e avisar sobre a missão. Apolo ficou com Hermíone nos esperando na Catedral, como combinamos.

— Certo! — disse Hermíone ao chegarmos. — Primeiramente nós vamos...

— Ao Egito. — Michelle a interrompeu e ela não pareceu muito feliz. — A coroação da Cleópatra é amanhã. Nós temos que ir. Podemos até pedir ajuda a ela.

— Ok. — respondeu Apolo. — E onde ela está?

— No Palácio Ras el-Tin, em Alexandria. — respondeu Michelle trocando um fuzilamento de olhares com Hermíone. — É o novo palácio real do Egito. E Cleópatra disse que vamos ficar no palácio.

— Já consegui as coordenadas. — quando Jake falou, todos perceberam que ele estava usando a magia de arquivo, a mesma de Liesel. Michelle olhou meio incrédula ao fato de Jake ter copiado a magia dela. Ela começou um movimento para comentar, mas desistiu. — Só tenho que avisar que vamos ter que atravessar a pé. Afinal, não sabemos como é ou como está o trânsito por lá.

Todos assentiram e Jake começou a preparar o teletransporte. O círculo Mágico de Jake tem o símbolo da força, mesmo sendo minha contrapartida, o seu círculo não sofreu mudança. E o seu círculo tinha uma cor vermelha, a sua cor favorita.

Quando atravessamos percebemos na hora a diferença, estava extremamente quente. Aparecemos no jardim do Palácio e ele era enorme e construído como as construções renascentistas. Havia inúmeras bandeiras e estatuas sendo colocadas em todos os lugares. As pessoas que estavam trabalhando ali estavam usando roupas parecidas com as que eram usadas no Egito Antigo.

— Finalmente chegaram! — gritou uma mulher de uma das varandas do palácio. Ela pulou da sacada e em fração de segundos ela já estava na nossa frente. Ao vê-la de perto percebi que era Cleópatra. Ela havia mudado o corte do cabelo, agora estava repicado, como o da Michelle. Ela usava um vertido tubinho curto verde e várias joias de ouro. Usava também uma tiara de ouro com diamantes em formato de gavião. Já sua maquiagem continuava a mesma.

— Madrinha. — falou Michelle eufórica. Ela a abraçou e continuou. — Você está linda.

— Olá querida, quanto tempo. — interrompeu Hermíone.

Cleópatra levou um tempo a analisando da cabeça aos pés.

— Rainha Hermíone! — exclamou Cleópatra perplexa. Elas se abraçaram rindo bastante. Curvaram-se uma para a outra e ela continuou. — Quanto tempo? Minha amiga, como está.

— Para dois mil e quarenta e sete anos depois, eu estou ótima. — respondeu Hermíone.

— Viemos para a sua coroação, madrinha. — Michelle voltou a falar. — Mas também temos que tratar de alguns assuntos.

— Maravilha. — Cleópatra virou de costas e começou a andar. Ela levantou a mão direita e gritou. — Venham, vocês são os meus convidados de honra.

****

Já era Sábado à noite e a coroação aconteceria em duas horas. Desde que chegamos, Jake, Apolo e Eu ficamos procurando os rastros de Lênus. Michelle e Hermíone ficaram junto com Cleópatra e o tempo todo elas começavam a brigar feito cão e gato. Algumas vezes tinha que deixar o palácio com Michelle para ver se ela se acalmava.

Estávamos nos arrumando para a coroação. Eu estava usando o traje de cerimonias diplomáticas. Uma roupa militar parecida com as do século XIV com uma faixa transversal azul e branca e uma bora de couro. Meu cabelo estava preso em um rabo de cavalo com a frente solta. Jake estava com um terno preto simples com a camisa vermelha e sem gravata. E, como sempre, estava de tênis. Já Apolo estava com uma camisa cinza, gravata prata, calça social preta e sapato.

— Será que as meninas já estão prontas? — perguntou Jake. De repente um barulho de algo batendo na parede e alguns gritos vindos do quarto delas nos deu a resposta. — Qual é o problema dela?

— Gênio forte? — respondi. E depois de um bom tempo, as duas entram no nosso quarto, como se nada tivesse acontecido. — Terminaram?

Michelle começou a me olhar com uma expressão não muito amigável. Ela estava usando um vestido curto de renda, sapato de salto alto preto e seu cabelo estava levemente ondulado. Hermíone usava um sári azul e seu cabelo estava preso em uma trança lateral que estava sob o ombro direito.

— Sério Michelle... — disse Hermíone nos ignorando totalmente. — Por que você não quer deixar seu cabelo preto?

— Eu é que te pergunto. — explodiu Michelle — Porque toda essa fixação no meu cabelo.

— É que você é muito igual a uma antiga amiga minha — respondeu Hermíone. Michelle olhou para ela sem entender e ela continuou. — Mary, Queen of Scots.

— Realmente é uma velha amiga. — riu Jake. Hermíone simplesmente deu um tapa na cara dele e voltou a discutir com Michelle. — Chega! Vamos acabar com essa briga tosca?

— Ela que começou! — as duas gritaram.

Depois de algum tempo finalmente fomos para o salão da coroação. Em um dos corredores estava cheios de guardas espalhados por toda a sua a sua extensão. Quando estávamos bem no meio dele Cleópatra saiu de uma das portas. Já estava pronta para a coroação, usava um vestido branco simples e seu cabelo estava amarrado em uma trança. Ela usou duas magias de selamento e dois guardas se posicionaram em frente à porta. Ao nos ver ela parecia ter se assustado e quando chegou mais perto, pude perceber que ela tinha chorado. Ela respirou fundo e continuou a andar.

— Me sigam. — disse Cleópatra com a voz tremula.

Andamos por inúmeros corredores até chegarmos ao quarto real. Ele era enorme e havia muitos quadros com papiros desenhados por toda a parte. A varanda dava uma vasta e linda visão para o Mar Mediterrâneo e os moveis estavam em uma perfeita harmonia.

Cleópatra sentou-se no baú assento ao pé da cama e nos olhou por alguns segundos antes de falar.

— Anúbis... — disse ela enquanto se entregava as lagrimas — Anúbis está morrendo!

MIR MAGII: O Retorno da Luz

IX
Apolo

"Após três anos a Morte deverá salvar"

Todos pensam que os maiores segredos dos deuses estão relacionados à verdade plena, a criação do mundo ou qualquer coisa relacionada. Mas o que escondemos, até mesmo entre nós, é que deuses também podem morrer. Não por motivos fúteis ou naturais, mas sim por uma fraqueza já nascida com ela. Chamamos essa desgraça de "Calcanhar de Aquiles". Os exemplos mais clássicos são vistos em Asgard, em Neteru e até mesmo no próprio Olimpo. Balder foi assassinado por Loki através de uma adaga de visco, Osíris foi morto e esquartejado por Seth que tinha seu coração impuro e Hélio que acabou desaparecendo após ser esquecido pelos humanos. Nem mesmo os deuses são invulneráveis à morte.

Cleópatra começou a chorar assim que nos informou que Anúbis, o Deus Egípcio dos Mortos — ironicamente — estava morrendo.

Ela controlou seu choro mais uma vez e retornou a falar.

— Já faz muito tempo que ele está doente. — disse ela enxugando as lagrimas — Mas há duas semanas seu estado tem piorado cada vez mais.

— Mas deuses não são imortais? — perguntou a Ruivinha.

— Teoricamente sim. — respondi — Mas todo Deus tem uma fraqueza.

Tirando Cleópatra, todos os outros ficaram perplexos. Quebrei duas leis de sigilo divino, mas expliquei a todos como isso funciona. Que os deuses não são totalmente imortais, e que todos tem uma fraqueza. Ou seja, se descobrirem a sua, considere-se morto.

— O grande problema é que isso causa um grande desequilíbrio e o caos aparece. — disse terminando minha explicação.

— E é exatamente o que a Darkness e Lênus querem. — observou Darlan enquanto anotava tudo com a magia de arquivo. — Mas o que aconteceu com Anúbis?

A Ruivinha acalmou Cleópatra e sussurrou algo para ela. Depois de limpar o rosto e se acalmar, ela se levantou, pegou um grande livro e o abriu em cima da escrivaninha.

— O problema é a Adaga de Anúbis. — ela apontou para um desenho de uma adaga no livro. O desenho estava meio borrado, mas eu sentia que já havia visto aquela adaga em algum lugar. Foi quando ela voltou a falar.

— Quando Anúbis embalsamou Osíris, Seth ficou com muito mais ódio. Ele simplesmente travou uma batalha com Anúbis, mas seus poderes estavam em um empate. — Explicou Cleópatra.

— Mas se eles estavam empatados, como Seth ganhou? — perguntou Jay.

— Aí que entra a fraqueza dele. — ela passou a página e mostrou um desenho com a adaga presa em uma pedra, como a Excalibur. — Quando ele embalsamou Osíris, um pouco de sua alma morreu junto. Para que isso não acontecesse novamente, ele criou uma adaga que servia como ancora para sua alma. — os três garotos ficaram calados, com medo de falar alguma coisa que pudesse piorar a situação. — No meio da batalha, Seth roubou essa adaga e jogou uma maldição que prendeu a alma de Anúbis na adaga...

— E uma alma fora do corpo, é como álcool exposto ao Sol. — acabei falando por impulso, mas é verdade. Quando uma alma é tirada de um corpo, seja de um Deus ou de um mortal, sua alma fica tão volátil quanto o álcool, levando-o a morte. E como a alma de Anúbis estava frágil, certamente Seth se aproveitou disso. — Mas ele já devia ter morrido há muito tempo.

— Quando Seth fez isso, Hórus e Rá o expulsaram de Neteru, antes mesmo de ele sair do campo de batalha. — ela voltou a explicar. E Darlan voltou a registrar tudo novamente. — Rá não podia desfazer a maldição, mas podia refazê-la. Se até quando o escolhido aparecesse, a adaga não escolhesse um novo dono, aí então ele morreria. A colocou em uma pedra de barreira e a entregou para Nicholas.

— Eu sei que adaga é essa! — Exclamou Mine. Ela empurrou Darlan e começou a mexer nos arquivos. — Você consegue acessar os arquivos do governo?

— Consigo, mas só receberei a liberação depois da coroação. — Respondeu ele.

Mine colocou a mão na tela e uma enorme insígnia do governo apareceu. Logo em seguida, várias telas com inúmeros documentos com tarjas de sigilo e outras com extrema restrição. Então ela selecionou uma onde pediu uma senha codificada.

— Como Rainha Eterna tenho acesso a muito mais documentos governamentais que o próprio Rei atual. — Quando Mine terminou de falar, um holograma de uma enorme pedra com uma adaga presa em sua base superior, onde apenas um quarto da lâmina e o punho aparecia. — Essa é a Adaga de Anúbis.

— Parece a Excalibur. — Falou a Ruivinha enquanto ajudava Cleópatra a se maquiar novamente.

— Na verdade a Excalibur foi baseada nela. — Quando Mine respondeu isso, sem querer, eu soltei um pequeno sorriso e todos os outros ficaram sem entender. — Eu sem querer deixei vazar algumas coisas há algum tempo.

— Há alguns séculos... — Eu disse a corrigindo. Ela ficou um pouco sem graça quando todos riram.

A Ruivinha terminou de arrumar Cleópatra e chegou mais perto de onde estávamos.

— E onde ela está? — Perguntou Darlan enquanto derrubava Jay, que estava paralisado olhando para Mine. — Acho que podemos descobrir algo se a levarmos para Atena.

— Ela está na cidade antiga. — Eu respondi. — E que por sorte, tem uma entrada de baixo das ruinas da Biblioteca de Alexandria.

De repente uma tanto eu quantos os garotos sentimos uma rápida presença que rapidamente sumiu. Darlan ficou sério, levantou-se e foi em direção à janela.

— Acho melhor apresarmos a cerimônia. — disse ele enquanto abria as cortinas. — Afinal, havia mais alguém nesta conversa.

Nós cinco montamos uma pequena força tarefa, onde eu, Jay e Mine ficamos espalhado em meio às pessoas procurando por alguém que pudesse ser suspeito. Darlan e Michelle ficaram ao lado de Cleópatra, para que eles pudessem a proteger e ter uma visão maior lá de cima.

— Eu fiz uma barreira em torno de todo o palácio — usei a ligação mental que fizemos antes da coroação começar.   — Mas eu também fiz uma interna, que protege o caminho do quarto.

— Ótimo! — respondeu Darlan. Eu o olhei de onde eu estava, ele e Ruivinha estavam de mãos dadas e conversando algo. Ele olhou para mim novamente e sua voz retornou a minha mente. — A Michelle acha que podem tentar ferir a mim ou Cleópatra para criar um tumulto. Vou usar meu pronunciamento para fazer uma varredura.

— E quando encontrar os suspeitos? — perguntei. — O que você vai fazer?

— Se ele atacar, eu e Jake vamos atrás dele e você fica aqui cuidando da segurança e Michelle e Hermíone vão cuidar da distração. — Darlan respondeu enquanto olhava para Cleópatra. Ele deu uma pequena pausa, olhou para todo o local e continuou. — Onde estão a Hermíone e o Jake?

Quando procurei os dois de onde eu estava, não consegui localizá-los. E não houve pedido de socorro. Eles só sumiram.

Após do ato de Coroação, Cleópatra fez seu discurso, ela agradeceu a todos e fez menção a como será o seu novo governo. Por mais que ela tentasse esconder, era nítido seu abalo emocional, ela estava extremamente desesperada em relação a Anúbis.

— Para terminar esta cerimônia, gostaria de convidar Darlan Rodrigues para fazer um discurso em nome do Império Mágico. — disse ela finalizando o discurso.

Darlan olhou para mim e acenou com a cabeça. Ele foi até o púlpito, olhou para todo o local e começou.

— Boa Noite. Primeiramente gostaria de agradecer a Cleópatra e ao novo Governo Egípcio, a oportunidade de estar desempenhando meu primeiro trabalho diplomático como Encarnação. Eu e o Império Mágico, desejamos prosperidade a esse novo governo, que volta hoje depois de milênios. Espero que...

— Anty Svit! — gritou a Ruivinha interrompendo Darlan.

No momento em que ela gritou, havia duas adagas indo na direção onde Darlan estava. Com o grito, uma bola negra envolveu as adagas e as fez desaparecer.

— Jake, não importa o que você está fazendo. Vem me ajudar a pegar o suspeito. — disse Darlan na ligação mental, ele deu dois passos para trás e continuou. — Michelle, Hermíone e Apolo, já sabem o que fazer.

Ele sumiu em uma fumaça azul e todos os convidados começaram a tumultuar o local. Apareci do lado da Ruivinha e ala acabou se assustando.

— Desculpe.

— Sem problemas Apolo. — ela rasgou as laterais da saia do vestido e soltou o cabelo. — Ok, agora eu só preciso pensar em uma distração.

— O que acha de dançar? — respondeu Mine chegando correndo.

A ruivinha ficou alguns segundos corada provavelmente ponderando a ideia.

— Ok! Vamos lá... — respondeu Ruivinha. Ela começou a puxar Mine para o meio do salão e continuou. — Apolo, você arruma a música?

As duas começaram a dançar no meio do salão e prendeu a atenção de todos os convidados. Com perfeita sincronia, elas conseguiram fazer as pessoas esquecerem o tumulto e se acalmarem enquanto tudo se resolvia no jardim do palácio. Enquanto ficava de plantão no salão, fui ver a situação dos garotos.

Quando cheguei ao jardim, eles já haviam conseguido prender o suspeito e Darlan já havia o enviado para a prisão na Capital. Eles estavam correndo de volta para o palácio quando nos encontramos.

— O que descobriram? — perguntei. Olhei para Jay e ele estava com uma marca de chupão no pescoço e sujo de batom na boca. — Não me diga que você e a minha filha...

— Ele realmente era o culpado. — Darlan me interrompeu antes que eu terminasse meu raciocínio. — Ele ouviu nossa conversa sobre a adaga e repassou para outro grupo maior.

Graças às garotas conseguimos tirar a atenção das pessoas ao que estava acontecendo. Depois do "Show em homenagem a Faraó Cleópatra", conseguimos tirá-la do salão principal e, com muita relutância, conseguimos fazer ela nos levar até Anúbis.

Ela nos levou até o quarto que a vimos sair e quebrou o selo que havia feito. Quando entramos, o quarto era igual os outros quartos, mas a única diferença era que havia inúmeros *Canopos* espalhados por toda parte. Em cima de uma grande mesa de madeira havia vários potes e garrafas com etiquetas indicando carbonato de sódio, bicarbonato de sódio, sal e sulfato de sódio.

Atrás da mesa havia incontáveis metros de faixas feitas de linho. Olhei para os garotos e todos eles sabiam para que eram aqueles materiais. Darlan me olhou com um semblante de preocupação e voltou-se para Cleópatra.

— Anúbis continua mumificando? — perguntou Darlan. Ele segurou a mão da ruivinha e continuou. — Mesmo com o seu estado atual?

Cleópatra começou a gesticular para respondê-lo, mas foi interrompida por uma voz masculina vinda da cama.

— Ainda sou o Deus da Mumificação, garoto! — ele fez uma pausa por causa de uma tosse e os garotos ficaram congelados por causa da potência da voz. Cleópatra abriu a cortina que tampava a visão do leito da cama, revelando o Deus deitado com um livro sobre a mão. — Sejam Bem-Vindos, eu estou honrado com a visita de vocês.

Havia séculos ou talvez milênios que eu não via Anúbis, mas ele não havia mudado quase nada, mesmo estando à beira da morte. Ele tinha um corpo forte e bem definido, sua pele moreno-clara contrastava com seu olho azul, seu cabelo castanho estava cortado em um penteado mais contemporâneo e sua barba rala deixava-o em com uma fisionomia de um jovem de pouco mais de vinte anos. E por incrível que pareça, mesmo em sua forma humana, Anúbis ainda usava suas longas e pontudas orelhas de *Chacal*. Ele deu um largo sorriso e continuou.

— Sou Anúbis Arkmen-Inpu, Deus Egípcio dos mortos e moribundos, da mumificação, protetor das pirâmides e um dos juízes do tribunal da vida após a morte.

Darlan ficou sem saber como se portar diante de Anúbis, então depois de algum tempinho observando o Deus, ele deu um passo à frente e curvou-se seguido pela Ruivinha e por Jake.

— Vossa Divindade, gostaríamos que nos ajudasse... — Anúbis interrompeu Darlan levantando a mão.

— Só Anúbis. — disse ele calmamente. — Já sei de tudo o que está acontecendo Darlan Rodrigues. E já lhe adianto que vocês têm até às três e quarenta da madrugada para encontrar a adaga.

Darlan estava ficando cada vez mais nervoso. Ele olhou para a ruivinha que parecia tão paralisada quanto uma rocha.

— Por que temos que encontrar a adaga até esta hora? — Darlan olhou no relógio e seu nervosismo pareceu só aumentar. — Temos apenas duas horas.

— *"Após três anos a Morte deverá salvar..."* — disse Anúbis.

Quando ele falou parece eu uma faca acertou as minhas costas. Eu já sabia que estava relacionada a alguma divindade, mas qual? Pensei em todos os Deuses da morte que eu conheço.

Thánatos, Anúbis, Shinigami, Freya, Omolu entre inúmeros outros. Mas desde que eu... Desde que aconteceu algumas entre mim e Zeus no Olimpo, não tive mais contato com nenhum deles. É verdade, essa é a primeira vez que eu me encontro com uma divindade não grega em quatrocentos e noventa e oito anos, eu acho. Então eu não sabia como estava a situação de cada um.

— Então quer dizer que devemos salvar o senhor? — perguntou a ruivinha quebrando o silencio. — Mas como?

— Do único jeito que existe, minha querida! — Anúbis começou a tossir como se estivesse com tuberculose. — Não é mesmo Apolo?

Droga Anúbis, pensei, *Tem como você não ficar confirmando o que eu não quero acreditar?*
Mas Anúbis estava certo, o escolhido da adaga já havia nascido e estava no quarto. Para ser mais exato, um dos três era o escolhido da adaga.

— Então a resolução dessa frase da profecia seria... — disse olhando para os garotos e para a Ruivinha — *"Após três anos Anúbis deverá salvar"*, ou seja, um de vocês três deve puxar a adaga da rocha.

Os três ficaram imóveis e totalmente sem cor, acho que essa informação foi muito forte para eles. Afinal, quem tenta tirar a adaga e não é o escolhido dela, morre.

— Pessoal, eu não queria atrapalhar a conversa. — interrompeu Mine olhando para o relógio. — Mas já é uma hora da manhã.

X

Jake

A Grande Biblioteca de Alexandria, uma das maiores bibliotecas do mundo. Meu pai sempre me contava histórias sobre ela. Uma construção majestosa situada no Egito, onde há inúmeros pergaminhos antigos, todos os livros possíveis em todos os idiomas e um ótimo laboratório astronômico. De acordo com ele, essa biblioteca ganhou sua fama durante o auge de Roma. Toda vez que meu pai falava nela — afinal o seu sonho era conhecê-la — eu imaginava uma construção egípcia impressionante.

Só que é totalmente diferente do que eu imaginei!

Próximo ao Mar Mediterrâneo, o prédio parecia um gigantesco cilindro inclinado. A fachada do cilindro central, de granito cinza, tinha letras e desenhos.

De acordo com Cleópatra, essa nova construção, foi inaugurada em dois mil e dois. Quando ela e Anúbis conseguiram influenciar os governantes do Egito para reconstruí-la. Já que a antiga foi destruída durante a Idade Média. Com certeza meu pai daria tudo para poder estar aqui.

Mas vamos voltar ao assunto.

Cleópatra nos levou correndo até a biblioteca, afinal tínhamos menos de uma hora e quarenta minutos para encontrar a adaga. Hermíone tentou contestar querendo ir para as ruinas da antiga Biblioteca, mas Apolo falou que havia transferido as passagens para a nova. Pois estariam mais seguras que nas ruinas.

Usando seu novo poder de Faraó, Cleópatra nos levou até o extremo subsolo do prédio, onde havia inúmeros corredores e alguns não levavam a lugar nenhum. No final Paramos de frente a uma parede que não tinha nada.

— Essas são as portas para a antiga capital? — falei tentando aliviar o clima. — Quando tiver uma casa quero que seja a porta da frente.

— Cala a boca Jake! — disseram Darlan e Mi ao mesmo tempo.

Hermíone deu um passo à frente e colocou a mão na parede. As luzes do local começaram a piscar e uma nevoa começou a surgir da parede.

Então uma porta medieval, tipo aquelas dos castelos, apareceu no lugar da parede. Ela era feita de prata e tinha o brasão do Império Mágico — o círculo mágico do Darlan com uma coroa de louros em volta.

— É isso. — disse Cleópatra. — Conto com vocês. Voltarei para cuidar de Anúbis. Tentem não morrer.

Ela deu um abraço em Hermíone e na Mi, virou as costas e desapareceu.

Uma tensão enorme caiu sobre a gente, mas graças a Hermíone, o clima ruim foi embora.

— Bem-vindos à antiga capital do Império Mágico. — Ela abriu a porta e continuou. — *Tróia II*.

O lugar era absolutamente incrível, mas também era assustadoramente macabro. O teto do local era absurdamente alto e parecia um céu nublado. Havia inúmeros corredores que levavam até uma pequena colina — sério, como é que tem uma colina dentro de um subsolo? — e o no topo tinha uma estátua gigantesca de um homem sentado em um trono, segurando uma lança no braço esquerdo e um anjo sem cabeça no esquerdo. Seu corpo parecia ser feito de marfim e sua túnica de ouro, seus olhos eram duros e irradiavam poder.

— Zeus... — Apolo estava tão pálido quanto o marfim da estátua.

Ele parecia estar tentando manter a compostura, mas estava agindo da mesma maneira de quando fomos ao Olimpo em no Natal de dois mil e treze. Com medo e chateado.

— A grande estatua de Zeus de Olímpia. — disse Mi totalmente encantada. — Uma das Sete Maravilhas do Mundo Antigo. Achei que ela tinha sido roubada.

— E foi... — respondeu Hermíone um pouco mais a frente. — Mas meu irmão, Nicholas, conseguiu recuperá-la. Então, logo depois, encontramos a atual localização do Império e Zeus a colocou aqui para proteger esse local e...

— A adaga! — Interrompeu Apolo sem entusiasmo na voz.

— Ah, entendi! — gritou Darlan do nada. — É igual à Athena Parthenos no Acampamento Meio-Sangue?
Hermíone começou a olhar sem entender para ele e a Mi começou a rir.

— Não entendi a referência. — Nessa hora já havíamos chegado aos pés da estátua ela olhou para cima e continuou. — Mas acho que deve ser algo parecido.

Entre os pés de Zeus havia um painel parecido com daquelas impressoras que digitaliza um documento. Hermíone colocou a mão em cima e, a nossa esquerda, o chão se abriu como se fosse uma porta de elevador, revelando uma escada que descia para a escuridão. Um poder monstruosamente grande saia de dentro do túnel, fazendo meus nervos dizerem *fuja* a cada cinco segundos.

Já é o momento certo de ver quem vai puxar a adaga? Pensei, mas fui interrompido por um grito de Darlan.

— Michelle! — ele a puxou que estava andando em direção ao túnel dizendo algo em uma língua estranha.

Ela se virou e criou uma explosão invisível que jogou Darlan longe. Ele saiu voando, bateu a coluna no dedão da mão de Zeus e caiu no uns sete metros até o chão.

Se eu não conhecesse a Mi iria dizer que aquela era a própria *Fênix Negra*. Seus olhos estavam totalmente brancos, um redemoinho de vento em sua volta fazia seu vestido rasgado balançar e seu cabelo ruivo flutuar no ar.

Darlan se levantava com a ajuda de Apolo, mesmo assim ainda estava tonto.

Mi abriu os braços e começou a falar, mas não saiu nada de sua boca.

— *Noli me tangere.* — disse uma voz dupla em toda parte. Todo o local começou a tremer fazendo até a estátua de Zeus vibrar. Mi se virou e entrou no túnel.

— Ela poda ter falado uma língua que eu entenda. — eu disse enquanto materializava a Espada de Hira. — Sem que eu precise usar magia, no caso.

— Não importa o que ela disse. — disse Darlan se apoiando no ombro de Apolo. — Temos que ir atrás dela!

Após entrarmos, o local ia se iluminando com tochas de fogo de acordo com o que avançávamos. O Corredor parecia não ter mais fim, era grande o suficiente para que três pessoas andem uma do lado da outra. O teto não era alto, mas também não era baixo e um vento gelado vinha da frente. Darlan, Apolo e Hermíone foram à frente e, como se eu não importasse, fui atrás, sozinho. Quando estávamos chegando ao final, um brilho começou a surgir no final do corredor. Quando saímos do túnel escuro, chegamos a uma caverna enorme com apenas uma pedra de mais ou menos um metro de tamanho com a adaga fincada nela. E Mi estava parada junto à borda da pedra.

A adaga era prata e tinha detalhes em ouro. Sua lâmina era triangular e tinha hieróglifos cravados nela. O punho era feito de couro preto com uma cabeça de chacal na extremidade e era decorada com fios de ouro.

Da lâmina saia uma fumaça preta que se estendia por toda a caverna.

Mi, ainda no transe, começou a andar e levantou a mão para segurar o punho da adaga. Darlan tentou ir atrás dela, mas ele quase desabou no chão e Apolo o segurou. Ele olhou para nós dois e eu entendi o que ele quis dizer.

Mais cedo, na conversa com Anúbis, tanto ele quanto Apolo confirmou que *O escolhido da Adaga era um de nós três.* Ou seja, o escolhido da adaga era a Mi. Somente ela poderia retirar a adaga da pedra.

Mi segurou o punhal e uma ventania forte começou por todo o local apagando as tochas do túnel. Ela puxou a adaga com tanta facilidade que parecia que ela estava apenas um pedestal. A pedra explodiu lançando Mi em minha direção. Quando eu a peguei, a adaga virou uma fumaça preta e entrou em seu bracelete de cobra. O bracelete, que era de prata, tornou-se de ouro, deu uma volta completa em seu pulso como se a cobra estivesse viva e voltou para sua posição original. Então, os olhos violeta de Mi reapareceram e ela desmaiou.

Onde ficava a pedra uma fumaça preta em forma de cachorro surgiu uivou e desapareceu. Sem dúvida aquela era a alma de Anúbis.

Foi quando, na outra extremidade da caverna, o teto começou a desabar.

— Eu acho que a gente tem que... — disse Hermíone dando um paço para trás.

— Correr! — Gritei! Peguei Mi no colo e sai em disparada no túnel.

Apolo colocou Darlan nas costas e começou a correr entre mim e Hermíone. Enquanto corríamos o teto atrás de nós desabava e ia chegando cada vez mais perto. Então, em fração de milésimos, conseguimos sair do túnel antes que ele terminasse de ser soterrado.

Assim que saímos ouvimos vários gritos, vindo de todas as direções. Então cerca de quatro mil homens, mulheres e criaturas surgiram ao redor de toda a colina. Alguns deles eu tenho certeza de que derrotei na batalha de Brasília.

— As tropas de Lênus. — eu disse arrumando Michelle no meu colo. — Não vamos conseguir. Não com uma desacordada e um ferido.

— A estátua. — disse Darlan com a voz rouca. — Vocês só guardavam a adaga e a estátua aqui, certo?

Hermíone assentiu sem tirar o olho das tropas que avançavam.

— Me leve até a estátua. Vamos levá-la também. — a voz de Darlan invadiu os nossos pensamentos. — Hermíone nos leve até a saída mais próxima, que não chame tanta atenção.

— E depois o que? — respondeu ela em pensamento.

— Apolo explode esse local com tropas e tudo. — Hermíone desviou o olhar para Darlan. Ela iria falar alguma coisa, mas Darlan a interrompeu. — A qual é? Para que ficar com essa droga que só guardava uma droga de estatua e uma adaga?

— Ok. — respondeu ela relutante.

Apolo levou Darlan até a estátua, onde ele colocou a mão no pé de Zeus e a estátua sumiu. Hermíone olhava as inúmeras portas que tinham nos muros que circulavam a antiga cidade.

Mas seu tempo de análise acabou.

As tropas chegaram ao topo da colina e começaram a correr até nos. Sai correndo empurrando-a.

— Acho que essa aqui da frente serve. — falou ela.

Hermíone abriu a porta dentro dela uma escada em caracol começou a subir. Era feita de pedras e não tinha corrimão. E ela ainda não parava de subir.

Quando chegamos à porta, Hermíone começou a subir na minha frente e Apolo ficou mais atrás de mim. Ele virou para a colina e uma pequena bola branca começou a brilhar em sua mão. Ele a jogou para o alto, depois das portas e todos os invasores pararam e começara a olhar a bola branca que começou a brilhar forte.

— Só corre! — gritou Apolo subindo as escadas atrás de mim. A subida não foi tão longa assim. Mas foi cansativa, e muito. Perto da saída Apolo começou a berrar. — MINE, COMEÇA A FECHAR A MERDA DESSA ENTRADA. AGORA!

No mesmo instante a escada começou a descer e um quadrado acima de nós também. Conseguimos sair antes de a entrada quadrada no chão se fechar. Mas cara, isso é *NÃO CHAMAR ATENÇÃO?* Saímos no meio da Praça de São Pedro, no Vaticano.

Várias pessoas nos olhavam confusos e espantados. Ouvi um grande estalo atrás de nós e quando olhei estávamos de costas para o obelisco da praça, que no caso era a saída.

— Apolo. — disse o mais baixo o possível. — O que era aquilo que você jogou no ar?

— Uma Supernova. — ele respondeu olhando para os guardas com suas roupas de cor azul, amarela e vermelha, vindo em nossa direção.

— O QUE? — eu e Hermíone berramos ao mesmo tempo. Darlan, bom, ele pelo menos tentou.

Então um terremoto atingiu todo o solo. Várias pessoas caíram e começaram a gritar, as construções da praça começaram a tremer e eu me desequilibrei deixando Mi cair no chão como uma jaca madura.

— Cuidado com ela cara! — tentou gritar Darlan.

Quando o terremoto parou, eu peguei Mi no colo novamente e, olha que legal, fomos presos!

Fomos levados a uma sala onde se reuniam os cardeais. Ela era cheia de pinturas de diversas passagens bíblicas. Os cardeais estavam conversando atônitos sem saber o que havia acontecido. Eles pareciam ter acabado de levantar-se da cama, mas a preocupação os fez esquecer que ainda estavam de pijama. Fomos colocados acorrentados no meio da sala e os cardeais formaram um semicírculo. Darlan foi colocado em uma cadeira — já que não conseguia ficar em pé — e Mi ainda estava desacordada em uma maca improvisada.

— Che cosa è successo? — disse uma voz vinda da porta e todos olharam.

Obviamente era italiano, pois eu entendi sem precisar de magia. Já que eu nasci em Milão e mudei para o Brasil com cinco anos, meu pai não me deixou esquecer o italiano. Então vou traduzir tudo para a melhor compreensão de vocês.

— O que aconteceu? — Disse uma voz vinda da porta e todos olharam.

Então ninguém menos que o Papa Francisco entrou no meio da sala. Ele estava com sua clássica roupa branca e um terço nas mãos. Ele se sentou e um dos guardas que nos prendeu começou a falar com ele.

— Uma supernova no "subsolo". — sussurrou Apolo.

— Cala a boca Apolo. — eu sussurrei de volta, mas acho que o Papa ouviu.

Ele nos olhou e franziu a testa.

— Apolo? — disse ele.

— E Hermíone Belvedere Gregory. — disse Hermíone do meu lado. — A Rainha Eterna do Império Mágico.

— O que vocês fazem aqui? — perguntou o Papa.

— Em uma missão oficial. — disse Hermíone. — Mas devido a alguns imprevistos, tivemos que explodir Troia II e viemos parar aqui por uma das saídas.

O Papa fechou os olhos e deu um longo suspiro. Então ele dispensou todos os cardeais e quando ficamos as sós, ele falou.

— Conte-me mais sobre essa "Missão Oficial".

Hermíone explicou tudo o que estava acontecendo. Ela contou sobre os ataques de Lênus as capitais, sobre Cleópatra e Anúbis e o que tinha acontecido na cidade antiga.

— Agora temos que ir para a Alemanha. — finalizou ela. — Berlim, para ser mais precisa.

O Papa deu um longo sorriso e coçou a cabeça.

— Para encontrar Atena, certo? — todos ficaram sem entender. Ele se levantou e veio mais perto de nós. — Já imaginava que vocês passariam por aqui.

Ok! Isso está ficando muito estranho.

Nathan De Oliveira

XI
Jake

Eu realmente não sei como descrever o desconforto que eu estava sentindo. Estávamos tendo uma audiência não pretendida com o Papa e, para piorar, dentro do Vaticano com um Deus Grego e uma Rainha Imortal. Sim, eu sou católico, mas cara, aquilo não me deixava tranquilo.

— Para encontrar Atena, certo? — disse o Papa. Todos ficaram sem entender. Ele se levantou e veio mais perto de nós. — Já imaginava que vocês passariam por aqui.

— Como assim? — murmurou Hermíone.

— O cardeal de Atlantis já tinha me avisado sobre uma parte dos acontecimentos. — respondeu ele. — E ontem recebi uma carta de Ângela Merkel, dizendo algumas coisas a pedido de Atena.

— O que exatamente? — perguntou Darlan ainda rouco e aparentemente com dor.

— Ela pediu que eu os auxiliasse se passassem por aqui. E que vocês devem ir o mais rápido o possível para Berlim. — o Papa começou a rir e continuou. — Mas vocês chamaram muita atenção.

— E que atenção, Vossa Santidade. — eu falei enquanto chutava o pé de Apolo.

— O máximo que eu posso fazer para ajudar vocês é determinar o tempo da punição. — todos nós olhamos para o Papa e ele tirou cinco pulseiras de ferro da túnica. — Dois dias com magia bloqueada.

Darlan tentou levantar-se da cadeira, mas não conseguiu. Ele caiu no chão e fez uma careta devido à dor. Da posição em que estava ele começou a falar com a sua voz rouca.

— Senhor, será que o meu amigo, Jake, pode arrumar umas coisas antes?

— Por que eu? — Darlan me olhou com uma careta. — A entendi.

Então, às quatro horas da manhã, estávamos em um carro indo para Berlim. Darlan me pediu para pegar um carro, armas e utensílios médicos no cofre. E depois disso o Papa bloqueou a nossa magia, nos indicou o melhor caminho para Berlim e nos liberou. Apolo foi dirigindo o carro e Hermíone foi no passageiro. Eu estava entre Darlan e Mi que estavam roncando e me fazendo de travesseiro. Pelo menos a Mi estava desacordada, mas o Darlan tinha que dormir?

Olhei para fora e vi que estávamos passando pela Comuna de Lucignano. Ao longe a comuna parecia uma maquete com construções em estilo medieval italiano e bastante iluminada. Ao redor da cidade havia grandes muros, que serviam de proteção à comuna antigamente.

Acabei me lembrando da época em que vivia em Milão. Um sentimento forte e doloroso me atingiu. Lembrei-me de minha mãe, Graziella di Medici, ela me deixou um vazio enorme. Ela era alta, linda, gentil e inteligente. Seus cabelos castanhos realçavam sua pele branca e seus olhos verdes. Meu pai sempre me dizia: *Sua mãe era uma modelo extraordinária*. E realmente era, sua beleza e sua gentileza encantava qualquer um que a conhecesse. Sempre me lembro dela na Catedral de Milão em um dia de verão qualquer, tomando *gelato* comigo e com meu pai.

Ele sempre me diz que foi ali que ele a conheceu, quando ele estava fazendo um intercambio. Eles começaram a namorar e, bom, ela engravidou. Meu pai saiu do Brasil e foi morar em Milão para casar-se com a minha mãe e, segundo ele, foram os melhores anos da vida dele.

Então comecei a me lembrar dos últimos dias de Outubro, quando minha mãe desmaiou em um desfile. Ela foi levada às pressas ao hospital e lá ela acabou descobrindo que estava com um estado avançado de leucemia, dando a ela apenas três meses de vida.

Meu pai ficou transtornado, inconsolável e minha mãe o acalmou com seu belo sorriso e disse: *Eu já realizei os meus maiores sonhos. Casar-me com um homem maravilhoso e ter um lindo filho.*

Os últimos meses foram de dor e angústia, vendo minha mãe ficar pior a cada dia, mas ela fazia de tudo para nos deixar felizes. Fizemos tudo para trazer alegria a ela e ela sempre nos agradecia com as palavras mais reconfortantes que já ouvi: a nossa brincadeira do *Ti amo!* Ela morreu em janeiro do ano seguinte.

Em doze anos, eu sempre tento evitar me lembra desse ano, afinal, uma dor descomunal sempre acerta o meu coração. Saudade não define a falta que sinto da minha mãe. Claro que também adoro o meu pai, mas é do carinho materno que eu sinto saudade. Por que uma mulher como aquela tinha que morrer com apenas vinte e um anos? Por que daquela forma? Por que a minha mãe? Eu tinha apenas cinco anos, mas essa época me marcou tanto, foi tão triste para mim e para o meu pai, que eu lembro nitidamente de cada momento.

Eu acabei não aguentando e comecei a chorar em silencio, comecei a imaginar como seria a minha vida se ela não tivesse morrido e como ela estaria hoje. Então fui interrompido dos meus pensamentos por uma voz que parecia estar muito longe.

— Jay, você está bem? — disse Apolo me olhando pelo espelho retrovisor. Sua voz doce me tirou de um estado de hipnose — Porque está chorando, cara?

— Nada. — eu respondi com a voz tremula e enxugando as lágrimas. — Por falar nisso, acho que devemos parar em Florença.

— Eu estava querendo parar em Milão.

— Milão não! — acabei respondendo de forma áspera e acho que Apolo percebeu. — Sem contar que todos nós precisamos dormir e Darlan e Mi precisam de tratamento.

— Ok. — respondeu ele. — Devemos chegar a Florença em uma hora e meia.

— Tudo bem. — olhei para Hermíone que roncava no banco da frente e continuei. — Vamos trocar. Você já deve estar cansado.

Apolo parou o carro no acostamento, acordou Hermíone e mandou-a ir para o banco traseiro, que foi xingando em grego. Apolo se sentou no banco do passageiro, eu assumi a direção e continuamos a viagem.

***

— Darlan acorda! — eu disse enquanto o balançava.

— Chegamos a Berlim? — ele deu um pulo e limpou a baba da boca.

— Paramos em Florença. — eu o coloquei nas minhas costas e comecei a andar quando ele me parou.

— Cara, eu amo essa vista. — ele apontou para o leste.

O sol nascia atrás de uma cadeia de montanhas, o Rio Arno corria calmamente entre elas. Os pássaros voavam para todos os lados e as árvores balançavam com uma brisa calma e refrescante. Eu comecei a chorar de novo lembrando-me da última vez que vi o nascer do sol com a minha mãe.

— *Buongiorno mamma*! — sussurrei. Darlan apertou os braços como se fosse um abraço de consolo e eu me contive. Sequei as lagrimas e continuei. — Obrigado cara. Vem vamos descansar e nos organizar direito.

Então eu fui em direção a Apolo que abria a porta da mansão.

— Vocês se encontraram com o Papa? — perguntou Mi pela decima segunda vez.

Dormimos até umas duas da tarde e começamos o tratamento de Darlan. Sem magia tivemos que recorrer a remédios da medicina comum. Sorte nossa que tínhamos umas poções para todo tipo de ocasião. Mi acordou e perguntou tudo o que tinha acontecido depois que ela perdeu a consciência e ficou sem graça quando Darlan falou que ela o lançou no dedão da mão de Zeus.

Trocamos as roupas sujas e esfarrapadas da noite anterior. Darlan estava com uma calça jeans surrada, uma blusa regata cinza, tênis e o seu cabelo estava preso em um rabo de cabelo. Mi tinha colocado um short jeans uma roxa e estava de allstar.

Apolo usava roupas parecidas com as que ele usava no dia em que o conhecemos. Bermudão escuro, blusa azul e tênis. Já Hermíone, ela parecia que ia para uma academia. Eu estava com uma bermuda jeans tênis e uma blusa regata verde com a frase *Io sono bello*, que ganhei de uma garota no meu último aniversário.

Estávamos comendo uma sopa antes de partirmos e terminando de contar tudo a Mi. A sopa de Darlan estava com uma cor roxa por causa das poções.

— Você também estava lá. — respondi.

— Mas eu estava desacordada. — ela jogou um pedaço de pão em mim e continuou. — E valeu por me jogar no chão.

— Eu já disse que você caiu. — joguei outro pão nela.

— Darlan você não fez nada? — ela olhou para ele com outro pão na mão.

— Não fiz nada porque estava machucado. — ele encheu a boca de sopa e continuou. — Graças a você.

— Mudando de assunto. — disse ela vermelha e sem graça. — Atena não disse mais nada sobre a urgência na carta, não?

— Aparentemente não — respondeu Apolo. Ele terminou de colocar suas flechas na aljava. — Mas estou preocupado. Atena nunca foi de pedir "urgência".

Darlan terminou de tomar a sopa e entregou a louça a Hermíone que a colocava na máquina. Ele prendeu a espada de Platinum no cinto e colocou o seu diário em sua mochila.

Aparentemente, ele estava melhor, pois já consegui se mover normalmente.

Ele começou a rodar a chave no dedo e olhava para Hermíone que escondia doces em sua mochila.

— Acho melhor irmos logo. — ele colocou o braço em torno de Mi e continuou. — Eu vou dirigindo agora.

Já ia dar quase meia noite quando começamos a passar pela cidade Velešín, na Império Checa. A viagem foi aparentemente normal, sem ataques ou qualquer coisa do tipo. Decidimos passar a noite na capital Praga, onde sairíamos cedo para tentar chegar a Berlim antes do almoço. Há duas cidades eu peguei a direção que estava com Apolo e Darlan veio para o banco do passageiro. Mi, Hermíone e Apolo dormiam no banco de trás enquanto eu e Darlan ficamos conversando.

Darlan trocou a trocou a música e começou a tocar uma da banda *The Lumineers*. Ele olhou para trás pelo espelho retrovisor e seu semblante fechou.

— Quer conversar sobre o que aconteceu hoje mais cedo? — disse ele abrindo uma barra de Snickers. — E ontem de madrugada também?

— Apolo te contou? — Disse apertando o volante. — Digo, sobre o carro?

Ele assentiu positivamente e esperou a minha resposta, mas acabei não falando nada.

— Você estava pensando *nela*, não é? — falou Darlan. Ele estava olhando para mim com aqueles olhos que parecia brilhar na noite e com a boca cheia ele completou — Cara, você sabe que pode desabafar comigo.

— Mas veio tão de repente... — sério, a música não estava ajudando. — E você está com problemas maiores.

— Podem ser maiores, mas o bem-estar do meu *irmão* vem em primeiro lugar. — Hermíone falou alguma coisa sobre coelhos e sacrifícios. Fiz uma curva e sua cabeça caiu em cima do ombro de Mi. — Jake, é a sua mãe. É perfeitamente normal que se sinta assim. Mas eu nem sei o que realmente aconteceu.

Eu pensei direito e Darlan tinha razão. Havia anos que eu guardava isso comigo. Meu pai sabe, mas ele não conta. Darlan e a pessoa que eu mais confio nessas horas. Acho que posso confiar em contar, porque ele deve estar se corroendo sem saber o que fazer para ajudar.

— Ok! — minha voz quase não saiu. — Vou te contar. Mas é segredo.

— Sem problemas.

Comecei a contar a história sobre a minha mãe enquanto continuávamos a viagem.

***

— Finalmente chagamos à Berlim! — gritou Hermíone praticamente pulando no banco do carro. — Não aguento mais viaja de carro.

Eu admiro muito os alemães. Eles saíram destruídos das duas guerras mundiais, foi atacada recentemente e está como se, bom não tivesse acontecido nada. Havia um número insignificante de prédios com algumas coisas quebradas e só. Parecia mais que estava vendo apenas uma reparação.

Darlan estava dirigindo com Hermíone no banco do passageiro e eu estava na janela esquerda olhando a cidade. Ao longe podíamos ver uma gigantesca torre de TV que reluzia a luz do sol.

— Apolo, temos tempo para o almoço? — Darlan deu uma breve olhada em Mi pelo espelho retrovisor. — Digo, antes de ir até Atena?

— Claro. Aproveito e tento descobrir onde ela está. — Darlan fez uma curva que fez Mi jogar o seu peso em mim. — Cuidado!

— Bem-vindos a Gendarmenmarkt! — ele estava com os braços abertos no meio da praça. Mi foi até ele e o beijou. — Eu vim aqui com a Michelle há uns dias.

Estávamos em uma muito grande e movimentada. No meio dela havia um chafariz com uma estátua com várias pessoas. A nossa frente tinha uma enorme escadaria que levava a uma enorme construção em estilo grego, só que novo. Nas laterais da praça havia outras duas construções praticamente idênticas uma com a outra.

Acabamos indo almoçar em um restaurante de frente para a praça.

Hermíone sentou ao meu lado e, para ser sincero, ela é deslumbrante. A luz do sol fazia seu cabelo castanho brilhar, a delicadeza a mesa e aquele sorriso que me deixa sem palavras parecia que era parte de um super combo muito caro.

— Uma casa de concertos. — disse Hermíone e, enquanto eu ficava olhando para ela, alguém me beliscou.

— Han... O que? — eu acordei de algo que parecia ser um transe. — Vamos a uma casa de Show?

Darlan começou a rir enquanto Apolo rodava a faca de mesa no dedo e olhava para mim.

— Eu disse que aquele é o Konzerthaus. — Hermíone apontou para a construção do meio. Ela suspirou e continuou. — É uma linda casa de consertos. Incrível como tenha sobrevivido a Segunda Guerra Mundial.

— Incrível como Berlim ainda exista depois da guerra. — respondeu Mi. — Nas fotos que já vi, Berlim ficou bem destruída.

— Pessoalmente foi muito mais deprimente. — Hermíone começou a olhar para a praça como se estivesse tentando esquecer algo. — Quando a guerra acabou, em mil novecentos e quarenta e cinco, eu vim ver o resultado. Afinal, a guerra também afetou a Império. Minha tia ficou irada com os Nazistas.

— Sua tia? — perguntei.

— Atena. — respondeu Apolo e voltou a mexer em seu iPad.

— Verdade. Acho que vocês não devem saber. — ela pareceu esquecer a praça e virou-se para nós. — Depois da aliança entre o Olimpo, Neteru e Asgard, alguns deuses começaram a fazer suas próprias cidades colocar o selo nelas. Os deuses da sabedora, Atena, Toth e Bragi, decidiram criar uma cidade, muito melhor do que Atenas.

— Então surgiu Berlim? — perguntou Darlan.

— Exatamente. — ela respondeu. — A cidade se destacou por séculos, até hoje, na verdade. Ela se tornou minha cidade preferida por causa de sua variedade. Então foi quando Darkness a "tomou" por meio de uma pessoa.

— Hitler? — eu perguntei mesmo parecendo obvio. — E ele usou o poder da cidade e das pessoas para causar a guerra?

— Sim. — Darlan fez um sinal para Hermíone continuar enquanto ele pagava a conta. — Minha tia e os outros deuses ficaram irados. O selo de Atena quase desapareceu...
Hermíone parou de repente e começou a olhar Apolo.

— Pai, pelo que eu me lembro, o seu selo era em Viena. — ela colocou a mão no queixo e sua voz ficou mais forte.   — Por que ele foi parar em Brasília?

Apolo se levantou da mesa de repente a interrompendo.

— A conversa está legal, mas eu achei Atena.

XII
Hermíone

Era obvio que minha tia estaria no Palácio do Reichstag, o parlamento federal da Alemanha.

Quando chegamos ao local, todo o perímetro do Palácio estava fechado pela Polícia alemã. Tivemos que parar o carro um pouco longe e ir a pé. Ninguém não autorizado conseguia passar além da barreira de policiais, mas eu consegui fazer com que nos deixassem entrar, mostrando a insígnia de Rainha Eterna. Havia muitas pessoas com armas e armaduras, mas havia poucas pessoas normais, somente as pessoas do governo.

O prédio em estilo neoclássico estava intocado, com sem nem um sinal de batalha. A frase cravada no pórtico *"Dem Deutschen Volke"*, é bem nacionalista, mas dá um ar de imponência ao prédio.

Michelle parecia tentar ler a frase fazendo careta para enxergar melhor.

— "Ao Povo Alemão". — eu disse a ela.

Estávamos quase chegando à primeira escadaria, Michelle foi me agradecer, mas ela foi interrompida.

— Vocês estão atrasados. — disse Atena, descendo a escadaria.

Ela estava com um conjunto executivo de saia e blazer cinza. Muito cafona, mas ok! Ela estava segurando seu báculo de ouro. Ao lado dela vinha dois homens e uma mulher.

Um dos homens parecia ter uns quarenta anos e era meio gordo. Era branco e tinha olhos castanhos. Usava uma calça de couro preta, com uma blusa verde em estilo dos antigos nórdicos e um cinto que prendia um machado. Seu cabelo ruivo era longo e tinha algumas partes trançadas e sua longa barba também.

Obviamente esse é Bragi representando Odin, pensei.

O outro era musculoso e parecia uns vinte anos. Sua pele morena e seus olhos verdes eram parecidos com os de Anúbis, mas ele usava uns óculos. Seu cabelo era branco com alguns detalhes bege e estavam em uma trança que ia até a altura do quadril, além de ter penas presas à trança. Usava uma armadura egípcia de prata com vários hieróglifos cravados nela, uma espada estava presa ao seu cinto e a capa de sua armadura era feita de penas brancas.

Esse, definitivamente, era Toth.

A outra mulher já era um pouco mais velha, seus cabelos loiros e curtos e seus olhos eram azuis. Então deduzi que fosse Ângela Merkel porque usava o mesmo tipo de roupa de minha tia.

Eles vieram até nosso encontro e as pulseiras de ferro que bloqueavam nossa magia quebraram e caíram no chão.

— Finalmente. — disse Darlan.

— Ainda bem que eu pedi Urgência! — Atena disse com um tom de raiva. — Pelo menos vocês estão vivos.

— Até que foi fácil. — respondeu Apolo. Ele foi abraçar Atena, mas ele recuou com o olhar furioso dela. — É que tivemos alguns imprevistos.

— Gente... — interrompeu Michelle. — Eu não estou entendendo nada.

Darlan começou a rir e sua mão começou a brilhar. Ele bateu na testa de Michelle e ela começou a brigar com ele. Atena deu um longo suspiro e olhou para Apolo.

— Eu sei que sempre há imprevistos, mas... — ela bateu o báculo na cabeça de Apolo e gritou. — Uma supernova? Você está louco?

— A senhora sabe? — perguntou Jake. — Quer dizer, da explosão?

— Todos os deuses sabem. — corrigiu Atena. — Graças a Hermes, o mundo e, principalmente, a Europa acham que foi apenas um terremoto.

— Desculpa! — sussurrou Apolo.

Ângela Merkel começou a conversar com Atena, virou-se e voltou ao Reichstag.

— Enfim. — Atena se apoiou no báculo. — Os ataques pararam, mas Lênus não. Principalmente depois que...

Ela parou e começou a segurar o báculo com mais força. Seus olhos foram em direção aos de Apolo e pelo sentimento de culpa e tristeza, provavelmente, todos perceberam que não era algo bom.

— O que aconteceu, *Tenna*? — disse Apolo com uma voz que transparecia insegurança.

— É Ártemis. — respondeu Toth. — Ela desapareceu.

Apolo começou a tremer e um sentimento de raiva começou a emanar dele. Eu, Darlan, Michelle e Jake, começamos a nos afastar quando uma aura dourada começou a brilhar a sua volta. Ele começou a se transformar em sua forma divina, com longos cabelos sob uma coroa de louros de ouro, armadura grega e o arco do sol. Foi quando sua tatuagem no braço direito começou a brilhar e toda aquela onda de magia divina sumiu fazendo-o desabar no chão, mas Bragi o segurou.

— Apolo! — gritou Atena enquanto olhava para o céu. — Você sabe que não deve fazer isso.

— Não importa o que *ele* faça. — respondeu Apolo se levantando. — É da minha irmã que estamos falando!

— Eu sei que é difícil Apolo. — disse Bragi com sua voz incrivelmente forte. — Mas ficar nervoso agora não vai ajudar em nada. Principalmente na sua situação.

— Que situação? — perguntou Darlan colocando a mão no ombro de Apolo.

— Não lhe interessa. — gritou Apolo. Ele afastou a mão de Darlan e começou a andar para longe de nós. — Se for preciso, eu vou salvar a minha irmã, sozinho...

Então ele desabou no chão inconsciente.

De repente um chacal do tamanho de um mastiff o pegou do chão, começou a trazê-lo até nós e então o jogou no chão novamente. Então o chacal começou a se levantar e a virar humano. Ele virou um garoto mais ou menos da mesma idade de Jake, com uma blusa cinza com preta, calça jeans e um all star. Sua pele morena parecia estar bronzeada e seus olhos verdes eram bem fortes. Seu cabelo estava com um corte nas laterais e alto e desgrenhado em cima que acentuavam suas longas orelhas de chacal da mesma cor de sua longa calda, preto e castanho claro.

Espera orelha? Calda?

— A-Anúbis? — Michelle gaguejou e esfregou os olhos.

Ele assentiu positivamente e abriu um longo e belo sorriso. E tudo o que passou na minha mente foi: *Uau!*

— Exatamente, minha querida. — ele respondeu. — Tio Toth! Quanto tempo.

Eles começaram a conversar freneticamente como seu não estivéssemos ali. Até que Atena bateu o báculo no chão e os dois a olharam.

— Anúbis! É uma maravilha ver que está bem. — ela olhou para Apolo no chão e continuou. — O que veio fazer aqui?

— Vim agradecer Michelle por retirar a adaga. — ele deu um longo abraço nela até que Darlan o afastou. — E vim porque vou com eles nesta viajem, digo, para ajudá-los.

— Você vai com a gente? — disse Darlan pausadamente. — Quando decidiu isso?

— Quando minha alma retornou para o meu corpo. — respondeu Anúbis. — Além disso, quero lhe ensinar os segredos da adaga.

— Já chega! — interrompeu Toth. — Só estamos perdendo tempo. Atena prossiga, por favor.

— Vocês devem ir com Toth até Londres. — respondeu ela. — Ele ficará cuidando do selo na ausência de Ártemis. Vocês devem começar a procurá-la por lá.

Um zumbido começou a sair de algum lugar e Atena puxou um celular e seu semblante escureceu.

— Vocês devem ir agora. — ela olhou para Toth e continuou. — A situação piorou por lá.

***

Em menos de cinco minutos estávamos voado em cima de um pássaro gigante. Toth virou um íbis — seu símbolo — e montamos em suas costas indo em direção a Londres.

Estávamos seguindo o curso do Rio Tâmisa já na entrada de Londres. Anúbis parecia um cachorro quando coloca a cabeça para fora do carro, Darlan estava sentado perto do pescoço observando o caminho e Michelle estava um pouco atrás dele resmungando alguma coisa enquanto segurava as penas do pássaro com mais força que Hércules. Apolo, que ainda estava desacordado, estava sendo por Toth em suas patas.

Jake parecia estar se divertindo como se estivesse em uma montanha russa. Seu cabelo preto voava com o vento mostrando sua recente cicatriz a nordeste acima de sua sobrancelha esquerda. Sua pele meio morena parecia ser feita de chocolate ao leite e seus braços eram, bem, o meu tipo.

Então de repente, ele olhou para mim com aqueles olhos verdes impressionantes. Ele deu um longo sorriso meio torto e eu acabei retribuindo. Toth virou rapidamente para a esquerda me fazendo escorrega para a ponta e Jake me segurou. Suas mãos eram fortes e ásperas, ele me puxou para perto dele me fazendo sentir seu cheiro de maçã verde, damasco, limão e um leve aroma de vodca. Fiquei olhando aqueles lábios perfeitos e me lembrei da primeira vez que eu os beijei.

Tínhamos nos dividido durante a coroação de Cleópatra para "montar guarda". A cerimônia estava tão chata que sugeri à Jake que fossemos dar uma olhada no jardim. Era composto de várias árvores de diferentes cores e algumas delas davam um formato de labirinto ao jardim. No centro havia uma fonte com uma estátua da deusa Isis. Ela era feita de mármore branco e mostrava a deusa em pé com sua túnica branca egípcia, os braços abertos com longas asas e em sua cabeça tinha uma tiara com uma safira redonda com o ouro hastes de cada lado.

Ao lado da fonte, ficamos em silencio por alguns instantes sem assunto. Quebrei o silencio falando sobre como a minha coroação foi muito mais interessante que essa, mas quando ele me interrompeu quando me puxou e começou a me beijar. Eu não tentei lutar, estava gostando na verdade. Ele beijava como um romântico italiano, mas tinha aquela pegada brasileira, o que me fez retribuir ainda mais. Ele era o primeiro homem cujo eu me senti atraída e aceitei desde o meu pequeno romance com William Shakespeare. Esquecemos totalmente o que estávamos fazendo ali até que Darlan começou a gritar em nossas mentes chamando o Jake.

Eu comecei a me aproximar dele lentamente querendo beijá-lo novamente, mas agora em pleno ar. Quando faltava um centímetro para eu conseguir, Toth mergulhou e Michelle começou a gritar, atrapalhando tudo. Toth mergulhou a até ficar uns dois metros acima do rio.

Segurem-se firme, falou a voz de Toth em nossa mente.

Ele acelerou a velocidade do voo e começou a se aproximar da Tower Bridge, encolheu suas asas e passou no meio da ponte e voltou a subir. Quando olhei para baixo tinha umas pessoas lutando com alguns monstros ao longo da ponte.

— A gente desce aqui. — Anúbis pegou o braço de Michelle e pulou de Toth.

— O que? — Berrou ela enquanto descia em queda livre, até que Anúbis virou um Chacal gigante novamente e ela montou em suas costas.

Ela abiu uma fenda no ar e os dois atravessaram aparecendo na superfície da ponte perto das lutas.

Um pouco mais à frente no Palácio de Westminster as lutas estavam mais intensas e havia um basilisco gigantesco enrolado na *Elizabeth Tower*.

Darlan se virou e começou a gritar.

— Jake você vem comigo. — o relógio badalou o embaixo de nós. — Hermíone, vocês vão para o...

DUM!

O relógio abafou a voz de Darlan.

— Onde? — eu gritei de volta.

— Para o Pala...

DUM!

Darlan soltou um palavrão.

— Para o Palácio de Buckingham. — disse Darlan em minha mente. — Ártemis deve deixado algo lá.

Darlan tirou sua espada da bainha e pulou de Toth em direção ao relógio. Jake virou-se para mim e me roubou um beijo, então Darlan berrou chamando-o.

— Se cuida. — ele pulou de Toth em direção ao basilisco.

A vista aérea do palácio é linda, mas o número de guardas no perímetro da propriedade era impressionante. Conseguimos descer logo depois dos portões.

Perto do chão Toth abriu as patas deixando Apolo cair. Eu desci de suas costas, ele abriu as asas e quando as fechou havia se tornado humano novamente.

Os guardas começaram a nos cercar e a nos apontar suas armas. Foram chegando mais perto nos encurralando em um círculo. Um deles recarregou a arma.

— Eu sou Hermíone Belvedere Gregory. — falei.

— E? — respondeu o guarda da minha frente.

— Não atirem. — gritou uma voz masculina atrás de nós. O príncipe William estava na varanda principal acompanhado do irmão. — Ela é a Rainha Eterna e os outros são Toth e Apolo, são nossos convidados.

Os guardas abaixaram as armas e formaram um corredor que levava até a porta do palácio. Apolo acordou meio atordoado e Toth o ajudou a se levantar.

Ao entrar, tivemos que esperar o príncipe chegar para nos receber. Eu já estou acostumada com palácios e castelos, mas alguma coisa me incomodava ali dentro. Algo familiar, mesmo eu nunca tendo vindo a Londres desde o funeral da Rainha Elizabeth I.

Então o príncipe chegou sozinho e começou a nos levar dentro do palácio.

— Como sabiam que nós chegaríamos? — perguntei.

— Minha vó falou. — respondeu ele. — Antes mesmo dos ataques ou de Ártemis chegar aqui, ela falava isso de vez em quando.

— Mas nem pensávamos em vir aqui. — falou Apolo. — Como a rainha sabia?

— Por causa do plano da pessoa que está comandando isso tudo, eu acho. — Willian colocou a mão no queixo como se estivesse em dúvida.

Toth ajeitou os óculos e olhou para mim.

— Acredito que tem algo mais nisso tudo. — indagou o deus.

Paremos em frente a uma porta onde havia dois guardas parados de cada lado.

— Mesmo sendo vocês, deve ser um de cada vez. — falou Willian.

— Eu vou primeiro. — respondeu Toth dando um paço a frente. — Tenho assuntos oficiais a tratar com ela.

O deus acenou para William e os dois entraram no que aparentemente era um quarto.

Acabei me lembrando da minha última visita à Inglaterra. Eu havia vindo visitar Elizabeth por conta de sua forte depressão no início do ano de mil seiscentos e três. Ela estava praticamente sozinha, triste e ressentida, principalmente pela morte de Mary. Lembro-me que na noite do dia vinte e três de março em nossa última conversa ela me disse *"É um arrependimento insuportável perder alguém querido, principalmente quando você é a culpada"*. Então ela morreu algumas horas depois.

De repente a porta se abriu e Toth saiu.

— Ela quer falar com você, agora. — ele disse para e virou-se para Apolo. — Você nem poderia estar aqui. Vem comigo.

Ele começou a ir embora e Apolo o seguiu.

A sensação estranha me deixava cada vez mais incomodada. Então antes de entrar, respirei fundo e pedi a proteção de minha mãe, Helena.

Ao atravessar a porta, entrei no quarto da Rainha — o qual eu não posso detalhar por motivos de segurança nacional. Ela estava sentada em uma cadeira ao lado de uma janela e Willian estava em pé ao seu lado. Estava com um conjuntinho azul claro que junto com o seu cabelo branquinho parecia o céu. Ela acenou para que eu chegasse mais perto e me ofereceu uma cadeira.

— Majestade! — curvei-me em respeito. — É uma honra ser recebido pela senhora.

— Não precisa dessa formalidade, minha querida amiga. — respondeu ela. Mas desde quando eu me tornei amiga dela? — Você parece estar mais nova.

Agora ELA está me chamando de velha? Ok, faz sentido.

— Desculpe majestade. — disse enquanto sentava-me na cadeira. — Mas não me lembro de ter algum encontro com a senhora.

— Mas é claro que já. — ela deu um sorriso e continuou. — Foi em mil novecentos e sessenta e dois, no aniversário de dez anos do meu reinado.

— Neste ano, eu não saí de Atlantis. — eu realmente nunca a visitei. Ela deve estar enganada. — Esse ano foi muito turbulento por lá.

— Tenho certeza. — respondeu ela convicta. — Estava você, um garoto com um olho cor de mel e o outro vermelho, uma garota ruiva, o marido dela, seu pai e duas moças loiras.

Ruiva? Ela está falando de Michelle? Marido dela? Darlan? Mas eles nem pensavam e nascer nessa época. E o garoto com heterocromia, seria o Jake? Mas ele tem o olho normal. O outro só poderia ser era Apolo, mas ele não tem permissão para ter encontros diplomáticos e sua identidade é teoricamente um segredo. E agora, quem são as outras duas?

Quando fui responder minha voz falhou e senti como se tivesse perdido o controle do meu corpo. Eu já sabia o que estava acontecendo comigo. Uma visão de delfos.

A névoa verde tampou a minha visão e quando ela dispersou eu estava no jardim do palácio de Buckingham. Estávamos em um círculo e conversávamos algo que eu não entendia. Darlan estava um pouco mais velho e estava com uma roupa medieval. Michelle estava mais bonita e madura, usava um vestido de camponesa, mas sua aliança me chamou atenção. Ela estava casada. Jake parecia um italiano que conseguiu sobreviver de alguma coisa, mas algo havia mudado nele. Ele estava com heterocromia. Como isso aconteceu? Apolo parecia um adolescente dos anos sessenta e havia duas garotas loiras, tinha olhos verdes e a outra azul. As suas aparências eram de alguém de alta sociedade. E uma delas era mais cheinha. Elas pareciam assustadas, mas calmas. Eu já as vi em algum lugar, mas não conseguia lembrar seu nome. E no centro do círculo estava a rainha, jovem e parecia falar algo com entusiasmo.

Então a visão falhou e voltei a enxergar a realidade.

— Acabei de ter uma vaga lembrança. — respondi obviamente uma mentira. Eu não tinha certeza se ia dar certo, mas tentei algo. — Eu pedi alguma coisa?

— Sim. — respondeu a rainha — Você me pediu para falar isso diretamente a você quando Ártemis sumisse.

— O que exatamente? — perguntei.

A rainha deu uma longa pausa, respirou fundo continuou.

— "Ártemis foi sequestrada por Lênus e ele está atrás do vácuo..." — ela começou a falar cautelosamente.

Então o cervo da profecia de Darlan realmente é minha tia. O problema em si é o Vácuo. Agora o Vácuo? Não pode ser...

Olhei pela janela de relance, vi algo, porém, não fiquei mais tempo para ver o que era. Estava vindo em direção ao quarto da rainha. Por reflexo me joguei na direção da rainha e do príncipe. Tive tempo apenas de jogá-los no chão, e criar uma barreira química. A janela explodiu quando dois corpos passaram por ela, e, depois que a poeira desapareceu, pude ver Anúbis segurando um homem pelo pescoço.

XIII
Anúbis

Finalmente, após milênios, eu finalmente posso aproveitar o mundo como fazem os outros deuses. E nada melhor do que uma missão internacional para comemorar a volta à ativa. Claro, agora que a mumificação praticamente entrou em desuso, provavelmente terei mais tempo livre. Cleópatra disse que a minha personalidade mudou drasticamente, mas cara depois de quase morrer, acho que você vai querer se divertir mais, certo?

Depois de um salto magnífico, paramos no lado direito da ponte. Transformei-me em humano novamente e dei um chute em um homem que saiu voando pelo rio Tâmisa. Ao longe se podia ouvir o som do Big Bang badalando. Michelle fazia inúmeros golpes de *muay thai* e criava explosões invisíveis seguidos de buracos negros.

Definitivamente, isso é o resultado do seu treinamento com Cleópatra. Que treinou comigo... longa história.

— Como se usa essa coisa? — perguntou Michelle. Ela levantou uma pulseira dourada de cobra. — Como conjuro a Adaga?

Ela deu um *round kick* em um demônio que desabou em um buraco negro.

— Você gosta de lutar com uma adaga? — eu ressequei o corpo de um monstro e dei para um chacal comer.

Minha força total ainda não voltou, mas ainda consigo chamar minhas matilhas de chacais de qualquer lugar.

— Não! — ela fez uma harpia furiosa explodir de dentro para fora. — Elas não fazem o efeito necessário.

— Exatamente. — ao longe, vi mais uma horda de monstros, vindo em nossa direção. — Vamos começar com o simples. Pense em uma arma que você saiba manusear e que cairia bem nesse momento.

— Um arco. Ajudaria muito.

Uma múmia — sério isso? — extremamente malfeita tentou me esfaquear pela esquerda, mas eu a transformei em pó com um soco.

— Puxe a cabeça da cobra pensando na arma que precisa. — respondi.

Ao fazer isso a pulseira se tornou um arco recurvo preto com adornos dourados de mais ou menos um metro e meio. Ela puxou a corda e soltou. Ao longe vários monstros, demônios e mortos-vivos explodiram como se tivessem recebido uma saraivada de flechas.

— Uau! — ela disse parecendo surpresa.

— Agora escute a voz do arco — essa vai ser a parte mais legal. —, e depois fale em alto e bom som a frase que ela lhe disse.

Ela segurou o arco com mais força e fechou os olhos. Durante alguns segundos ela ficou em silencio e calma. Então ela abriu os olhos e gritou.

— *Venit Jakkaru-shin no Yoroi*!

Uma explosão de matéria invisível fez a horda ser jogada para trás e Michelle começou a brilhar. Eu sei, eu admito, eu estava louco para saber como a surpresinha ficará nela.

Quando o brilho cessou, pude ver o resultado. Uma bota preta de salto alto ia até a altura dos joelhos, onde terminava a bota, havia uma espécie de meia calça feita de faixas de linho que dava um aspecto de múmia. Acima da metade da coxa, havia uma saia presa a um corset justo, feitos de ferro preto com detalhes em ouro. Na cintura havia uma faixa de linho formando um cinto. Nos braços, a partir da metade do braço, descia outra camada de faixas de linho que sumia em baixo de duas pulseiras de ferro negro com ouro. O cabelo ruivo se tornou preto e um pouco maior. Em sua cabeça havia um par de orelhas de chacal como as minhas e o rabo também não faltou. Por fim, seus olhos azul violeta estavam da cor de sangue e eram ressaltados pela maquiagem egípcia.

A Armadura de Anúbis se adaptou no corpo da garota.

— Uma armadura! — ela soltou outra saraivada de flechas, mas essa teve um impacto maior. — Isso ajuda em muita coisa.

— Lembre-se que você pode mudar a arma a hora que quiser. — me virei de costas para ela, onde iria avançar nos inimigos. — Acha que consegue usar essa armadura corretamente?

Ela não me respondeu. Em uma velocidade incrível ela avançou na horda como se estivesse patinando no gelo. E a visão do estrago que ela fez em menos de um minuto foi linda.

Quando vários escorpiões egípcios gigantes tentaram encurralar ela em um círculo, houve um grande estalo e eles voaram para todos os lados. Ela havia transformado o arco em um chicote. Um mini-kraken saltou em direção dela cuspindo fogo, ela desviou, transformou o chicote em uma espada e cortou a cabeça do monstro. Então eu me virei para frente e me juntei à luta.

Pode parecer que havia se passado muito tempo, mas quando o Big Bang deu a última badalada, após dez minutos, havíamos "terminado" a batalha. Eu fui em direção a Michelle, que estava no meio da ponte. Ao chegar ao seu lado, percebi que ela ainda estava em alerta.

— O que foi? — mas entes mesmo de ela me responder, ouvi o barulho do que parecia ser três cães. — Ainda faltam três?

— Não. — no exato momento em que ela respondeu, um Cérbero selvagem saiu de uma ruela e começou a correr para a ponte. — Falta só mais um!

Michelle ficou parada um pouco à frente da linha da divisão da ponte, seu olhar estava fixo em algum ponto daquele cachorro de três cabeças gigante. Então quando faltavam uns dois metros entre o Cérbero e Michelle, ouvi um enorme barulho vindo de baixo do asfalto. Comecei a ouvir um motor e engrenagens de algum lugar muito perto e, de repente, a ponte começou a se dividir, exatamente naquela linha do meio, e a subir. Eu fui separado de Michelle, que ficou no outro lado, onde o Cérbero estava. Eu comecei a escorregar e fui rolando até a extremidade da ponte. Ouvi o grito de Michelle do outro lado, mas quando pensei em me mover, ouvi uma explosão e grunhidos de cachorro.

Que deus fraco você se tornou, disse uma voz vinda do nada.

Olhei para todos os lados e não via ninguém. Minha audição e meu olfato não voltaram totalmente. Até porque, eu fiquei milênios em situação de semimorte. E tem apenas quatro dias que minha alma retornou ao meu corpo.

Inútil, insignificante, então eu consegui achar o dono da voz.

Há alguns metros, em frente ao *City Hall*, havia um homem com roupas pretas. Esse cheiro! Cheiro de cardamomo, canela e incenso de mirra e algo mais... Uma coisa que aprendi quando virei Deus da mumificação, é que, quando uma pessoa assassina outra com alguma intenção maldosa, seu sangue fica marcado, com um cheiro diferente. E esse homem estava impregnado com esse cheiro. Conheço muito bem a quem pertence esse cheiro, e se for realmente ele... Não vai ser eu quem irá sofrer.

Comecei a correr em direção ao homem, e quando cheguei perto, já não estava mais lá. Olhem em volta, mas não encontrei nada.

Vamos ver ser você consegue sua vingança. No último ato, somente um pode permanecer vivo.

Vingança, ato? Essas são duas coisas que estão impregnadas na cultura inglesa. Comecei a seguir em frente tentando localizá-lo pelo cheiro e tentava entender no que vingança e ato se encaixavam. A maior história de vingança contada na Inglaterra era uma tragédia, *Hamlet*. Foi nesse momento que a ficha caiu.

Seja lá quem for, está no *Shakespeare's Globe*.

Quando cheguei a réplica do antigo teatro, as portas estavam abertas, o que deixou fácil minha entrada. Assim que cheguei à superfície do palco, transformei-me em humano e sentia aquele cheiro asqueroso muito mais forte.

— Ora, ora, ora! Finalmente nos encontramos. — disse a voz de trás de mim.

Um homem de pele morena escura, na casa dos quarenta anos, careca e com terno preto, saiu de trás das cortinas. Ele tirou os óculos escuros e me olhou com aqueles olhos nojentos enquanto sorria. Ay Kheperkheruré, foi vizir de três faraós, até dar um golpe e se alto proclamar faraó do Egito. Só que, o seu golpe acarretou a minha ira, onde o fiz vagar eternamente no limbo. E agora ele está aqui na minha frente.

— Ay, o que você está fazendo aqui? — rosnei para ele.

— Fique calmo Anúbis! — respondeu ele. — Não a nada porque temos raiva um do outro.

— Você matou o meu filho! — sibilei. Eu já podia sentir o ódio tomar conta do meu corpo. — Isso já é mais do que suficiente.

— Eu fiz um favor a todo o Egito — ele deu uma gargalhada debochada e continuou. —, aquela criança não prestava para nada.

— Tutankhamon tinha dezenove anos! — retruquei. — Ele estava governando com sabedoria. Diferente de você.
Ele deu de ombros e me olhou com aqueles olhos de víbora venenosa.

— Como você está aqui? — perguntei. — E por quê?

— Eu sou o Plano B! — ele puxou um revólver de dentro do blazer e a destravou. — E é obvio que eu fui ressuscitado.

— E qual é o plano b?

Ele puxou o gatilho da arma, mas eu consegui desviar. Ay largou a arma e veiou em minha direção.

— Te matar!

Ele me deu um chute que fui lançado para o alto e antes que eu pudesse processar a dor, ele já estava me dando um segundo que me jogou no Somerset House. Eu me levantei e me estalei meu pescoço enquanto ele pousava há alguns metros de mim.

— Quer dizer que agora você voa? — tirei a blusa cinza que agora estava toda rasgada.

— Sempre soube. — ele respondeu enquanto tirava o blazer e a gravata.

O que aconteceu a seguir foi tão rápido e intenso que não consigo detalhar direito. Apenas sei que começamos e brigar e fomos parar em vários pontos de Londres. Estávamos brigando em pleno ar quando acertamos uma janela do Palácio de Bukingham. Foi nesse momento em que eu consegui pegar o pescoço de Ay e o segurei suspenso do chão.

— Você ainda não consegue... — disse ele quase sem ar.

— Será?

Eu apertei ainda mais forte o seu pescoço e comecei a cantarolar uma antiga música que era usada no ato de mumificação no Antigo Egito. O corpo de Ay começou a ressecar e a ficar preto. Suas roupas foram se tornando faixas de linho e envolvendo seu corpo. Quando Ay havia sido mumificado vivo por completo, sua múmia desapareceu em uma nuvem de poeira.

Uma dor no estomago me fez cair de joelhos. Fiquei entorpecido pela dor alguns segundos até que ouvi me chamarem. Quando virei para trás, Hermíone estava me chamando enquanto a Rainha e seu neto, Príncipe Willian, estavam totalmente assustados com a situação. Assim que consegui me levantar, pelo buraco que fizemos ao entrar, vimos uma enorme quantidade de água subir como um chafariz, seguido de gritos monstruosos.

Fomos levados à sala de jantar, onde Hermíone ficou me perguntando o que havia acontecido e porque eu estava sem camisa. Tentei explicar da forma mais resumida o possível, já que percebi que ela estava mais concentrada em outra coisa.

Dez minutos depois Darlan, Jake e Michelle — ainda com a armadura — chegaram rindo de alguma coisa.

— Michelle? — gritou Hermíone ao vê-la. — O que aconteceu com você?

— É a armadura de Anúbis. — respondeu ela. Então se virou para mim. — Ainda não aprendi como tirá-la.

Eu dei um pequeno sorriso. Levantei o um pulso direito e bati duas vezes com o dedo indicador e anelar. Ela repetiu o gesto e a armadura voltou a ser uma pulseira de ouro de cobra e ela voltou ter a mesma aparência de antes.

— Hermíone — falou Darlan. Ele se sentou à mesa perto de Michelle. —, descobriu alguma coisa?

Ela assentiu positivamente.

— Por falar nisso, — indagou Jake. — cadê o Apolo?

Então um breve resumo do que aconteceu. A Rainha mandou chamar Apolo, seus filhos, netos e bisnetos para se juntarem ao jantar. Durante o banquete, ela parecia muito entrosada com os garotos. Teve uma hora que ela perguntou a Michelle, porque ela ainda não teve filhos. Michelle ficou corada e Hermíone rapidamente tirou a Rainha de perto. Depois do jantar, os outros saíram, ficando só o nosso grupo, a Rainha e seu Willian, que já estava desde o quarto. Hermíone nos explicou a única coisa que descobriu. Ártemis foi sequestrada por Lênus e, de acordo com os pensamentos dela, ele está planejando algo grande, já que precisa do poder de uma deusa. Que a missão, de salvar Ártemis, consequentemente levaria na derrota de Lênus.

Quando ela explicou a última parte, senti algo estranho em sua voz, como se estivesse em conflito ou tentando esconder algo. Ou os dois.

— Alguma ideia por onde começar? — Apolo finalmente disse alguma coisa.

— Na verdade, não. — respondeu Hermíone. — Não sabemos praticamente nada sobre ele. Principalmente onde se esconde.

— Mas ele provavelmente não está longe. — falou Darlan. — Ele sequestrou uma deusa. Não conseguiria carregá-la por muito tempo.

Hermíone olhou para Apolo que assentia em confirmação. E o pior e que faz sentido. Ele tinha que ser rápido, se não, perderia a vítima.

— A minha ideia, é procurarmos alguma coisa relacionada à lua. — continuou Darlan. Ele desamarrou o cabelo, deixando-o solto. Desde que eu o vi em Alexandria, seu cabelo havia crescido mais. Antes estava na altura dos ombros, agora estava uns quinze centímetros abaixo. — Assim podemos achar alguma pista dela, ou talvez, rastrea-la.

Isso só pode ser coincidência, ou não, ela simplesmente caiu de paraquedas. O problema é que desde aquele terrível acidente, eu não me encontro com ela. Quer dizer, eu sei onde ela está, mas eu nunca mais falei com ela. E provavelmente ela me esfolaria vivo. Mas, além de ser uma opção bem viável, vai ser bom para reencontrá-la.

— Bastet! — exclamei e todos olharam subitamente para mim. — Ela é a deusa da lua.

— Verdade. — Apolo riu e continuou. — Elas tinham até uma aliança. Mas minha maninha sempre falava que ela é meio promíscua.

Eu não consegui conter uma risada, até porque é verdade.

— Mas ela ainda é minha esposa. — ao dizer isso, os todos ficaram em certo choque. Não por causa de a deusa ser casada. Afinal Afrodite é casada, não? Acho que foi mais por *eu* ser casado. — Mas ela está em Oslo, Noruega.

Hermíone deu um longo suspiro.

— Então! — Darlan se levantou de repente da mesa sorrindo. — Quem vai querer passar a noite em Oslo?

— Como se fosse ali, virando a esquina... — retrucou Michelle.

Nem mesmo a rainha conseguiu segurar a risada. Mesmo assim, após trocarmos as roupas rasgadas, partimos para a Noruega. Assim que atravessamos o círculo mágico de Darlan, já estávamos a um dia de distância de Londres, mas viajamos em um segundo.

Oslo, capital da Noruega, foi fundada em mil e quarenta e oito, pelo Rei Haroldo III em parceria com Bastet. Quando olhei a cidade por alguns segundo entendi o porquê de ela gostar tanto deste local.

A cidade é uma mistura de diferentes tipos de pessoas, construções e com inúmeras variedades. Estávamos em um beco próximo à praça bastante movimentada, o que é comum em uma noite de verão.

Quer dizer, era para ser verão.

Os outros vestiram roupas leves em Londres por conta do calor, mas aqui o clima é diferente. Estava fazendo onze Graus Celsius. Eu sou habituado ao clima do Egito e de Neteru, nunca me importei com o frio, mas estava odiando. Darlan me chama e me entrega algumas peças de roupa. Um suéter cinza escuro, uma jaqueta de couro preta, um par de botas pequenas e, dentro delas, havia um cachecol e um par de luvas. Quando os olhei, já haviam vestido as suas. Vesti as roupas e entreguei meu antigo tênis para Darlan, pedindo para guardá-los.

— Onde você arrumou isso? — Darlan fechou a cara ao olhar a situação deles. Estavam velhos, sujos e surrados, mesmo assim são confortáveis.

— Peguei de um garoto que tentou me assaltar. — respondi.

Hermíone me olhava perplexa.

— Você roubou até a roupa dele?

— Eu não roubei. — retruquei. — Comprei em um bazar com o dinheiro dele, que peguei como oferenda.

Falando assim até parece roubo. Os outros começaram a rir e se dirigiram para fora do beco.

Eles começaram e ruminar ideias de onde Bastet estaria, mas eu a conheço bem. Ela é sorrateira, ela se esconde em sua forma animal, um gato, principalmente quando sabe que está sendo procurada. Quando isso acontece ela gosta de se abrigar em um lago ou rio, pois reflete a lua.

— Tem um lago ou rio?

— Tem! — respondeu Darlan com uma voz áspera, como se estivesse se recordando de algo doloroso. — Os fiordes de Oslo.

— Tem! — respondeu Darlan com uma voz áspera, como se estivesse se recordando de algo doloroso. — Os fiordes de Oslo.

Nathan De Oliveira

XIV
Michelle

Depois de tudo o que aconteceu eu só quero descansar ao lado de Darlan. Mas estamos aqui, nesse frio, procurando um gato perto dos fiordes de Oslo. Não quero ser chata, mas temos uma deusa para salvar.

Desde que saímos daquele beco, Darlan ficou sério e seu olhar escureceu um pouco. Ele estava meio inquieto e nervoso. Alguma coisa o incomoda.

Jake estava conversando e rindo com Hermíone, fazendo Apolo — que estava com Anúbis — lançar um olhar assustador sobre os dois. Na primeira vez, pensei que era para Jake, pois Hermíone é filha dele. Mas depois percebi que era o contrário. Era para ela. Não entendi o porquê, mas preferi não me meter. Um gato norueguês da floresta, branco com mechas cinza apareceu ao longe fazendo Anúbis parar do nada. Quando o gato olhou em nossa direção, seus olhos se arregalaram e miou como se falasse: *Droga!*

Anúbis começou a correr atrás do gato que fugia em uma velocidade incrível. O seguimos, mas, mesmo humano, sua velocidade era muito maior. Quando o gato ganhou mais distância, Anúbis virou um chacal e conseguiu diminuir a distância entre ele e o gato. Perto da margem do fiorde, faltavam centímetros entre Anúbis e o gato. Ele virou humano no mesmo momento que saltou e caiu em cima do gato, o segurando. O gato esperneava e miava freneticamente, mas Anúbis o segurava firme e com um sorriso sarcástico. O gato na verdade era uma gata, e ela deu uma patada no rosto de Anúbis o arranhando. Ele largou a gata enquanto limpava o sangue dourado que saia dos arranhões.

Então, a gata começou a ficar ereta e a virar humana. Ela virou uma garota de uns vinte anos, sua pele era de um tom pardo claro, seus olhos verdes e frios, contrastavam com seus cabelos pretos com mechas cinza. Ela usava roupas de cor azul Royal com detalhes prateados. Ela tinha uma enorme calda e orelhas de gato norueguês. Pelo sorriso no rosto de Anúbis e as semelhanças animais, é fácil dizer quem é ela.

Sério, qual é a tara em ter aspectos animais?

— Você acha que é só chegar assim? — troveja a deusa. — Você some por séculos e acha que eu vou deixar passar?

— Você sabia da minha situação. — retrucou Anúbis. Ele se levantou, mas levou um soco dela que o faz cai novamente.

— Poderia pelo menos mandar alguma coisa. — ela cruzou os braços com raiva. — Poderia ter enviado um chacal, um pombo correio, um dos meus gatos, sinal de fumaça, uma carta, correio de Hermes, SMS, email, fax, mensagem na rádio, imbox, pensamento, telegrama, Código Morse, me ligar, vídeo conferência, whatsapp, ou um simples vassalo mensageiro. — ela recuperou o fôlego e continua. — Mas preferiu me deixar preocupada todo esse tempo!

Anúbis se levantou meio sem graça e abriu um sorriso pequeno para nós.

— Essa é Bastet Ailuros-Inpu. — se vira e faz uma pequena reverência com a cabeça. — Deusa Egípcia da Lua.

— Além de ser sua esposa. — ela retruca. — Mas deixando isso de lado. O que vocês vieram fazer aqui?

Hermíone explicou tudo o que aconteceu, desde nosso encontro até os últimos acontecimentos. Também disse que a procuramos por causa de sua aliança com Ártemis e que nos ajudaria nas duas missões.

— Bom, posso tentar descobrir algum rastro. — Bastet disse ao fim da fala de Hermíone. — Mas isso deve levar algumas horas. É o mais rápido que posso fazer.

Todos assentiram em concordância, para que a deusa começasse a o que tinha que fazer. Ela nos pediu para que esperássemos alguns minutos até a meia noite começar.

— Vai começar. — ela interrompeu o longo silencio.

Uma luz verde rasgou o céu estrelado, e se mexia em todas as direções. De repente, o verde começou a se misturar com luzes avermelhadas, roxas e azuis. Todas juntas, pareciam uma enorme dança de cores no céu. Uma Aurora Boreal. Nunca pensei que veria uma pessoalmente, mas estou aqui, vendo uma com a pessoa que mais amo. Certo, tem mais algumas pessoas, mas está valendo.

Darlan soltou a minha mão e se aproximou um pouco mais da água. Ele se ajoelhou e começou a olhar seu reflexo. Seu rosto parecia perplexo e assustado, como se estivesse se lembrando de algo, ou com medo de algo. Ele se levantou e sussurrou algo, que não consegui ouvir, mas entendi por causa da leitura labial.

Não é um simples déjà vu.

Um frio na espinha surgiu de repente e um sentimento de ter esquecido algo se instalou em mim. Mas o que eu esqueci? O que eu não lembro? É algo importante? Não consigo lembrar, mas sei que o que está por trás do rosto nebuloso de Darlan tem a ver com isso.

Um pouco das luzes da Aurora Boreal começou a descer em nossa direção. Apolo deu um grito e, quando olhamos, Bastet estava com alguns fios de cabelo dele em sua mão. As luzes foram para a deusa e ela formou uma pequena bola com elas. Ela colocou os fios de cabelo de Apolo dentro e lançou a bola para cima. A bola subiu como se fosse um foguete de luz e sumiu no céu. De repente, durante segundos, a lua apareceu e rapidamente voltou a ficar preta.

— Certo! — disse a deusa. — Em algumas horas teremos os resultados.

Bastet nos levou para sua enorme casa em um bairro nobre de Oslo. E quando eu digo enorme, ainda é pouco. De toda forma, tinha quartos o suficiente para todos. Anúbis ficou no quarto de Bastet, Jake, Hermíone e Apolo tiverem um quarto para cada um e eu fiquei com Darlan.

Darlan ficou um bom tempo tenso e esquisito, mas eu consegui acalmá-lo. Do meu jeito, é claro. Depois de acalmá-lo ele me contou que havia visto a cena da aurora em um sonho há alguns anos e que não poderia me contar sobre o resto. Não agora.

Quando Darlan foi tomar banho, decidi ir até a cozinha em busca de algo para comer. Achei um pacote de biscoitos e comecei a comê-lo no caminho de volta. Quando estava passando pelo quarto de Apolo, quando eu ouvi um grito que me chamou a atenção. Pensei em entrar e ver se estava tudo bem, mas sua fala me impediu.

— Você acha certo o que está fazendo? — disse Apolo com um tom amargo.

— Não. — respondeu Hermíone. — Mas...

— Então por que continua? — ele a interrompeu.

Houve alguns segundos de silencio e eu ouvi um barulho, como se fosse de um tapa.

— Desculpe! — sussurrou Apolo. — Filha, você sabe que eu te amo e que quero a sua felicidade.

— Então por que está se metendo? — ela retrucou quase chorando.

— Porque não é justo o que está fazendo. — ele respondeu. — Não é justo com você e muito menos com ele. Você já machucou inúmeros homens, e eu não pude dizer nada por que só fiquei sabendo depois. Agora não vou deixar você fazer isso novamente. Principalmente com o Jake.

Sabia! Eles estão falando sobre o caso dela com o Jake, mas parece que tem mais alguma coisa.

— Eu sei! — ela gritou. — Eu gosto dele. Gosto muito, mas se não fosse por essa lei.

— Não fui eu que pedi para você ser o oráculo.

Um calafrio percorreu o meu corpo. Hermíone é o oráculo? A filha de Apolo com Helena, Rainha Eterna do Império Mágico é *O* oráculo? Agora algumas coisas fazem sentido.

— Mas se não se sente mais confortável, já sabe o que pode fazer. Mas você sabe o que vai perder. — continuou Apolo.

Houve mais um momento de silencio.

— Eu, Hermíone Belvedere Gregory — ela começou com um tom calmo. —, Rainha Eterna do Império Mágico, filha de Apolo com Helena, renuncio aos poderes do oráculo. — um trovão retumbou no céu e uma fumaça verde começou a sair por de baixo da porta. — Para sempre.

Eu saio em disparada em direção ao meu quarto. Eu ouvi muita coisa. Quer dizer, nem era para ter escutado. Ao chegar ao quarto, Darlan já está dormindo, esqueço a fome e o biscoito e me jogo na cama rezando para dormir logo.

Sonho que estou caindo em um buraco escuro junto com Darlan. Chegamos com uma queda brusca ao chão e com muita poeira. Várias luzes começaram a se acender e a revelar uma enorme sala. Quando olho para Darlan ele está do mesmo jeito que no dia em que ele descobriu quem era, há três anos. A sala era cheia de pinturas, e no centro da sala havia uma mesa com um pergaminho sobre ela. Quando estávamos vendo as pinturas, do que parecia serem reis, vimos uma que nos chamou atenção. A pintura do primeiro rei. Ele parecia o Darlan, mas também diferente. Ele usava uma túnica longa branca com detalhes em vermelho, suas sandálias estavam apenas com as pontas à mostra e segurava uma espada de ouro. Seus cabelos loiros e longos eram perfeitamente arrumados com uma coroa de louros grega feita de ouro. Darlan começou a falar em grego e depois em latim. Mas as únicas palavras que ouvi claramente foram *Magicae Solve*. Então começou um terremoto e uma luz verde nos acertou.

Inúmeras visões, parecidas com lembranças, começaram a aparecer. Diferentes do que é lembro, mas de certa forma eu lembro.

Ok, isso foi confuso.

Mas era assustador, agonizante e medonho. Só que agora eu entendo o que Darlan disse quando acordamos do nosso desmaio naquele dia. Agora eu sei, por que eu também estava lá. Era isso que eu havia esquecido.

— Michelle!

Dei um berro ao abrir os olhos e ver Darlan me segurando e me olhando acima de mim. Ele estava sem camisa e de bermuda. Seus cabelos caiam sobre os ombros parando em meu pescoço. Atrás dele, na janela, os raios de sol penetravam em linhas finas, mas o suficiente para dar um pouco de luz ao quarto.

— Pesadelo? — disse ele sorrindo.

— Eu lembrei. — disparei ofegante. — Lembrei-me de tudo.

— Se lembrou do que?

— Eu me lembrei do mundo de antes. — respondi e os olhos de Darlan começaram a se iluminar. — De antes de você quebrar o selo. Do mundo sem magia.

Eu contei para ele sobre o meu sonho e ele o confirmou. Não só isso. Ele me contou do sonho que teve antes desse acontecimento, do que havia me contado uma pequena parte. Quando chegou à parte do garoto caindo, alguma coisa me incomodou. Ele me disse que na época não sabia identificar a mulher com a armadura. Mas depois que ele me viu com a Armadura de Anúbis, era mais do que certeza que era eu. Mas o que esse garoto tem que, segundo Darlan, nos deixou extremamente abalados? Então decidimos deixar o que sabemos entre segredo, apenas nós dois devemos saber.

— Já ia me esquecendo. — disse ao fim do assunto. Ele me olhou sem entender e eu continuei. — Desculpa por ter te acordado.

— Já tinha um tempo que estava acordado. — ele começou a rir e levantou o celular. — Consegui algo legal.

Darlan vestiu uma blusa e me chamou enquanto saia do quarto. Seu sorriso malicioso mostrava que estava orgulhoso do que conseguiu, seja lá o que for. Paramos em frente o quarto de Jake e quando Darlan tentou abrir, a porta estava trancada. Darlan bateu umas três vezes até escutarmos o som das pisadas de Jake até a porta. Ele abriu a porta somente o suficiente para poder vê-lo. Estava somente com uma calça de moletom cinza e seus cabelos estavam bagunçados. Estava sem os brincos e, surpreendentemente, usando uns óculos. Ao nos ver, ele ficou nitidamente visível seu desconforto. Ele ficou olhando para nós dois com um sorriso de quem apronta e parece que uma conversa mental entre ele e Darlan estava acontecendo, principalmente por que Darlan deu uma gargalhada do nada.

— Tem como vocês voltarem daqui a pouco? — Jake quebrou a conversa silenciosa.

— Não! — disse Darlan.

— Darlan...

— Jake...

Uma voz feminina veio de dentro do quarto e, quando Jake virou o rosto para responder, Darlan empurrou a porta o fazendo desequilibrar. Darlan abriu a porta e entrou me puxando pelo braço. Se eu não tivesse um ótimo reflexo, tinha sido acertada por uma escova de cabelo. Darlan se sentou no chão de tanto rir e quando eu olhei para a porta do banheiro, entendi o motivo. Hermíone estava de toalha e com o cabelo molhado. Ela estava tão corada que estava muito vermelha. Ela estalou os dedos e um vestido preto aparece no lugar da toalha.

— O que você quer aqui, Darlan? — disparou Jake enquanto se levantava.

— Eu descobri algo que nunca chegaria aos nossos ouvidos — respondeu Darlan. —, mas que pode ser útil.

— O que exatamente? — sibilou Hermíone.

Darlan pegou o celular e colocou um áudio para tocar. Depois de alguns segundos a voz de Bastet e Anúbis aparece no áudio. Ela começou a falar algumas coisas que não entendi direito. Então ela disse que há alguns anos, Seth tentou invadir Neteru, mas não conseguiu. E há algumas semanas chegou uma carta de Zeus direcionada à Rá. No mesmo dia, ele mandou fortificar as defesas de Neteru e aumentar a produção bélica.

Sério que os deuses têm uma produção bélica?

Anúbis perguntou o que isso significava. Se Rá ou Hórus haviam explicado algo. A deusa negou e disse que não explicaram nada, mas parece que algo estava para acontecer. Já que ela descobriu que os outros panteões estão fazendo a mesma coisa, principalmente o Olimpo. Os dois ficaram algum tempo calados até que Anúbis perguntou se poderia nos contar. Ela negou e disse que principalmente Apolo deve ficar longe dessas informações, já que ele ainda está preso no selo, não pode tomar conhecimento das coisas divinas. Além de que não queria atrair a fúria de Zeus.

Hermíone ficou espantada e nos olhou sem saber o fazer. Então Bastet volta a falar. Ela pergunta como está à filha deles. Anúbis fala algumas coisas sobre ela e o que ela está fazendo. Eu conhecia a maioria delas, mas é impossível que seja quem estou pensando. Até que um nome confirma tudo, Cleópatra. Então a gravação termina.

— Cleópatra era meio previsível — falou Jake. —, mas que selo é esse?

— Não contem ao meu pai que lhes disse isso, é segredo de estado. — interrompeu Hermíone. — Mas ele não é mais um Olimpiano.

XV
Michelle

Hermíone começou a contar o que o selo e o fato de Apolo não ser mais um olimpiano tem a ver um com o outro. Segundo ela, Zeus sempre foi manipulado por Hera em relação aos deuses gêmeos. Então, às vezes, ele punia Apolo sem motivo. Mas depois de Nicholas, ele começou a acompanhar a humanidade e a ajudá-la. Mas em algum momento, Zeus se zangou e condenou Apolo, sem mesmo passar pelo júri de Atena. Ele foi condenado a ter seus poderes selados e apenas um cesto de seus poderes ficariam disponíveis, perdeu seus privilégios de deus e olimpiano, foi expulso do Olimpo, e viveria como humano, mas com imortalidade e uma parte do seu dinheiro. E ele só pode voltar ao Olimpo quando tem algo que necessita dos doze.

— Aquela tatuagem é o selo. — finalizou Hermíone. — Por isso que ela brilha quando ele tenta entrar na forma divina. É como um cadeado. É tudo o que eu sei.

Darlan e Jake se olharam como uma conversa silenciosa.

— Quando descobrimos a verdadeira identidade do Apolo — acrescentou Jake. —, ele pediu permissão para poder sentar-se no sétimo assento. Agora faz sentido.

Um silêncio caiu rapidamente entre nós. Jake e Darlan se olharam em sua típica conversa silenciosa, de novo. Eu conheci Apolo tem pouco tempo, mesmo assim eu me sinto mal pela situação dele. Dever ter sido horrível. Quanto tempo ele está assim? O que será que ele fez?

Depois de alguns minutos sem dizer nada, Anúbis passa pela porta avisando que o café da manhã está pronto e Bastet queria falar conosco. Darlan e Jake saem correndo em direção à cozinha fazendo desafios um para o outro. Quando olho para Hermíone, ela está olhando para seus pés e com um rosto que transparecia vergonha e timidez. Primeira vez que a vejo assim, e sei que não é por Apolo.

— Não precisa ficar assim. — digo tentando colocar o máximo de suavidade em minha voz. — Jake é um garoto legal.

— Só não comenta com ninguém. — sussurra em resposta. — Principalmente para o meu pai, ele vai achar que fui precipitada demais. Ainda mais quando não tem muito tempo que... Esquece.

— Que você renunciou ao oráculo? — concluo.

Ela me olhou surpresa, e eu vi algo a mais nela. Por trás da Rainha Eterna, tem uma garota, aparentemente, de dezoito anos, com medo, meio ingênua e assustada.

— Como você sabe disso?

— Eu sem querer escutei vocês dois ontem. Desculpa!

Ela deu um sorriso, não os de malicia, que já vi várias vezes, mas o seu verdadeiro.

— Não conta para o Jake que eu era o oráculo. — eu aceno em concordância e um fogo reaparece em seus olhos. — Não quero que ele das coisas que eu desisti por ele.

Não é só o oráculo, ela desistiu de mais alguma coisa. Ela me olha e entendo sua mensagem, essa conversa é um segredo entre nós duas. Acho que ela pode ser muito mais do que eu imaginei.

— Eu mandei, para Atlantis, uma carta que vai mudar muita coisa. — quando ela fala isso, eu senti que era algo grande. Jake conseguiu conquistar ela ao ponto de fazer uma loucura dessas? — Não é só por ele. Eu quero aproveitar um pouco da vida mortal moderna. Quero ser normal, de novo.

À medida que o café da manhã foi avançado, eu fiquei observando Hermíone com outro olhar. Antes eu a via como uma garota mimada, que quer tudo fácil e sempre conseguiu o que quis. Mas depois do que ouvi e, mais do que ela me disse, percebi que, de certa forma, estava errada. Sim, ela já nasceu princesa, a história dela é literalmente um livro aberto, e não é das melhores não. Depois ela sempre foi vista como a garota abandonada que é irmã do Criador da Magia. E depois, não sei como, ela se torna o Oráculo.

Além disso, ela é a Rainha Eterna, ou seja, enquanto ocupar o cargo ela é imortal. Ela viu todas as pessoas com quem cresceu, viveu fez amizade, morrerem e ela não. Ela nunca pode se relacionar com alguém, por causa do oráculo. Realmente, não é de se espantar que ela tenha cansado e ela queira viver como uma garota de dezessete ou dezoito anos normal.

Voltando ao café da manhã, em sua maioria, não ouve nada demais. Darlan e Jake estavam fazendo uma competição esquisita. Hermíone e Apolo estavam com um ar de quem brigou recentemente e Anúbis e Bastet eram quem estavam mais à vontade ali. Eu estava mais preocupada em comer as panquecas com chocolate. Depois desse tempo louco, Bastet começou a explicar o que havia encontrado. Ao que parece, Lênus fez um caminho incerto com Ártemis até São Petersburgo, na Rússia. Lá, Ártemis simplesmente parou de resistir e Lênus seguiu para o Canadá com o auxílio de um portal, levando a deusa com ele. Então ele sumiu do radar da lua.

Aparentemente nenhum dos três deuses pareceu animado com a possibilidade de ir à Rússia. Eles se entreolharam e pude perceber algo engraçado. Pareciam estar com medo.

— Há algum problema com a Rússia? — Jake quebrou o pequeno silêncio. — Quer dizer, quem é o deus guardião?

— Ninguém... — Os dois deuses responderam em uníssono.

— Aí é que está o problema — indagou Bastet. —, Lênus não tem poder o suficiente para abrir o tipo de portal que ele usou.

— Tá, mas o que isso tem a ver com o que eu perguntei. — retrucou Jake.

— Tudo, garoto. — sibilou a deusa rangendo os dentes. — Somente um deus pode abrir aquele tipo de portal, e na Rússia não há nenhum, de nenhum panteão.

— Mas não foi isso o que eu perguntei.

Darlan cutucou Jake, mas ele continuou encarando a deusa.

— Então o que era? —a deusa se levantou empurrando a mesa.

Anúbis colocou a mão no ombro de Bastet e sussurrou algo em seu ouvido. Ela foi se acalmando até que se sentou novamente. Mas continuou a fuzilar Jake com o olhar.

— Nós não sabemos. — disse Apolo com uma voz calma. — A Rússia sempre foi um local que nós deuses sempre evitamos. Não sabemos o motivo, más nosso poder se enfraquece e sentimos perigo constante. Por isso não há nenhum guardião ou selo por lá.

— Então se não há nenhum deus lá, quem abriu o portal para Lênus? — perguntou Darlan.

— Era isso que eu estava explicando! — explodiu Bastet. Ela respirou fundo e continuou. — Vai levar um tempo até eu conseguir reabrir o portal, talvez semanas. Quero que usem esse tempo para investigarem isso para mim. Algo me diz que tem algo muito errado por lá.

— Desculpe senhora, — disse Darlan cauteloso. — mas tem ideia do tamanho da Rússia? Essa investigação levaria meses!

— Sim, de fato. — ela concordou devagar. — Moscou e São Petersburgo bastam.

— Então é melhor começarmos por Moscou. — eu disse pela primeira vez nessa conversa.

— Isso mesmo garota. — a deusa levantou e estalou os dedos. — Estou à espera de resultado.

Antes que pudéssemos fazer qualquer coisa, começamos a brilhar e de repente estávamos despencando em pleno ar.

Quando minha visão focalizou, tudo o que eu consegui ver foi nuvens. Então, quando elas ficaram para trás, o chão começou a aparecer. Eu comecei a berrar com uma força que nem mesmo eu sabia que tinha. Senti meu corpo esfriar e a ficar mais pesado. Quanto mais eu despencava, pior eu ficava. Comecei a tentar, de inúmeras formas, abrir um buraco negro ou procurar Darlan, mas não consegui nada. Eu comecei a entrar em pânico, e a visão do chão se aproximando rapidamente só agravou.

Fechei os olhos e comecei a chorar e a gritar ainda mais forte. Então eu senti alguém me abraçando por trás e me segurando forte.

—*Fterá!* — gritou Darlan e continuou falando no um ouvido. — Calma, eu te peguei.

Senti um puxão e senti que desacelerei. Abri o olho devagar e olhei para Darlan. Um par enorme de asas brancas estava nas costas dele e nós estávamos voando e descendo devagar. Eu ainda estava chorando e ofegante, mesmo estando nos braços de Darlan. Um pouco mais abaixo, Jake estava levando Hermíone e do outro lado, Apolo segurava Anúbis pelo rabo.

Fomos descendo em um espiral, até quando passamos por algo que parecia ser uma bolha de sabão gigante. No mesmo momento as asas de Darlan e Jake se desfizeram, Apolo parou de brilhar e todos nós voltamos a cair. Assustado, Darlan acabou me soltando e eu estava novamente caindo do céu, mas agora o chão estava há apenas alguns metros. Voltei a gritar e vi que me aproximava de um rio gigante. A água do rio começou a subir como se fosse uma tromba e nós entramos nela. A tromba foi abaixando até nivelar o rio novamente. Darlan rapidamente me pegou, começou a nadar em direção à borda e depois me ajudou a sair do rio. Eu fiquei de joelhos, tremendo, chorando. Então os outros foram saindo do rio e juntando a nós. Para piorar a situação, estava muito frio, chovendo e eu estava molhada.

— Ruivinha, acho que você tem acrofobia. — disse Apolo tremendo de frio.

— Você é médico por acaso? — gritei ainda chorando.

— Sim, ele é... — respondeu os outros em uníssono.

— Desculpa. — sussurrei sem graça.

— Sem problema. — disse Apolo se ajoelhando na minha frente. — Acrofobia é fobia a grandes alturas. Você tem isso?

Eu assenti positivamente e me levantei com a ajuda de Darlan. Desde sempre eu lembro que sinto medo de lugares extremamente altos. Uma vez fiz meus pais cancelarem a visita a Macchu Picchu porque tive um ataque de pânico.

— Coma isso — Apolo me deu um alcaçuz doce e começou a sorrir. —, vai ajudá-la a controlar o ataque. Quando terminarmos com isso, posso fazer um tratamento para não ter tantos ataques.

— Por favor! — disse mastigando o doce.
Andamos até uma estação de metrô a alguns metros onde trocamos nossos pijamas molhados por roupas de frio. Darlan olhava para mim constantemente e o olhar dele era parecido com quando você olha para um cachorrinho abandonado na rua.

— Eu estou bem Darlan! — sussurrei para ele.

— Você teve um ataque de fobia. — respondeu ele finalizando a trança no cabelo molhado. — E isso não é legal.

Eu soltei um pequeno sorriso e segurei a mão dele.

— E você tem medo de algo? — perguntei

— Tenho medo de perder a memória.
— E de aranhas, de baratas... — riu Jake mais do outro lado da estação. — Ele tem medo de várias coisas.

— Cala a boca Jake! — Darlan estava mais vermelho que um tomate. Ele pegou a minha mão e começou a andar para a saída da estação. — Vamos logo.

***

Então, vários dias foram se passando enquanto procurávamos algo que nem sabíamos o que era. Procuramos principalmente em museus, locais históricos e locais mais afastados. Não encontramos nada. Setembro já havia começado e o frio começou a aumentar. Então decidimos procurar em um último lugar, na Universidade de Moscou.

Para variar, não encontramos nada. No final, nos reunimos na biblioteca para decidirmos os próximos passos.

— Certo — disse Darlan. —, o que a gente faz agora?

— Ir para São Petersburgo! — respondeu Anúbis. — Acho que aqui não nos levou a lugar nenhum.

— Na verdade, já temos algo. — interrompi. — Quando estávamos caindo do céu e Darlan, Jake e Apolo começaram a voar, passamos provavelmente por uma barreira e ela cancelou a magia de todos.

— Mas o que tem isso? — indagou Jake.

— Mas e se for por essa barreira que aparecemos no meio do ar? — respondi.

— Bastet nos transportou para a cidade — falou Apolo. —, mas barreira provavelmente impediu a magia da deusa e nos jogou para fora. Mas só a magia de outro deus tem força para isso.

— Então isso quer dizer que realmente tem algum deus protegendo a Rússia! — complementou Apolo. — Mesmo que a barreira tenha sido criada por ele ou ela, eu não consegui identificar quem é.

— Achei que os deuses pudessem identificar outros deuses... — perguntei.

— Só quando são do mesmo panteão. — explicou Apolo. — E quem criou aquela barreira, definitivamente não é grego!

— Muito menos Egípcio! — disse Anúbis — Se formos investigar todos os panteões, pode demorar até mesmo séculos. O jeito é investigar São Petersburgo, com certeza tem alguma coisa lá!

Então seguimos para São Petersburgo de carro. Anúbis achou melhor não usarmos magia enquanto chegávamos perto da antiga capital da Rússia. A viagem durou mais ou menos nove horas e, por incrível que pareça, não aconteceu nada. Mas quanto mais chegávamos perto da cidade, mais inquietos nós ficávamos. E até mesmo Anúbis parecia estar com medo.

As várias horas em silencio me fez pensar nos meus pais. Que ficaram no Brasil e não sabem no que eu estou me metendo. A não ser que estou com Darlan, Jake e a Rainha Eterna em uma missão urgente que somente nós poderíamos resolver.

Em certo ponto da viagem, comecei a perguntar para Apolo e Anúbis se havia algum deus que poderiam estar envolvidos nisso tudo. Anúbis me nomeou Seth, e Apolo, Darkness. Mas nem um dos dois sabe onde eles estão e, segundo eles, não foram eles que criaram a barreira. Mesmo assim anotei o que eles disseram e fui fazendo uma serie de possibilidades, mas nem uma parecia correta. Darlan me ajudou um pouco, mas depois ele trocou de lugar com Jake e foi guiar o carro um pouco.

Depois de colocar no papel todas as mitologias que eu conheço e, em minha opinião, seus prováveis suspeitos, decidi pesquisar na internet. Desde que fomos para o Egito, essa foi à primeira vez que peguei no meu celular. Eu me perguntei por que eu coloquei para carregar a bateria, mas não usava. Ao abrir vi que meus pais haviam me mandado inúmeras mensagens.

Papai — 05 de Agosto
— *Filha, eu sei que deve estar ocupada, mas não nos deixe desinformados da sua situação. Estamos preocupados. Boa sorte!*
Mãe — 09 de Agosto
Michelle, vimos você no atentado que aconteceu na coroação de Cleópatra. Você está bem? Por favor, nos responda!
Papai — 13 de Agosto
Filha, onde você está? Estamos preocupados com você e com seu namorado! Vocês foram vistos no Vaticano no durante o terremoto, e em Londres durante o ataque. Por favor, não se meta em algo perigoso!

Olhei aquelas mensagens e vi que meus pais estavam desesperados. Decidi que não podia deixá-los assim, então decidi responder.

Eu — 19 de Agosto
Pai, Mãe, me desculpe por não responder as suas mensagens e não mandar notícia, mas é porque as coisas estão muito corridas por aqui. Estou bem e o Darlan está me protegendo muito mais do que ele deveria. No momento estamos na Rússia, resolvendo algo muito importante. Não pirem, mas num resumo de tudo, estamos indo resgatar a deusa grega Ártemis. Não vou estar em perigo, afinal, além de Darlan e Jake, também está conosco a Rainha Eterna Hermíone, e os deuses Apolo e Anúbis. Já estamos terminando tudo aqui e, antes do que imaginam, estarei em casa. Obrigada por se preocuparem. Eu amo vocês!

Estava distraída enviando a mensagem quando Darlan, de repente freia o carro no meio da estrada. Darlan levou o carro para o gramado direito, desceu do carro e começou a correr. O seguimos até onde ele havia parado e olhava fixamente para algo que eu não conseguia ver.

— O que aconteceu? — gritou Jake.

— Estamos na fronteira de São Petersburgo. — disse Darlan e todos ficaram sem entender. Então Darlan pegou uma pedra, murmurou algo, e a jogou para a frente. Ela pareceu bater em algo invisível, e então, algo que parecia a bolha de sabão que vimos em Moscou apareceu, só que mais intensa.   — Essa barreira está mais intensa que a de Moscou.

— Isso quer dizer que... — sibilou Hermíone.

— Vamos ter que ir a pé! — respondeu Darlan. — Mesmo de carro, ele tem um pouco de magia, já que vem do meu cofre.

— E por quê? — perguntei.

— Quem que tenha feito esta barreira deve saber que estamos aqui, e deve estas nos esperando. — respondeu Anúbis. — É melhor entrarmos sem usar nem um tipo de magia até que seja extremamente necessário.

— Como agora? — trovejou uma voz grave atrás de nós.

Quando nós viramos, vimos um homem de mais ou menos uns trinta anos parado em cima do carro. Ele estava de terno e uma espada preta pendia do quadril. Seus cabelos negros, que iam até o tornozelo, estavam amarrados em um rabo de cavalo. Sua pele era morena escura, mas ao mesmo tempo branca e seus olhos eram vermelhos e irradiavam ódio e um grande poder.

Eu não sabia o que fazer, sentia pavor só de olhar aquele homem. Quem ele é e por que está aqui?

— Você é Lênus? — sibilou Darlan tentando esconder a voz tremida.

— Não! — respondeu o homem. Seis enormes asas negras surgiram nas costas do homem misterioso e ele começou a flutuar. Ele abriu os braços e um fogo roxo começou a surgir de suas mãos. Em sua cabeça, surgiu uma coroa que misturava ferro negro com fogo roxo. — Digamos que sou eu que mando aqui!

O homem bateu as mãos e o fogo começou a nos cercar. Dei um passo para trás e peguei a mão de Darlan. O fogo, em questão de segundos, criou a forma de um dragão gigante e nos atacou. Fechei o olho e... frio?

XVI
Darlan

Que merda, foi o que eu pensei logo que eu acordei. Quando me levantei, vi que estava em um local onde só havia neve. Olhei ao redor e não havia mais ninguém, eu estava sozinho. Um vento muito forte e uma nevasca me impossibilitavam de ver qualquer coisa a dois metros de distância. Tentei usar magia para colocar uma roupa mais quente, mas ela falhou inúmeras vezes. Comecei a andar e a procurar um local para me abrigar.

Algum tempo depois, ouvi alguém gritando. Olhei em volta e não conseguia ver nada. Então a voz começou a ficar um pouco mais nítida, mas o barulho da nevasca ainda me atrapalhava. Comecei a andar em direção aos gritos e quanto mais perto eu parecia chegar, mais nítido. A pessoa que estava gritando, estava me chamando. Comecei a gritar em resposta, mas ainda não conseguia saber quem estava gritando. Até que nós nos batemos.

— Darlan, é você? — gritou Michelle. Eu a abracei e quando fui beijá-la, eu pude vê-la melhor. Ela estava tremendo muito, com o cabelo molhado e em alguns pontos congelado. Seus lábios estavam roxos e sua pele estava começando a ficar azul.

— Michelle, você está com hipotermia! — peguei em sua pele e estava muito gelada, muito mais que o normal. — Tenho que levar você para algum lugar! Está péssima.

— Você também não está nada agradável.

Olhei ao redor e não conseguia enxergar nada. Usei uma magia de vento para afastar um pouco a nevasca, mas não adiantou. Reuni mais poder e, quando liberei, foi tão forte, que acabei soltando um grito. Mas desta vez o alcance foi muito maior. Ao longe pude ver uma cidade iluminada, com vários prédios e casas. Sem pensar duas vezes, segurei Michelle pela cintura e nos dirigimos em direção à cidade.

Quando entramos na cidade, já não sentia várias partes do meu corpo. Minha visão começou a falhar e tropecei várias vezes. A minha respiração começou a se igualar a de Michelle, mas, para o meu desespero, ela estava pesada e doía muito. A única coisa que passava em minha mente é que eu devia salvar Michelle, custe o que custar. Então eu e Michelle começamos a parar de tremer e eu comecei a sentir sono. Michelle ficou mais dura e com dificuldade de andar até que ela começou a perder o equilíbrio. Passei seu braço por cima do meu pescoço e me dirigi a uma casa que estava a poucos metros de distância. Ao chegar à porta, Michelle acabou desmaiando. Tentei chamá-la, mas não deu certo, além de perceber que minha voz estava extremamente rouca.

Comecei a bater na porta sem parar, até que uma garota apareceu. Antes que eu pudesse dizer algo, eu caio de joelhos e Michelle foi direto ao chão.

— Por favor... — disse eu quase sem voz. — Nos ajude!

Minha visão falhou e tudo que senti foi o impacto do meu rosto no chão antes de perder a consciência.

Sonhar quando está com hipotermia não é nada agradável. Sério! Mesmo desacordado, ou sei lá como eu estava, ainda sentia muita dor e frio. O tempo estava passando, e ficar esperando melhorar de forma natural estava fora de cogitação. Usei a magia de fogo para irradiar calor por todo o meu corpo. À medida que a minha situação foi melhorando, o sonho começou a criar forma. Um gigantesco galpão se formou em volta de mim. Uma enorme porta de chumbo se formou na minha frente, e ela tinha símbolos que eu não conhecia. Quando fui tentar abri-la, acabei passando direto, como se eu fosse apenas uma alma. O outro lado era imensamente grande. Tão grande que eu não conseguia enxergar o limite do espaço. Alguns centímetros depois da parede havia várias colunas, e formavam um corredor entre elas e a parede. Entre as colunas havia bandeiras pretas com três cabeças de cachorro, todas as três vermelhas.

Andei sem saber onde estava indo até que uma luz azul surgiu a alguns metros à frente. Quando cheguei perto vi que era um cristal gigantesco, e dentro havia uma garota dormindo. Ela parecia ter a minha idade e era bonita. Sua pele era um pouco morena e seu cabelo moreno era grande e estava amarrado em um rabo de cavalo. Ela usava uma armadura verde e prata, e ela estava segurando longo arco recurvo de prata com ouro. Então eu acabei me lembrando de quem é essa garota. Ela é Ártemis!

Quando estava chegando mais perto, alguém me agarrou por trás, tampou a minha boca e me puxou até atrás de uma das bandeiras entre as colunas. Comecei a me debater e materializei uma adaga.

— Fica quieto Darlan! — sussurrou Jake no meu ouvido.

— Jake! — eu virei e ele piscou. — Ainda bem que você não morreu!

— Obrigado... — respondeu ele. — Ei!

— Nós fomos separados por aquele homem!

— Jura? Conta uma novidade? — ironizou ele. — Eu estou com Hermíone perto do Cazaquistão. E Anúbis e Apolo estão há duas cidades de São Petersburgo. Cadê vocês?

— Eu não sei... — respondi. — Ainda estou desacordado por causa da hipotermia.

Ele deu um longo suspiro e continuou.

— Então trate de acordar logo! — ele olhou pela bandeira e continuou. — De acordo com Anúbis, o portal vai reabrir em noventa e seis horas, e só vai ficar aberto durante dois minutos.

— Ok!

Fui interrompido com um enorme barulho, seguido pelo som de duas pessoas se aproximando. O primeiro deles parecia ter mais de quarenta anos, tinha cabelos longos e barba, tudo meio grisalho. Seus traços eram orientais e usava roupas chinesas tradicionais. O segundo aparentava ter uns vinte e poucos anos. Tinha cabelos tinha um tamanho médio e era cortado irregularmente. Usava all star, calça jeans escura, camisa preta, gravata e uma jaqueta de couro. Ele era muito parecido com o homem que apareceu e nos separou.

Eles foram diretamente para o cristal onde estava a deusa. Estavam falando em grego e demorei um pouco para poder entender.

— Qin meu amigo... — disse o mais jovem. — Eu já disse, está tudo sobre controle.

— Tem certeza, Lênus? — indagou Qin. Quando ele falou Lênus, senti um frio na espinha e Jake deu um sorriso maldoso. — Ela é uma deusa!

— Eu sei disso... — Lênus sorriu e continuou. — Mas a utilidade dela é só ter seu poder drenado. Depois disso ela estará exausta, mesmo sendo uma deusa. Meu verdadeiro alvo é a usuária do vácuo!

Droga, pensei. *Agora temos que achar e proteger essa garota?*

— Darlan... — sibilou Jake estagnado. — Acho que ele está flan... — ele desapareceu.

— Jake! — gritei.

Ao perceber o que tinha feito, engoli seco e comecei a tentar lembrar a magia que força meu despertar. Lênus começou a andar em direção à onde eu estava e eu fui andando mais para trás, até que bati na parede. Segundos antes de ele passar pela bandeira, eu acordei.

Eu estava em quarto rústico, simples e pequeno. Havia apenas uma escrivaninha com vários livros em cima, um pequeno guarda-roupa e a cama pequena em que eu estava deitado. Havia vários cobertores em cima de mim e um aquecedor perto da cama. Ao sentar-se na cama, senti uma enorme dor de cabeça e, para piorar a situação, tive um ataque de tosse, que fez meu corpo doer inteiro. Ao olhar para a escrivaninha ao lado, vi meu celular e o peguei. Assustei-me ao ver que eu tinha dormido por um dia inteiro.

Antes que eu percebesse, uma garota abriu a porta entrou segurando uma caneca. Ela era bem jovem, loira e olhos castanhos. Usava óculos e um pijama com vários desenhos do Mickey. Quando ela me viu sentado, um olhar de alívio exalou dela e veio de pressa a minha direção. Ela me ofereceu a caneca e pediu que eu tomasse, pois ia me ajudar a melhorar. Era chocolate quente e estava ótimo, só faltava um pouco de canela. Rapidamente ela me disse que a garota que estava comigo estava no quarto da avó dela, e que ela está bem. Ela também me falou que levou um susto quando nós aparecemos na porta dela. Inicialmente a avó dela ficou com medo, mas quando ela viu o símbolo no meu pulso, sabia que não íamos fazer nenhum mal.

— E eu venho cuidando de você e da garota! — finalizou ela.

— Você me conhece? — perguntei rouco.

— Você é Darlan Rodrigues, o escolhido. Certo? — eu engoli seco, com medo. Ela certamente percebeu, já que ficou sem graça. — Não vou te fazer mal, eu sei por que estou estudando para trabalhar no Superior Tribunal da Magia de Atlantis. E você é uma das matérias, se é que me entende.

Ela apontou para o pulso indicando a tatuagem-símbolo.

— E por que você está querendo trabalhar em um lugar tão difícil e tão longe? — entreguei a caneca vazia para ela.

Ela respirou fundo e me respondeu.

— Desde sempre, quem criou foi a minha avó. — a voz dela parecia transbordar angústia. — Foi uma vida simples, mas honesta! Eu sempre quis trabalhar com as leis da magia, e esse emprego, além de me dar a oportunidade de fazer isso, me dá à chance de dar uma vida boa e descanso para ela.

— Entendo... — disse e ela me ajudou a levantar e começamos a andar em direção a porta. — Você tem um coração muito generoso, e é muito esforçada. Vai conseguir!

Ela deu um longo sorriso.

— Qual é o seu nome? — perguntei

— Anastasia Petrova... — respondeu ela tímida. — Quer que eu te leve até a garota?

Assenti positivamente e ela abriu a porta e começou a me guiar pela casa. Ao sair do quarto, havia um pequeno corredor e no meio dele havia o caminho para uma escada que levava para baixo. Anastasia me levou até o segundo quarto, que era ao lado do dela. Quando ela abriu a porta, pude ver que o quarto era igual ao anterior. A única diferença era que no lugar da escrivaninha havia uma pequena máquina de costura. Na cama estava Michelle ainda inconsciente, com mais cobertores do que eu, e o aquecedor estava mais forte e mais perto dela. Cheguei mais perto dela e Anastasia me colocou uma cadeira próxima à cama. Eu sentei e fiquei analisando sua situação por alguns segundos.

— Vou falar para minha avó que você acordou. — ela disse um sorriso. Foi saindo do quarto e enquanto fechava a porta, completou. — Qualquer coisa é só chamar.

Assim que a escutei descendo as escadas, estendi meu braço em direção à porta e a tranquei com magia, desliguei o aquecedor e retirei as cobertas de Michelle. Usei o *Meidigaech Sganair*, uma magia criada por Asclépio, que usa o olho como uma espécie de scanner e localiza os problemas ou doenças no corpo e, dependendo, mostra uma solução. O resultado me deixou praticamente em pânico, se eu não desse um jeito naquele momento, ela estava pronta para morrer. Ela estava com trinta graus célsius e o corpo dela estava com dificuldade em reaquecer. Além de estar perdendo a temperatura.

Abri meu banco de dados e fiz materializar uma seringa com o vírus da gripe e injetei no meu braço e fiz com que ele se multiplicasse de forma extremamente rápida. Em questões de segundos, comecei a ter congestão nasal, dor de cabeça, fadiga e por fim febre. Nunca imaginei que eu ia causar gripe a mim mesmo, mas era necessário e urgente. Levantei-me, tirei minha roupa e a dela e deitei em cima do seu corpo. Peguei um cobertor, nos embrulhei e comecei a tirar temperatura do meu corpo e transferir para o dela. O que abaixava minha febre e aumentava a temperatura dela. Sim, isso é esquisito, mas é assim devo fazer no momento! Comecei a ter sinais de sono e me concentrei ainda mais em transferir temperatura para ela. Alguns minutos depois, já me sentindo bastante fraco, usei novamente o scanner e vi que ainda faltavam três graus para ela estar fora de perigo. Comecei a intensivar a troca e acabei desmaiando. Esse desmaio não foi um no qual eu fiquei inconsciente ou fui para o meu subconsciente. Foi apenas um desmaio de exaustão.

Então senti os braços de Michelle envolvendo meu corpo. Levantei o rosto e vi que ela estava acordada e ela sorriu para mim. Ela tentou falar, mas sua voz não saiu, então disse novamente enfatizando o movimento dos lábios, no qual eu pude entender claramente: *Obrigada*! Sai da cama e enquanto nos vestíamos, passei as últimas informações da nossa situação para ela. Por último contei sobre meu sonho, e quando mencionei sobre a usuária de vácuo, ela ficou pálida.

— O que foi? — perguntei.

Ela respondeu negativamente com a cabeça e fez um gesto como se estivesse com frio. Pensei em perguntar se ela sabia de algo, mas eu ouvi alguém batendo na porta. Estalei os dedos e a porta se destrancou e abriu, revelando Anastasia segurando uma bandeja com dois pratos. Acenei e ela entrou seguida de uma idosa pequena, que segurava dois copos. Ela tinha cabelos curtos e totalmente brancos, olhos castanhos e usava um poncho de crochê. Anastasia colocou a bandeja na mesa da máquina de costura e começou a sorrir.

— Que bom que você também acordou! — exclamou ela para Michelle. — Eu me chamo Anastasia Petrova! — virou para mim e continuou. — Essa é minha avó, Masha!

— É um Prazer conhecê-los. — eu disse a senhora. — Qual é o seu nome mocinha?

— Michelle... — respondi. As duas olharam para mim sem entender. — É que ela está sem voz!

— Dos males o menor! — disse a senhora. Ela cutucou Anastasia, que rapidamente nos entregou os pratos. —

Vamos, comam, vocês precisam! Espero que gostem de Stroganov.

Quando recebi o prato, caiu a ficha do que ela estava falando. Tinha um arroz branco soltinho e estrogonofe de carne recém-preparado. O cheiro era inconfundível e extremamente delicioso. Mas tinha alguma coisa diferente, parecido com o que a minha avó preparava, mas com algo mais... Russo. Ao colocar a comida na boca, senti como se estivesse recebendo carinho de avó. Mais precisamente minha avó. Na qual eu sino muita falta dela desde que ela morreu. Uma lagrima correu pelo meu rosto e eu limpei rapidamente. Michelle entendeu o que estava sentindo, mas as outras duas não. E elas não quiseram saber a razão.

Assim que terminei, a senhora me entregou um copo com um suco vermelho de Cranberry, e estava incrivelmente gostoso. Após terminar de comer, agradeci e decidi voltar ao assunto que realmente importa no momento.

— Vocês sabem dizer onde estamos? — perguntei.

— Em Vankarem. — respondeu Anastasia.

— E qual é a distância até São Petersburgo?

— Nossa! — exclamou ela. E pela cara que ela fez, não é boa coisa. — São Petersburgo fica do outro lado do país!

— Como assim? — sibilei.

— Digamos que... — Anastasia colocou a mão no queixo, pensou e completou. — Estamos há poucas milhas do Estreito de Bering.

***

Ok, seja quem for aquele homem, ele me mandou para o lugar mais longe o possível do portal, foi basicamente o que eu pensei durante a noite inteira. Logo depois de descobrir que estava do outro lado da Rússia, Anastasia me mostrou onde exatamente extávamos.

Fiquei acordado a noite inteira pensando na cena de Lênus, quem era o homem que nos separou, quem é a usuária de vácuo e, por fim, como chegar o mais rápido possível em São Petersburgo. Pensei em pedir para Michelle abrir um buraco negro, mas ela ainda não consegue abrir distancias superiores a setenta quilômetros. Assim levaria muito tempo. Pensei na viagem pelo círculo mágico, mas eu preciso ter marcado o local ou usar as coordenadas geográficas de algo. E aquela barreira vai nos jogar para fora, como fez em Moscou. Sem contar que usa muita magia, e aqui ela não está funcionando direito.

Quanto mais eu pensava, mais eu ficava preocupado. Eu tinha que fazer algo para resolver esse problema. Afinal, se eu não consegui isso, quem dirá derrotar Darkness?

Estava quase dormindo quando o sol começou a nascer. Tampei meus olhos com o cobertor e esperei finalmente conseguir dormir. Só que levei um susto gigantesco quando Michelle acordou do nada e se sentou na cama.

— Tem algo errado! — disse Michelle saindo da cama. Ela foi até as roupas de frio que Masha havia deixado para nós, jogou as minhas e começou a vestir a dela.

— O que está errado? — perguntei enquanto colocava amarrava a bota.

— Exatamente isso! — ela me puxou e continuou. — Está quieto demais. É como se não existisse nada do lado de fora.

Depois que ela disse isso, percebi que ela tinha razão. Estava muito quieto para ser considerado normal. Corri até a porta do quarto e a abri. Logo que saímos do quarto, um cheiro ruim estava impregnando a casa inteira. Uma sensação de perigo estava me deixando nervoso. Michelle transformou sua pulseira um machado preto com detalhes dourados e ficou mais perto de mim. Eu fiz aparecer um revólver e comecei a andar devagar. Quanto mais perto chegávamos da escada, mais o fedor se intensificava. Descemos a escada e quando a visão da sala se abriu, uma verdadeira cena de horror estava bem diante dos meus olhos. Masha estava morta e, presa na parede, por uma espada no peito. Mas a pior visão era a de Anastasia. Estava persa por uma perna ao teto, de cabeça para baixo e sem cabeça. Perto do corpo dela, havia uma lança onde estava a cabeça dela pendurada no topo.

Quando vi aquilo, perdi a força do corpo e deixei a arma cair e comecei a vomitar. Com Michelle não foi diferente. Levantei ainda tremulo e, quanto mais eu olhava, mais doía na alma.

— Magia interessante a dessa garota! — debochou uma voz atrás de nós. — Pena que morreu...

Peguei a arma e virei para o topo da escada. Um homem de uns quarenta e tantos anos estava parado lá. Usava roupas de inverno e uns óculos pretos. Seu cabelo preto já estava um tanto quanto grisalho e em sua bochecha havia uma horrível cicatriz.

— Magia de ocultamento! — ele começou a descer a escada e parou no meio dela. — Bem rara... E o melhor é que, quem mata o usuário, herda os poderes. Como eu.

— Quem é você? — sibilei enquanto mirava a arma para ele. — E por que fez isso com elas? Não tinham nada a ver com isso.

— Não lhe interessa quem eu sou! — rosnou o homem. — E ela estava mais envolvida do que você pensa! O pai da chefia queria a magia dela, mas ela se escondeu em uma parte tão escarça da Rússia, que não conseguimos identificá-la. Mas vocês aparecem!

— E o que isso tem a ver? — eu e Michelle caminhamos de costas em direção à porta.

— Tudo! — ele terminou descer as escadas e tirou chakram que partiu em duas partes com formato de um yin yang. — Ela sabia quem você era e, pela situação que apareceu, ela decidiu usar a magia dela para ocultar vocês de nós. Foi nesse momento que ela revelou a própria localização.

— Seu monstro! — gritou Michelle.

O homem saltou em nossa direção e quando faltavam centímetros para aquela lâmina me acertar, inúmeras partículas explodiram a nossa volta, lançando o homem do outro lado da sala. E na mesma hora, Michelle abriu um buraco negro e fugimos por ele. Durante os trinta segundos de travessia pelo vácuo, eu segurei Michelle firme e conjurei a magia de asas. Saímos em pleno ar sobre um enorme lago, e logo em seguida, parti voando em direção ao oeste, onde está São Petersburgo.

Assim que o lago começou a desaparecer, algo agarrou a minha perna e a magia de voo foi anulada. Caímos no topo de uma montanha encoberta por neve, e nela, havia inúmeras pessoas de preto e ao fundo ouvi a voz do homem que havíamos fugido.

— Michelle — sussurrei. —, já está boa o suficiente para sustentar a armadura?

— Não! Só armas...

Soltei um palavrão e conjurei as espadas de cristal de fogo.

— Não morre! — pulei em direção as pessoas.

Por mais que eu usasse inúmeros golpes físicos e mágicos, o número de inimigos não diminuía. A voz de Michelle e o barulho da sua magia e de suas armas me deixava mais seguro e me mantinha concentrado na luta. Então, ela gritou e a sua magia diminuiu. Meu coração começou a acelerar, pois eu sabia que havia algo de errado com ela. Quando tentei ir para onde ela havia gritado, um dos inimigos me segurou pelo cabelo e outros dois pularam em cima de mim me prendendo ao chão.

Aquele homem apareceu novamente na minha frente e ele estava segurando Michelle desacordada. Tentei sair para salvá-la, mas o peso não deixou. Comecei a ficar desesperado, eu não podia deixar Michelle morrer!

— Solta ela! — gritei.

— Obrigado por me entregar o vácuo... — zombou o homem enquanto chacoalhava Michelle.

Levei alguns segundos para entender, mas agora tudo faz sentido. A usuária de vácuo que Lênus queria era a Michelle. E, de acordo com a profecia, o vácuo que deve perecer para salvar Ártemis é a mesma que ele busca. Ou seja, a Michelle.

Comecei a me debater desesperadamente tentando sair dali. Mas estava mais pesado ainda. O homem pegou um pequeno cubo e assoprou, jogou no chão e desapareceu.

— Michelle! — berrei enquanto chorava e tentava sair.

Mas quando eu finalmente consegui me libertar, o cubo apitou e explodiu bem na minha frente e destruindo toda a extensão da montanha.

XVII
Anúbis

Incrível como a Praça do Palácio de inverno é cheia. A noite ela parecia mais bonita, mas também era mais assustadora. Tanto eu, quanto Apolo, estamos extremamente incomodados desde que entramos na cidade. Eu sinto como se a qualquer momento alguma coisa vai surgir atrás de mim e me matar.

Sorte minha e de Apolo, que temos um conhecimento maior relacionado à magia. Por causa disso, conseguimos burlar a magia do homem misterioso e fazer ele nos mandar para uma cidade próxima a São Petersburgo. Então conseguimos chegar primeiro e contatar Jake, que aparentemente conseguiu falar com Darlan. Passamos os últimos dois dias, tentando descobrir como ocultar o portal dos turistas da praça, mas todas envolviam a morte de alguém da praça. Agora estávamos vigiando a praça para esperar o momento em que o portal vai se abrir.

Apolo e eu estávamos sentados e, um ponto do telhado do Palácio de Inverno. Mesmo com a interferência da barreira, consegui criar uma barreira para nos esconder. Estava tudo muito calmo, mesmo com o nosso incomodo até que senti uma fina anomalia. Algo aconteceu longe daqui, mas forte o suficiente para que eu sinta. Não demorou mais de vinte minutos para o que aconteceu aparecesse, a praça se movimentou ainda mais com a notícia. Aparentemente, uma montanha inteira na região da Sibéria, próximo à Vankarem.

— Acho que essa explosão não foi "natural"... — refletiu Apolo sem tirar os olhos da Coluna de Alexandre.

— Acha que Darlan estava envolvido? — perguntei.

Ele não respondeu, apenas acenou a cabeça confirmando. Então Apolo começou a franzir o cenho e a ficar surpreso. Ao olhar novamente para a praça, entendi o motivo. As pessoas na praça estavam caídas no chão, todas dormindo. Nós nos levantamos e eu imediatamente comecei a procurar o responsável por aquela magia. Mas eu não estava conseguindo achar. Isso é muito ruim. Tudo bem, Apolo está em uma situação... complicada, mas eu também sou um deus, eu deveria sentir e saber o que está ou quem está ao meu redor. Ok, eu quase morri, mas isso não vem ao caso!

De duas uma, ou eu perdi minha divindade, ou quem comanda essa região é absurdamente poderoso. Todas são horríveis, mas a primeira é pior. Se eu tiver perdido minha divindade, automaticamente perco vários de meus poderes, minha imortalidade e não posso voltar para Neteru. Mas o meu sangue é o que mais me preocupa. O sangue dos deuses é perigoso para os mortais. Se o Ichor tiver sido transformado em sangue vermelho, ele se torna toxico até mesmo para os deuses e serei envenenado pelo meu próprio sangue. E posso morrer definitivamente, sem chance de salvação.

Estava tão concentrado procurando o conjurador da magia, que me assustei quando Apolo simplesmente foi lançado bruscamente para frente até bater na coluna no centro da praça. Quando me virei uma luz ofuscou minha visão e senti como se uma tonelada tivesse me chocado contra mim. A dor foi tão grande que não consigo categorizar o nível dela. Fui jogado para o outro lado do palácio, atravessei uma janela e me choquei contra o mármore frio.

Levei alguns segundos para conseguir me orientar novamente. Estava dentro de um salão do palácio, onde predominava as cores vermelha e dourada. Tentei me levantar, mas ao firmar a perna esquerda, senti uma coisa que jamais pensei que sentiria: dor descomunal. Desabei de cara no chão e, olha que maravilha, o impacto quebrou meu nariz. Sentei-me no chão e senti gosto de sangue na minha boca, passei a mão rapidamente e a visão do Ichor me acalmou.

Não perdi minha divindade!

Minha perna esquerda estava latejando de dor e quando eu a olhei, ela estava quebrada e formava quase um S. Aí é que eu me ferro. Eu não consigo arrumar minha perna e meu nariz, pois meu poder é o contrário da cura, é a putrefação. Se eu tentar fazer alguma coisa, apodreço meu corpo em um instante. Certo, tentar curar está fora de questão, mas eu posso fazer outra coisa, isso sim é minha especialidade: ataduras. Peguei pedaços quebrados de madeira da janela e conjurei faixas de linho. Peguei minha perna e forcei ela voltar para a posição correta, isso me fez berrar muito, então posicionei a madeira, amarrei as faixas.

Ouvi o grito de Apolo, olhei pela janela e vi que estavam o espancando e ele, sem fazer nada, com medo de machucar os civis na praça. Algo começou a me incomodar! Eu sou um deus, posso ser onisciente e onipresente, posso perceber algumas coisas muito antes de elas acontecerem. Mas isso não está acontecendo aqui! Como não senti aquele homem que nos separou chegar? Como não percebi essas pessoas? Como eu não identifiquei uma magia de sono sendo conjurada? O que é que tenha aqui, acredito que é algo muito maior do que pensávamos. Muito maior para que o Império dê um jeito sozinho. Acredito que nós, os deuses, acabaremos nos envolvendo nisso.

Foi quando senti a presença esmagadora de Bastet. A lua começou a emitir uma luz que fez a noite virar dia. E quando ela cessou, as pessoas desmaiadas na praça haviam desaparecido.

Agora lutem! Falou Bastet em minha mente. *Vinte minutos para a abertura do portal!*

Então de repente, labaredas de fogo e luz explodiram por toda a praça. Um gigantesco círculo magico em formato de sol se abriu no céu, e dele, saiu um enorme grifo de fogo. O animal passou voando por dois homens e eles começaram a pegar fogo. Assim que chegou perto de Apolo ele explodiu e juntou-se ao... *Ex-deus*, eu acho. Quando o fogo se dissipou novamente, Apolo estava usando uma armadura grega de couro e um arco de mais ou menos um metro e noventa apareceu em suas mãos.

Eu não sabia o que falar... Apolo foi expulso do Olimpo e teve a maior parte de seus poderes selados. Mesmo assim ele ainda é um monstro.

Ele pegou uma flecha na aljava e posicionou perfeitamente no arco. Quando ele a soltou, a flecha saiu com um estrondo e se dividiu em oito feixes de luz e acertou alguns dos homens que nos atacaram.

Quinze minutos! Alertou Bastet.

Certo, mesmo com a perna e o nariz estourado, tenho que fazer alguma coisa. Conjurei um dos meus chacais e montei nele e avancei para a praça. Eu não posso usar meus poderes para curar, mas eles sabem perfeitamente matar! E nesse momento, é bem importante. Em poucos minutos havia cerca de cinquenta múmias no chão da praça e Apolo matou mais um bocado, queimado ou acertado por uma flecha. O que me assustou, foi que ainda havia muita gente avançando.

Então, ouvi um engatilhar de uma metralhadora e logo em seguida ela dizimar metade da tropa inimiga. As balas faziam algo parecido com as flechas de Apolo. A outra metade começou a ser engolida por uma névoa que começou verde, mas depois ficou roxa. Os homens, que certamente são soldados de Lênus, começaram a tossir. De suas peles surgiam manchas pretas por toda parte. Algumas delas saia pus e sangue. Peste Negra, eu conheço essa doença e sei muito bem o estrago que ela pode fazer. Rapidamente, transformei aqueles homens em múmias e selei a doença dentro das bandagens.

Ao meu lado surgiu Hermíone. Ela estava com um rosto sério, e assim que viu minha perna, assustou.

— Por Hades... — disse ela enquanto começou a me curar. — O que aconteceu com você?

— Fui jogado contra um Palácio. — brinquei. Naquele momento, não sentia mais a dor em minha perna. Então dispensei meu chacal e deixei-a cuidar do nariz também. — Onde está Jake?

Ela apontou para cima. E lá estava ele. Com blusa branca, calça camuflada preta e botas, atirando com uma *FN Minimi*. Apolo logo foi onde ele estava e juntos começaram a atirar nos soldados ainda restantes e nos que tentavam entrar na praça.

Se Apolo já era um monstro no tiro sozinho, junto com Jake era pior ainda. Qual deve ser o poder deles se Darlan também estivesse aqui?

Hermíone terminou de curar meu nariz e minha perna e começou a me puxar para trás de uma parede. Comecei a ficar preocupado. Bom, A Rainha Eterna tem uma pequena fama... E não é muito boa. Principalmente agora que Bastet está de olho em nós. Ah, mas como eu tenho filhos semideuses? Meus casos com mortais são escondidos e de preferência na parte da manhã. Afinal quem está no céu é o Sol e não a Lua! Enfim! Achei que ela iria fazer algo nessa linha, mas ela me surpreendeu quando puxou dois envelopes pequenos.

— Preciso que leve esse aqui para Atlantis e entregue diretamente para o Rei Klaus. — ela me entregou o envelope com o lacre vermelho. — E esse para Neteru ou para o Olimpo. Você decide! — o segundo envelope tinha um lacre dourado.

— Mas e a busca? — perguntei.

Ela deu um suspiro e deu uma longa olhada para a praça.

— Vai ser difícil, mas nós conseguiremos. — ela parecia triste. Percebi que havia algo que ela não queria me contar.   — Mas preciso que faça isso *urgente*!

Ouvimos Jake gritando algum palavrão e Hermíone começou a voltar para a praça.

— Vou voltar assim que puder!

Ela parou e percebi que ela estava segurando seu choro.

— Quando descobrir o que tem nas cartas, eu acho bastante improvável! — Ela desapareceu ao virar em um corredor.

Algo está errado com ela... Droga de poderes que não voltam logo! Mas tinha algo para fazer antes de ficar reclamando.

***

Estava de frente para as portas da sala do trono do Palácio Real de Atlantis. Após me transportar e aparecer subitamente aqui, os guardas saíram correndo assustados. Eu olhava os detalhes da porta. Elas tinham mais de seis metros, feita de ouro puro com o brasão de armas do Império Mágico constituído de pedras preciosas vermelhas. Apertei as duas cartas nas mãos e comecei a entrar na minha forma divina. Cresci mais um metro, meu rosto virou o de um chacal preto e minhas roupas se transformaram em uma armadura egípcia preta e dourada. Feita de vidro da areia do deserto de Neteru, é mil vezes mais resistente que aço ou platina. Por cima de uma *"bermuda"* de faixas de linho, tinha um chanti egípcio, o peito era livre e sobre os ombros caia um gorjal. Nos braços havia pulseiras nos bíceps e nos pulsos. Nos meus tornozelos também havia tornozeleiras que faziam parte da armadura, e eu estava descalço. Meu báculo era um pouco maior do que eu, feito de ouro e na ponta vinha o símbolo de Ankh. Respirei fundo, empurrei a porta e entrei como um verdadeiro deus.

A sala do trono era um salão enorme com colunas, muitas janelas, lustres e afrescos de muitas eras misturadas. No final dela havia sete tronos de prata com uma bandeira cada. Em grego vinha inscrições sobre a quem pertencia cada trono: *Ευρώπη* — Europa; *Αμερική* — América; *Αφρική* — África; *Ασία* — Ásia; *Ωκεανία* — Oceania, *Ἀτλαντίς* — Atlantis e *Ηνωμένα Έθνη* — ONU. Os setes representantes. Ao lado dos tronos tinham duas escadas que levavam a um grande mezanino, onde havia dois tronos de ouro. No parapeito do mezanino estava escrito *Αιώνια Βασίλισσα* e *Μεγάλος Βασιλιάς*. Os dois que governam o mundo mágico, a Rainha Eterna e o Grande Rei.

Subi as escadas e encontrei o Rei Klaus sentado no trono. Ele era um homem alemão de cinquenta e oito anos, eu acho. Seus cabelos, que um dia já foram louros, estavam brancos e cortados bem curtos. Ele não era gordo, muito pelo contrário. Para um homem de idade avançada, seu corpo estava muito bem cuidado e forte. Usava uma manta verde, calça preta e bota. Por cima da manta vinha o casaco real, feito da pele do leão de neméia. Um presente de Héracles para o primeiro Rei, Nicholas, e hoje o uso é de direito de todos os reis do Império. Estava massageando a têmpora enquanto seus dedos tamborilavam em cima de um livro. Seus olhos azuis irradiavam poder enquanto olhava para a pessoa que o acompanhava. A representante da Europa, Elizabeth Parker. Ela estava com um vestido roxo e seus cabelos estavam trançados. Ela parecia nervosa e se assustou quando me viu.

O rei virou-se para mim e seu olhar se acalmou. Ele fez uma breve reverencia com a cabeça enquanto Elizabeth fez uma completa.

— Senhor Anúbis! — disse Klaus com sua voz forte e calma. — O que o traz aqui nesta honrosa visita?

— Vim a mando da vossa Rainha Eterna. — entreguei o envelope endereçado a ele.

Quando o rei abriu o envelope, tirou um cartão preto com o brasão de armas do Império em vermelho. Ele levantou uma sobrancelha e voltou seu olhar para mim.

— Não são boas notícias, certo? — disse ele sério.

Assenti, mesmo não sabendo o que tinha ali. Mas, pela reação de Hermíone ao me entregar, sei que é algo bastante sério.

— Certo... — murmurou o rei. Ele jogou o cartão no chão e ele começou a brilhar. — Vamos ouvir o que a Rainha Eterna nos mandou.

Ele estalou os dedos e um holograma começou a sair do cartão. Quando focalizou, mostrou Hermíone de pé com um olhar sombrio.

***

Hermíone estava certa, isso é muito preocupante. Preciso levar o segundo envelope para Neteru e ao Olimpo. Sem contar na burrice que ela cometeu. Como ela é capaz de fazer isso? Só tem uma razão... Ela está apaixonada! E certamente é pelo Jake.

Entrei na dimensão de Neteru e atravessei o deserto montado em um dos meus chacais. Quando cheguei ao Oasis do palácio uma trompa soou. Os guardas abriram caminho e entrei na cidade. Os cidadãos de Neteru, pessoas escolhidas ou premiadas, semideuses, se curvaram enquanto atravessava a cidade até o palácio. As casas eram feitas de barro e granito. Havia muitas árvores e coqueiros espalhados por todo lado. As lojas eram em tendas montadas nas ruas ou em locais do mesmo material que as casas. Todas as ruas interligavam-se umas nas outras, mas todas elas levavam ao centro da cidade. O gigantesco palácio se projetava no centro, imponente sobre a cidade. Ele é todo branco com desenhos e hieróglifos que contam a história do Egito e dos deuses. Sua fachada foi usada de inspiração para a construção do antigo Templo de Luxor.

Quando cheguei aos portões, outra trompa soou e elas se abriram. Quando entrei, me anunciaram e muitos deuses menores vieram me cumprimentar e parabenizar por ter sobrevivido. Mas continuei andando apressado para dentro do palácio. Indo direto para o Salão dos deuses.

Como posso descrever o salão dos deuses de forma resumida? Conhece a câmara dos lordes na Inglaterra? Se sim, é igual. Se não, pesquisa no Google. Só que o salão é muito maior e no centro dela mostrava todo o caminho do Nilo pelo Egito. Entrei e todos estavam presentes. Rá estava em sua cadeira no centro, — Ele é tipo um Zeus, caso conheça pouco sobre os deuses egípcios. — Isis estava na primeira cadeira do lado esquerdo, liderando o lado feminino, e Hórus estava na liderança do lado direito, o masculino. Toth também estava lá, em sua determinada cadeira. Fui até diante de Rá e me ajoelhei.

— Certo Anúbis... — trovejou Rá. — O que é tão importante que o fez convocar uma reunião urgente?

— Temos alguns problemas sérios... — contei tudo o que aconteceu, desde o momento em que Cleópatra levou os garotos ao meu quarto, até o momento em que levei a carta ao Rei Klaus. Alguns pareciam não concordar, mas algo preocupou Rá. — Ela também nos enviou uma carta.

Peguei o envelope com o lacre dourado e fiz o mesmo procedimento que Klaus fez. Hermíone apareceu da mesma forma no holograma. Mas antes de começar a falar ela fez uma reverencia a todos do salão.

Deuses, eu, Hermíone Belvedere Gregory, Rainha Eterna do Império Mágico e territórios auxiliares, filha de Apolo e Helena de Tróia, e portadora do espírito do Oráculo de Delfos, trago-vos más notícias.

A investigação da entidade na Rússia não trouxe muitos resultados. Mas o pouco que encontramos é de extrema importância! Não só para este panteão, mas para todos.

Porém, antes de passar-lhes o relatório, tenho alguns anúncios a fazer. Primeiro: eu, de livre e espontânea vontade, renunciei ao espírito do Oráculo...

Todos os deuses começaram a cochichar e a se perguntar por qual motivo ela desistiria de sua função. Mas eles ainda não ouviram tudo.

Segundo: depois de quase três mil anos...

XVIII
Lênus

Ela estava em cima de mim. Mégara, uma das criadas do palácio do meu pai. Sua beleza é tanta, que a trouxe escondida para trabalhar para mim. Seu trabalho? Proporcionar-me Prazer. Ela tem a pele morena e seus cabelos são tão negros quanto às trevas. Seus olhos negros seduziam qualquer homem e um só segundo e sua boca era a própria perdição. Meu cabelo estava solto e ela o puxava para que eu a beijasse novamente. Enquanto a beijava passei um dos braços em sua cintura e o outro em seu pescoço. Eu girei, a joguei na cama e coloquei meu corpo sobre o dela. Então... Algum idiota entrou no quarto.

Sorte a dele que a minha cama tem cortinas que fecham e esconde o interior. Se não, essa pessoa seria um cadáver agora.

— O que é? — rugi.

— Senhor... — disse meu serviçal, um garoto de dezenove anos que tentou me atrapalhar no ataque a Atlantis, certamente desconcertado e com medo. — A garota do vácuo...

— O que tem ela? — naquele momento já não tinha clima para continuar. — Espero que seja algo bom...

— Sim! — engasgou ele — Ela chegou. Está na masmorra.

— Ótimo.

Disse a Mégara que estava dispensada e saí da cama exatamente do jeito que estava. Vi que o garoto estava extremamente corado. Dei um sorriso, pois sei o motivo. Peguei o roupão em sua mão e o vesti. Antes de sair, segurei seu queixo e levantei seu rosto. Até que pude olhar diretamente dentro do seu olho.

— Quando eu terminar, você vai me pagar por ter atrapalhado a minha... Reunião diplomática. — ele arregalou os olhos e o deixei paralisado enquanto saia do quarto, indo para a masmorra.

A movimentação no castelo era óbvia. Todos estavam correndo para todos os lados, se preparando para receber nossos visitantes. O problema é que são todos idiotas, incompetentes e fracos. Acham que tudo isso é uma grande operação... Bom, na verdade é. Mas para mim isso não passa de uma brincadeira para passar o tempo. Meu pai acha que isso é desnecessário por agora. Mas ei... Vamos deixar o Grande Darlan se achar a pessoa mais forte do mundo? Acho que está na hora de mostrar a esse principezinho de quinta, o que é o um pouco de desespero!

Entrei na cela da masmorra da ala leste, que é uma cela circular com algemas, uma mesa com objetos de tortura e sem janelas. O que eu vi ao abrir a porta me fez enlouquecer novamente. Maria Michelle de Oliveira , nossa garotinha do vácuo estava sob as minhas garras. Ela estava presa pelos pulsos, e a corrente que estava presa ao teto a deixava de pé. Aquele corpo era descomunal. Uma garota tão jovem, mas incrivelmente atraente. Ela levantou o rosto e revelou seus olhos azul violeta, que dentro deles, o fogo da raiva queimava bravamente.

— Olá minha querida... — passei a mão pelo seu rosto e ela tentou mordê-la. — Opa... Que tal sermos civilizados?

— Quem é você? — rosnou ela. — O que fez com Darlan?

Dei um sorriso e comecei a dar voltas em torno dela. Fui observando cada milímetro.

— Aquele seu namoradinho está bem. Na verdade, ele deve estar vindo para cá! — infelizmente. Nem para matar um zero à esquerda esses idiotas conseguem. Segurei seu queixo e me aproximei. — Mas agora você é minha!

Então ela cuspiu na minha cara.

Peguei o chicote de arame farpado na mesa. O chicote traçou um arco e acertou o corpo da garota. O arame cortou sua roupa e rasgou sua pele. A garota gritou e seu sangue começou a sair do ferimento. Dei mais alguns golpes só para ouvir sua voz gritando. Não posso deixar que ninguém me desacate, mesmo sendo uma vadia com um belo corpo.

A blusa dela já estava ensopada de sangue quando parei. Ela estava chorando e olhando para o chão.

— Você... — sua voz estava rouca e tão baixa que quase não escutei. — Você é um monstro!

— Não querida! — cheguei mais perto dela e levantei seu rosto. — Sou alguém que não fica preso a regras estupidas dos deuses e do Império. E isso é o que me dá poder... Liberdade!

Ela se debateu na corrente, rasgando o que tinha restado de sua blusa. Ela caiu revelando seu busto. Quando viu o que tinha acontecido, tentou desesperadamente se cobrir, mas de nada adiantou. Que sorte esse Darlan tem... Acho que ele vai ficar irado se eu a usar, certo? Então é exatamente o que irei fazer.

Estalei os dedos e fechei a porta. Puxei a garota e meus lábios interromperam um grito dela.

— Não! Por favor, não faça isso! — implorou ela enquanto beijava seu pescoço.
Recuei um pouco e tirei meu roupão. Ela começou a chorar e a implorar para que eu não continuasse.

— Vou lhe mostrar que sou muito melhor que o seu namoradinho.

Avancei novamente. Agarrei a garota para me satisfazer, enquanto ela chorava e gritava em desespero!

Assim que saí da sela da garota, fui até a minha sala de comando. Antigamente era a biblioteca do castelo, mas decidi usá-la para fazer os planejamentos da operação. Sinto que não é só a garota que receberei esta noite.

A antiga biblioteca é abarrotada de estantes e livros. Agora, além dos livros, também há inúmeros mapas, rascunhos etc. Meu conselheiro estava sentado em uma mesa estudando os mapas. Qin Shi-Huang, o primeiro imperador chinês. Meu pai o ressuscitou para que me ajudasse na operação. Ele é uma mente brilhante. Mas não confio nele. Suas atrocidades são uma lenda no reino do meu pai. Desde que ele voltou, não deixou de usar suas roupas tradicionais chinesas. Quem se importa? Desde que ele me faça à pessoa mais forte do mundo, ele pode usar o que quiser!

Encostado em uma estante estava Jerome, um dos meus generais. Aquele que mandei buscar a garota. Assim que me viu, ele fez uma pequena reverencia.

Eu obrigo todos no castelo a fazer isso. Só para mostrar quem é que manda!

— Senhor... — murmurou ele secamente.

— Vejo que trouxe o que lhe pedi... — olhei o mapa em cima da mesa. Em várias partes da Rússia estavam marcadas com os nomes do grupo de Darlan. — Mas, você explodiu uma montanha... Com Darlan Rodrigues nela!

— Fiz um favor a vo...

— Idiota! Darlan deve vir até mim. — explodi. — Sorte sua que ele não morreu. — olhei diretamente no seu rosto e percebi que ele escondia algo... — Você achou, não é? A magia de ocultação?

Ele olhou para seus próprios pés e começou a empalidecer.

— Ora ora... Dois coelhos em uma cajadada só! — peguei a adaga de Qin e a desembainhei.

Encostei a ponta da adaga em seu peito. Ele cometeu a péssima ideia de me olhar nos olhos. Eu herdei a magia ocular de meu pai, ou seja, posso incitar o pavor a qualquer um que olhe em meus olhos. Jerome começou a tremer e o pavor se instalou em seu corpo.

— General Jerome, eu o dispenso de seus serviços. — levantei a adaga e separei sua cabeça de seu copo. As duas partes do seu corpo caíram para lados opostos, ainda espalhando sangue por todo lugar. — Já vai tarde!

Uma névoa roxa saiu de sua boca e se dirigiu a mim. A névoa entrou em minha boca e senti o poder se instalando em meu corpo.

— Conseguiu o que queria meu Garoto? — disse Qin sem tirar o olho dos mapas e anotações. — Aliás... Você está sujo de sangue...

Olhei para meu roupão e ele estava completamente coberto de sangue. Sangue da garota e de Jerome, certamente. Puxei a cadeira mais próxima e me sentei à mesa. Joguei a adaga na direção de Qin e o sangue sujou um dos mapas. Ele bufou e tentou limpar o papel.

— Algum avanço? — perguntei.

— Pouco... — ele apontou para onde a montanha fora explodida. — Darlan, como já sabe, não morreu. Mas ele não virá pelo portal. Certamente ele está com ódio de você. — Qin me olhou de cima a baixo e revirou os olhos. — Principalmente depois que descobrir o que fez com a garota.

Sorri. Não consegui esconder a excitação. Estava prestes a lutar contra o principezinho enfurecido. Tudo está indo de acordo com o planejado.

— E os outros?

— O garoto e a Rainha Eterna já estão chegaram a São Petersburgo. — ele apontou para um círculo vermelho no noroeste da Rússia. — Anúbis... Aparentemente foi para a Império. De lá não consegui mais rastreá-lo.

— Isso quer dizer que é um a menos.

Qin voltou a seus mapas e resmungou algo. Olhei para o mapa que estava a minha frente. Era um mapa-múndi onde estavam marcados muitas cidades e seus deuses protetores. Uma pequena faixa de terra estava circulada de caneta vermelha e escrita à frase *Ficar Longe!* A área corresponde a Jerusalém, onde a entrada e a saída das forças do Éden são fortes. Até mesmo eu sei que devemos ficar longe daquele lugar!

— Alguma movimentação das forças do Éden? — pousei a mão em cima da minúscula delimitação da cidade.

— Uma. — ele tirou uns papeis de cima da mesa e pegou um disco. Apertou no meio e uma imagem apareceu. Um homem jovem trajando uma armadura romana. Segurava uma espada em uma mão e um escudo na outra. Seus cabelos longos caiam sedosamente pelos ombros. E em suas costas, duas longas asas estavam abertas, como se estivessem voando. — Logo depois que seu pai separou o grupo de Darlan, ele apareceu. Desde então tem montado guarda em Israel e outros locais do Oriente Médio.

Eu sei muito bem quem ele é. Meu pai foi extremamente descuidado ao aparecer na terra. Chamou muita atenção desnecessária. Ainda bem que Jerome chegou com a magia de ocultamento.

— Vou ocultar nossa localização para que ele não nos ache... — me levantei e passei por cima do corpo de Jerome. — Vou avisar meu pai. Ele deve conseguir mantê-lo ocupado. Comecei a me dirigir a porta, quando Qin pigarreou.

— Não vai tirá-lo daqui? — ele apontou para o corpo no chão.

— Se vira... — abri a porta e saí da biblioteca.

***

A água quente me acalma. Um banho quente em uma banheira é uma das coisas que eu tenho certeza de que nunca vai me decepcionar. Olhei para a bandeira feita de cerâmica na parede. Era verde com asas negras no centro. A bandeira dos Anjos Caídos. O primeiro reino de meu pai como governante. Ele é forte e poderoso, mas seu pior erro, foi ter se unificado ao Império das Trevas. Ele sozinho tem poder o suficiente para conseguir sua vingança. E, se minha operação funcionar, ele terá mais força do que Deus.

Senti um poder esmagador. Uma pena preta pousou na água da banheira. Meu pai estava atrás de mim.

— Lembrou que tem um filho? — murmurei.

Ele foi até a minha frente com um olhar sombrio. Ele estava de terno. Não sei como ele consegue usar essa coisa sempre. É muito desconfortável. Seu cabelo estava no tornozelo. Ele insiste em deixar esse cabelo horrível grande... Vai entender.

— Sabe que tenho mais o que fazer, Lênus! — sibilou meu pai. — O que você está fazendo aqui?

Forcei um sorriso e mexi na água.

— Tomando banho...

— Não brinque com a situação! — trovejou meu pai. — Eu lhe disse que essa operação não era necessária agora. Mesmo assim você insistiu em fazê-la. Então, trate-a com seriedade. — ele me olhou com seus olhos vermelhos e penetrantes. — Você tem uma deusa como refém. Darlan Rodrigues está vindo com ódio até você. E logo em seguida chegará reforços para ele.

— Grande coisa... — sorri. — Uma rainha patricinha, um deus expulso e... Acho que aquele outro não é grande coisa.

Meu pai suspirou e virou as costas.

— Não subestime o poder deles. São mais poderosos do que imagina.

— Mas, nós temos o maior ponto fraco de Darlan. — eu disse. — E quando ele vir a garota, com certeza vai se render. E nessa hora, vou matá-lo sem pensar duas vezes.

Saí da banheira e fui até o chuveiro. Meu pai ainda estava de costas.

— Não o mate ainda! — sibilou ele.

— Estamos com a faca e o queijo na mão e você quer que eu *não* o mate? — ironizei. — Se acovardou?

Ele explodiu em chamas roxas e se virou para mim.

De repente meu banheiro sumiu. Eu estava em queda livre de uma altura exorbitantemente alta. Por mais que eu tentasse abrir minhas asas, nada acontecia. Um trovão explodiu no céu e uma voz extremamente forte brandiu de todos os lados.

Por sua desobediência e seus crimes, caia ao sofrimento para toda a eternidade!

No chão, uma enorme vala se abriu revelando um precipício que levava ao fogo. Gritos saiam de lá e um enorme rugido fez a toda a terra tremer. Quanto mais caia, mais o calor aumentava. Até que caí no precipício e o fogo me consumiu.

Estava de volta ao banheiro. Eu entendi o que aquela visão havia acabado de me mostrar. Não era eu! Era meu pai, no momento que foi expulso e jogado no inferno.

Antes que pudesse pensar em qualquer coisa, ele avançou sobre mim.

— Você vai fazer apenas o que essa operação manda. O que eu mando! — ele me empurrou contra a parede. — Tenha sucesso nela e só assim provará ter capacidade para ser meu filho, *Lênus Satã*.

— Então dê um jeito em seu *irmãozinho*... — retruquei com raiva. — Ele apareceu, pois você foi muito descuidado ao aparecer daquele jeito.

— Já estou cuidando disso...

Ele desapareceu do mesmo jeito que apareceu. Deixou-me sozinho em um banheiro com chamas roxas.

Então quer dizer que terei que provar que posso ser seu filho? Bom... Quando eu terminar essa operação, quem vai ter que provar alguma coisa não é eu! *Você* vai ter que provar que tem capacidade de ser meu pai! *Lúcifer Satã*!

Alguma coisa explodiu em algum lugar do castelo. O alarme começou a tocar e algumas pessoas gritaram. Outra explosão ocorreu e uma voz começou a gritar em alto e bom som!

— LÊNUS! — gritou a voz. — APAREÇA MALDITO! SEJA HOMEM E APAREÇA! CADÊ VOCÊ?

Sorri, corri para o quarto e vesti minha roupa de combate. Darlan Rodrigues chegou!

Que comecem os jogos!

XIX
Elizabeth

Preciso fazer alguma coisa! Mesmo sendo a Rainha Eterna, aquela garota sempre atrapalha. Já estava sendo difícil manter a calma no país depois da tentativa de ataque em Atlantis. Agora ela some e deixa apenas uma carta dizendo:

Queridos Rei Klaus e conselho dos representantes. Estou saindo em uma missão oficial junto à Darlan Rodrigues, Maria Michelle de Oliveira, Jacob di Medici e Paolo Helyus. Em breve mandarei mais informações.

Um abraço, Hermíone!

E desde então estamos acompanhando o que ela está fazendo pelos noticiários. Primeiro ela está na coroação da Cleópatra. Logo em seguida ela aparece no médio da Praça de São Pedro no Vaticano bem na hora do terremoto. E dois dias depois ela é vista voando sobre o ataque de Londres em cima de um íbis gigante!

Só falta ela me aparecer na Disneyworld para descansar durante a missão. Essa garota é uma inconsequente. Ela pode ser a Rainha Eterna desde a época de Nicholas, mas ela não tem nem um pouco de responsabilidade. O pior é que todos a apoiam. Para mim ela não passa de uma garota mimada com um título alto!

Agora o Conselho dos sete representantes decidiu entrar em recesso até que a Rainha retorne da missão! Não temos tempo para isso. Temos que resolver as pautas importantes, com ou sem ela. Darlan Rodrigues está entre elas. O fato de ele não ter sido coroado e estar em uma missão oficial infringe inúmeras leis. E não é só isso.

As estatuas de Zeus por todo o país, de repente, adquiriram uma carranca raivosa. E toda vez que pronunciamos o nome de Paolo perto de uma delas, sinto que o ar se carrega de eletricidade. O que esse idiota aprontou para irritar Zeus?

Passei os últimos dias tentando fazer o Rei Klaus me ouvir e retomar as sessões do conselho. Mas ele insiste esperar essa maldita missão acabar. Agora ele nem responde mais. Fica me olhando com cara de paisagem enquanto eu falo todos os problemas que as atitudes que a Rainha Eterna está tomando podem atrapalhar muita coisa. Mas não vou deixá-lo quieto até reabrir o conselho!

Quando finalmente estava ganhando da persistência do Rei, tudo vai por água abaixo. Anúbis aparece aqui com uma mensagem da rainha. Aquela idiota piorou a situação ainda mais. Como ela tem a audácia de fazer isso?

— ELA ESTÁ LOUCA! — gritei. Tanto Anúbis quanto o Rei Klaus estavam surpresos, sem conseguir ter reação alguma. — Ela deve comunicar o conselho primeiro...

— E foi o que ela fez Elizabeth! — sibilou o Rei Klaus. — Senhor Anúbis, eu peço que corra entre os panteões o mais rápido possível. Isso é algo bastante sério.

Anúbis assentiu e se desfez em uma nuvem com cheiro de formol e podridão.

— Você... — o Rei virou-se para mim e pude ver seus olhos arderem em fogo. — Chame os outros representantes, abra o conselho. Faça as partes burocráticas e prepare o que ela pediu!

— Mas vossa majestade... — mesmo ela sendo a Rainha Eterna, não vou fazer essa vontade louca dela. — Eu vou atrás dela e os ajudo. Aproveito para descobrir o motivo...

— Cale-se Elizabeth! — rugiu o rei. Ele levantou e começou a descer as escadas. — Faça o que eu mandei. EU sou o rei.

Engoli seco. Eu nunca o vi tão zangado. Há boatos de que ele é alguém que nunca se deve irritar. Ele parou de repente no final da escada.

— Quanto ao auxílio... — ele acalmou a voz. — Antes da mensagem de Hermíone eu já tinha designado alguém para ajudá-los.

— O que? Quem? — engasguei-me.

— Meu agente de confiança...

As portas se abriram novamente. Um homem entrou e veio diretamente até nós. Ele era alto, forte, charmoso e aparentava estar na faixa dos trinta anos de idade. Ele usava calça jeans, tênis, blusa lisa e jaqueta de couro. Tinha uma das orelhas furada e usava uns óculos quadrados. Sua pele morena escura contrastava com seus olhos castanhos. A barba por fazer o deixava ainda mais bonito e combinava com seu cabelo bagunçado. Ele me lembrava de alguém, mas não conseguia lembrar quem.

— Matheus, que bom que chegou. — o olhar que o rei me lançou dizia que eu devia ficar calada. — A Rainha Eterna nos mandou a localização. Pode encontrá-los lá.

Matheus fez uma reverencia e, quando se levantou, soltou um sorriso torto. Então a ficha caiu! Eles são incrivelmente parecidos...

— Não me diga que você é...

— Sim! — ele me interrompeu, ainda com aquele sorriso. Então se virou para o Rei. — Não vejo a hora de ajudar meu filho!

— Tem certeza disso Elizabeth? — perguntou Yumi Hayashi, a Representante da Ásia. Ela é uma senhora japonesa de meia idade, com cabelos pretos que sempre estão arrarados em um coque. Desde que a conheci, sempre usa um yukata.

Estávamos na sala do conselho dos setes representantes. Uma sala com apenas uma mesa redonda com um buraco no centro, onde geralmente aparecem os hologramas. Todos os representantes estavam presentes. E alguns deles se perguntavam como consegui convencer o Rei Klaus a abrir o conselho por meio de decreto. Até que mostrei o holograma da Rainha Eterna e todos entenderam.

— Isso mexe nas leis antigas... — eu disse.

— Principalmente essa! — interrompeu Henry Colard, o representante da Oceania. Ele tem trinta e dois anos. Seu cabelo é queimado de sol e sua pele bronzeada, devido ao seu vício em surfar. Ele foi o que mais rápido se adaptou aqui na capital, já que Sidney é próximo. Admito que já quis ter algo com ele. Até descobrir que ele prefere... homens... — Pelo que eu sei essa lei não é mexida desde que Nicholas a criou.

Njanu Rahsaan, o representante da África, começou a folhear a constituição. Ele é o mais novo entre nós. Tem vinte anos e veio do Quênia. Ele usa um dreadlock, que mesmo amarrado, chega quase na altura da sua cintura. Ninguém pode negar que, sua beleza e sua inteligência, o deixa popular entre as garotas.

— Estamos ferrados! — murmurou Njanu.

— Ferrados? — disse David Morrison, o vice representante da América, pausadamente. Ele é o mais velho entre todos e estava nas tropas mágicas americanas na Segunda Guerra Mundial. E está no cargo definitivo desde que o anterior morreu. No caso, eles foram eleitos juntos. David é meio gordo, seus cabelos são totalmente brancos. — Seja direto!

— O cargo de Rainha Eterna foi criado exclusivamente para Hermíone — disse Njanu. —, quando se tornou o Oráculo de Delfos na época.

— Então o cargo deixa de existir sem ela? — perguntou Kate Middleton, a representante da ONU. Ela fora nomeada pela própria organização há dois anos. — Ou há uma regra para podermos escolher outra Rainha Eterna?

— Não... — ele deu mais uma lida na constituição e continuou. — Ela pode sair e voltar ao cargo. Mas nenhuma outra pessoa, além dela, pode ser coroada Rainha Eterna. E se ela morrer, o cargo deixa de existir.

Olhei em volta e todos estavam afoitos. Maldita garota!

— E o que acontece se o cargo deixar de ter a ocupante? — perguntei.

— Os poderes do país se concentram nas mãos do Rei até que a encarnação seja coroada príncipe. — respondeu Njanu.

Não me controlei e comecei a xingá-la. Garota inconsequente, filha de uma...

— Certo... — Meus xingamentos internos foram interrompidos por Ikaros Evanoff, o representante de Atlantis. Ele é um jovem de vinte e seis anos, da cidade de Tohgata no sul do Império. Ele é bem alto, forte e tem muita presença. Suas sobrancelhas bem definidas realçava seus olhos pretos, mas que irradiavam poder. Seu cabelo preto e curto nos lados e grande em cima, estavam penteados para trás. Ele normalmente anda com um semblante de mau, mas quem o conhece sabe que ele é bem fofo. — Isso nos leva ao próximo tema: A festa de coroação.

— Ela ainda não aconteceu por conta dos ataques e da missão. — ponderou Yumi. — E a rainha pediu que façamos aqui em Atlantis.

Respirei fundo para não me descontrolar... Mais! Eu passei um mês organizando a coroação para ser totalmente diferente. Mas, já que *vossa majestade* quer assim...

— Teremos que coroá-lo príncipe também! — disse Njanu.

— Mas ainda está muito cedo... — interveio Henry tamborilando os dedos na mesa. — Ele só pode ser coroado príncipe aos vinte e um anos...

Kate que estava calada deu um sorriso calmo.

— A menos que ocorra uma emancipação. — disse ela com uma voz doce. — Isso já aconteceu várias vezes. Com Pedro II no Brasil ou Francis II na França. Vamos emancipá-lo e coroá-lo Encarnação e Príncipe ao mesmo tempo.

— Isso está errado! — protestei.

— Casos urgentes... — respondeu Ikaros concordando com Kate. — Pedem medidas urgentes.

Não consegui retrucar. Aquela voz grave e sensual estava certa. Mesmo que a ideia fosse louca, ela conseguia fazê-la parecer a mais sensata.

Por fim, David se endireitou na cadeira e coçou a garganta.

— Certo... — ele disse com uma voz clara e alta. — Está aberta a votação para a Emancipação de Darlan Rodrigues. Com o intuito de coroá-lo Príncipe do Império Mágico e Territórios Auxiliares!

XX
Jake

Quanto mais eu metralhava os monstros e demônios de Lênus, mais apareciam reforços. Hermíone voltou sozinha, logo depois de ter levado Anúbis para um cantinho... Enfim, voltando à guerra.

Ela começou a cantar e uma névoa roxa começou a rodopiar em sua volta. Apesar de ela estar a alguns metros abaixo de mim, e do som da metralhadora, eu conseguia ouvir claramente o que ela cantava. Por mais incrível que pareça, ela estava cantando *Rock You Like A Hurricane*. A névoa seguia o ritmo da música e atacava os inimigos como se fossem tentáculos de um polvo. Ela pegou um dos tentáculos e começou a controlá-lo como um chicote.

Nas aulas de Magia, Apolo nos falou dessa magia. Chama-se Magia Sonora. O usuário pode conjurar muitos tipos de magia cantando uma música. De acordo com ele, muitos de seus filhos herdam essa magia dele. Já que ele é Deus da Música. Hermíone também me disse que ela herdou de sua mãe, Helena, a magia química e biológica. Pode causar grande estrago, como a Peste Negra. Agora Hermíone tinha começado a cantar *Take it Back* do Ed Sheeran — Sério, como ela consegue cantar tão rápido?

Um minuto! A voz de Bastet explodiu na minha mente.

— Jay, onde o Darlan está? — gritou Apolo.

— Vou ver...

Comecei a tentar procurá-lo através da nossa ligação mental. Claro, depois que fomos separados por aquele homem, tive que usar muita magia para conseguir expandir o alcance. O chamei diversas vezes, mas ele não respondia. Então decidi fazer algo mais drástico.

Darlan! Berrei mentalmente.

O que? Ele me respondeu totalmente impaciente.

Onde você está?

No Estreito de Bering... Ele respondeu.

— Estreito de Bering? — gritei sem querer

Use o Portal, eu vou por aqui! Então senti que ele cortou a ligação.

Apolo me olhou e seu olhar estava tão incrédulo quanto o meu.

— Ele está indo para o Alaska pelo Estreito? — perguntou Apolo. — Como ele vai achar o esconderijo de Lênus?

— Não sei. — respondi finalmente soltando o gatilho.

Trinta segundos! Disse Bastet novamente.

Descemos do telhado e nos juntamos a Hermíone próximo a uma enorme coluna no centro da praça. Então lhe contamos como Darlan estava indo. Ela não gostou.

Um arco localizado no centro da construção do palácio começou a brilhar. E um círculo mágico com um gato com asas apareceu. O vento começou a sugar tudo o que era leve para dentro da luz no portal.

Esse era a nossa deixa. Corremos e entramos na luz, que se fechou imediatamente depois que passamos. Então a luz cessou e começamos a flutuar. Pequenas luzes começaram a brilhar, como se estivéssemos no espaço. As estrelas começaram a andar em uma velocidade tão grande, que se transformaram em linhas. O brilho delas começou a aumentar. Então senti um pequeno impacto no chão.

Quando abri os olhos, estava no meio de uma floresta. Enormes pinheiros deixavam a floresta mais escura, com pouca visão do céu noturno. O local não tinha grama, mas uma coisa verde... Musgo? A floresta era tão imensa, que não conseguia ver mais do que uns trinta metros à frente. Pois a névoa gelada escondia o resto.

— Mas não tem nada além de floresta aqui! — arquejou Hermíone.

— Pessoal... — chamou Apolo a uns dez metros. Ele estava parado diante de duas colunas em ruinas. Ela parecia ter sido construída há mais de dois mil anos. Cheguei mais perto e senti algo estranho. — Há algo esquisito entre essas colunas. Como se...

— Como se as dimensões estivessem distorcida? Sim, é exatamente isso... — disse uma voz familiar. Viramos e preparamos nossas armas para atacar. Em pé em uma das árvores, estava um homem que não consegui identificar. — Não atirem! Sou ajuda!

O homem pulou do galho e aterrissou com um estrondo no chão. Ele se levantou e tirou algo da jaqueta e levou a boca. Quando ele acendeu uma pequena chama, ele acendeu seu cigarro e... Espera!

— Pai? — gritei e baixei à metralhadora.

Sim, meu pai, Matheus di Medici, estava bem na minha frente.

— Olá Jake... — ele soltou a fumaça e se aproximou.

— O Rei Klaus me mandou para ajudá-los.

Certo, é lógico que eu sabia que meu pai usava magia. Até porque ele também é da Guilda. Mas, que meu pai conhecer o Rei do Império Mágico, essa é novidade!

Ele tem trinta e três anos e nunca se casou novamente depois que minha mãe morreu. O sobrenome *di Medici* não é dele, e sim da minha mãe. Essa foi uma das exigências do meu avô para o casamento. E depois que voltamos ao Brasil ele nunca quis voltar ao seu sobrenome de solteiro, que é *Alencar*.

Ele me treinou quando eu ainda usava a mesma magia que ele. Força. Ele é resistente e é capaz de destruir monumentos com o próprio punho. Além disso, ele é um ótimo caçador.

Hermíone estava de boca aberta, olhando para mim e para meu pai.

— Vocês são... — gaguejou ela.

— Parecidos? Sempre nos dizem isso. — meu pai a interrompeu. Ele sorriu e fez uma reverencia. — Você é a Rainha Eterna, certo?

— Não precisa disso... — sussurrou ela corando.

Meu pai deu uma última tragada e esmagou o cigarro até ele virar pó em sua mão.

— Essa é uma fronteira para o *antimundo*. — ele apontou para as colunas e se virou para Apolo. — Já deve ter ouvido algo a respeito...

— Sim — respondeu Apolo. —, mas pelo o que eu sei o *antimundo* não é abitado.

— Era o que todos pensávamos... — meu pai colocou a mão entre as colunas e pareceu tocar uma gelatina transparente.

— O que é o *antimundo*? — eu e Hermíone perguntamos ao mesmo tempo.

Meu pai se virou e puxou a manga direita da jaqueta, revelando sua tatuagem de dois átomos iguais no pulso. Só que um deles tinha as cores invertidas.

— Jake, lembra o que eu lhe ensinei sobre antimatéria?

Assenti. Meu pai já me ensinou isso várias vezes. A *antimatéria* é composta de *antipartículas* são iguais às partículas da matéria, tendo os mesmos valores que elas. Só que, os campos eletromagnéticos são invertidos. Sempre que uma *antipartícula* se encontra com a partícula normal, as duas deixam de existir.

— Então o *antimundo* é composto de *antimatéria*? — perguntou Hermíone.

— Não... — respondeu Apolo. — Mas segue uma regra parecida. É como uma segunda dimensão do mesmo mundo. Estamos no mundo normal... Digamos que somos um hidrogênio. O antimundo seria o *antihidrogênio*. Tudo o que tem aqui tem lá...

— Mas nem tudo o que tem lá tem aqui. — completou meu pai. — Olhem...

— Como assim? — Apolo perguntou.

Ele começou a atravessar a gelatina invisível e desapareceu. O seguimos e um pouco relutantes.

— É disso que estou falando. — disse meu pai apontando para frente.

A mais ou menos um quilômetro, um gigantesco castelo medieval se erguia no horizonte.

Estávamos no mesmo local no norte do Alasca, mas tinha algumas coisas diferentes. A floresta acabava exatamente onde estávamos. Onde no mundo normal tinha mais árvores, aqui tinha um enorme jardim. O céu não era como o do mundo normal. Ele era uma mistura de roxo, azul, vermelho e verde. Esse era o antimundo!

O castelo tinha uma arquitetura parecida com a *Catedral Notre Dame*, em Paris. Pela extensão, ele cobria uns vinte hectares facilmente. Uma estrada ladeada de enormes pinheiros levava diretamente ao portão de entrada.

— Como não tem uma coisa gigantesca dessa no mundo normal? — disse Hermíone espantada.

— Acho que foi construído no próprio antimundo. — respondeu Apolo. Ele se virou para meu pai. — Como sabia que isso estava aqui?

— Entrei aqui uns cinco minutos antes de vocês chegarem...

Meu pai foi interrompido por uma explosão vinda do castelo. Uma fumaça começou a subir de uma das torres. Logo em seguida houve outra explosão.

— Vamos... — disse meu pai. — Darlan já chegou ao castelo.

***

Estavamos a uns trinta metros de um buraco feito na muralha do castelo. Nós nos escondemos atras de alguns pinheiros que creciam no jardim. Decidi tentar copiar a magia da Mi, para que pudesse nos colocar o mais dentro do castelo possivel.

— Vamos ter que nos dividir... — sugeriu Hermíone.
— Eu...

— Eu vou com o Jake! — meu pai disse antes que Hermíone terminasse de falar. — Acho que vai ser legal nos dividirmos em... Pais e filhos.

Apolo riu e Hermíone assentiu contrariada.

— Certo! — eu disse tentando não mostrar que estava sem graça.

Consegui abrir um buraco negro e pulamos em duplas. Quando saímos do buraco, estávamos no meio de um jardim interno, que tinha apenas grama. Aparentemente estava deserto.

Meu pai tirou a jaqueta de couro, revelando seu braço direito totalmente fechado de tatuagens e o esquerdo com duas faixas. Uma no antebraço e a outra acima do cotovelo.

— Guarda para mim? — ele me deu a jaqueta e guardei no cofre do Darlan. — Plano Treze?

Plano Treze. Uma tática de batalha desenvolvida por mim e por ele, antes mesmo de eu ir para a Grécia. Isso quer dizer que ele quer lutar como nos velhos tempos.

Sorri e guardei a metralhadora. Peguei duas espadas e entreguei uma a meu pai.

— Com certeza. — respondi e avançamos para dentro do castelo.

Assim que adentramos nos corredores do castelo, as tropas de Lênus nos encontraram. Umas dúzias de criaturas que pareciam gnomos verdes de seis braços apareceram fortemente armados. Duas criaturas medonhas acompanhavam o exército de gnomos do mal. Eles eram cinza e usavam um manto preto. Tinham longas orelhas pontudas. Como as de elfos, mas com uns trinta centímetros a mais. A da esquerda tinha alguns tufos de cabelo que iam até o chão e os seios estavam de fora. O outro era careca, o que deixava as orelhas ainda maiores. Seus olhos eram pretos com a íris amarela. A boca tinha quatro presas enormes e estava completamente suja de sangue. As mãos se alongavam com dedos que pareciam garras.

— Mas que porra é essa? — sussurrou meu pai.

Ele tem uma boca porca mesmo... Acho que puxei isso dele!

— Os gnomos eu não sei... — respondi. — Mas os dois maiores são *Nachzehrers*. Num resumo... São considerados bisavós dos vampiros...

O *nachzehrer* atacou meu pai com suas garras. Ele segurou o braço dela, girou e a jogou contra o outro *nachzehrer*.

— Bom saber... — disse meu pai. — Tem algo com alho aí?

Uns dois gnomos me atacaram, atravessei a espada em um deles e o outro levou um dardo na cabeça. Os dois se desfizeram em um monte de muco preto.

— Não acho que vá funcionar. — respondi. — Vai ter que ser na pancadaria mesmo...

Meu pai sorriu e eu entendi o que ele queria dizer. Uma horda de gnomos do mal avançou e nos atacou. Meu pai matou alguns e partiu para cima dos *nachzehrer*. Quando um deles atacava e meu pai bloqueava, o chão afundava alguns centímetros. Como disse, a magia dele é força e resistência. Ele conseguia lutar mano a mano contra as duas criaturas. Mas não ia aguentar muito tempo sozinho.

Esses gnomos do mal não são inteligentes. Mas são muitos e sedentos de sangue. O que era realmente chato. Quando o vigésimo virou gosma, materializei minha espada preferida. A espada de Hira. As duas espadas somadas a minha magia original, o número de gnomos foi abaixando drasticamente.

De repente, meu pai passou voando ao meu lado segurando um dos *nachzehrer* pelo pescoço. O monstro conseguiu se soltar e deu um chute nele que o jogou em mim. Batemos em uma parede e os (vamos chamá-los de vampiros?) começaram a vir até nós.

— Eu estou bem... — gemeu meu pai.

— Eu não... — arquejei enquanto o tirava de cima de mim.

Os dois gnomos restantes começaram a correr para sair do caminho dos vampiros, quando tropeçaram e morreram nas próprias armas. Eu queria rir, mas com oito presas querendo nossos pescoços como jantar vindo em nossa direção... Não rola.

Levantamo-nos e ataquei a vampira... Primeiramente, aquilo era uma mulher? A força e a velocidade da vampira eram insanas. Se eu me desconcentrasse por apenas alguns segundos da luta, era capaz dela me fatiar em vários pedaços. A pele dela parecia impenetrável, o que me deixou ainda mais apavorado. O que poderia matar aqueles vampiros? Apolo nos falou sobre eles durante as aulas de criaturas Mágicas. Então, a lembrança da fraqueza deles me atingiu como uma flecha. E a garra dela quase me atingiu também.

— Pai... — gritei por cima do ombro. — Você tem moeda?

— Porra Jake... — respondeu ele. — Dinheiro numa hora dessas?

— Só me responde...

— Acho que eu tenho.

Dei um pulo para o lado no exato momento em que a vampira jogou uma pedra onde eu estava.

— Só faça o que eu disser... — gritei.

Dei um chute na vampira e devolvi a pedra que ela jogou em mim. A pedra caiu no pé do monstro e ela abriu a boca soltando um grunhido como se estivesse gritando. Materializei uma dracma de prata, saída diretamente da minha conta.

Essa era a minha chance.

— Moeda dentro da boca! — gritei e arremessei a moeda. Ela entrou diretamente na garganta da vampira. Um brilho dourado começou a sair de sua boca enquanto sufocava. — E corte o maldito pescoço.

Atravessei a minha espada no pescoço da vampira como se fosse manteiga. Então ela começou a pegar fogo e foi se desfazendo até não restar nada além de cinzas. Virei-me para ajudar meu pai e me assustei com a cena que vi. Ele abriu a boca do vampiro com uma mão enquanto enfiava a moeda na garganta do monstro com a outra. Ele tirou a espada da boca e cortou a cabeça dele, dando um fim ao vampiro.

Ele estava ofegante e algumas gotas de suor desciam de seu pescoço.

— Eles são barra pesada! — ofegou ele.

Sorri. Eu tinha dezessete anos e meu pai trinta e três. Mas nos damos tão bem, na vida ou em batalha, que parecia que tínhamos a mesma idade. O que será que minha mãe diria se visse nós dois dessa forma?

— E agora? — ele apoiou a espada no ombro e olhou para a escada no final do corredor.

Continuar avançando? Eu não fazia a menor ideia. Conseguimos entrar na fortaleza de Lênus. Mas eu não sabia o que fazer dali para a frente. Certo, temos que salvar Ártemis. Se Darlan está descontrolado dessa forma, então algo aconteceu com a Mi. Mas, o que fazer?

— LÊNUS! — berrou Darlan de algum lugar do castelo.

Fechei o olho e tentei descobrir onde ele estava. Vi um grande salão de festas, com muitos monstros e soldados atacando Darlan. Ele os matava como se fossem nada. E continuava avançando enquanto berrava falando para Lênus aparecer. Ele estava indo... Para o oeste.

— Vamos seguir para o oeste até chegarmos à área central do castelo. — disse apontando para a escada. — Vamos ajudar Darlan.

Subimos a escada correndo, antes que mais reforços chegassem.

MIR MAGII: O Retorno da Luz

XXI
Darlan

Explodi mais uma dezena de gnomos ridículos que pareciam ser infinitos. Já era a quinta vez. Cheguei ao esconderijo de Lênus, mas o bastardo não aparece. Ele deve estar rindo da minha cara. Mas o idiota está se esquecendo com quem ele está se metendo!

Quando aquele homem sumiu com a Michelle deixando aquela bomba, tive apenas alguns segundos para fazer alguma coisa. Uma das pessoas que estava me segurando, por incrível que pareça, tinha um poder que bloqueia a magia da vítima. Por isso não fiz nada antes. Assim que eles viram a bomba cair no chão, eles me deixaram lá e saíram correndo antes que ela explodisse. Se eu não tivesse me transportado para um lugar longe dali naquele momento, eu teria morrido e, provavelmente, fim de história!

Quando Michelle estava hipotérmica, aproveitei o momento em que passei o meu calor para ela, para ativar uma ligação entre a gente. Lógico, por motivos de emergência. Caso acontecesse algo comigo ou com ela, nós pudéssemos nos orientar e encontrar um ao outro. Eu não queria que isso acontecesse, mas foi exatamente o que aconteceu, e tive que usar a ligação para achar o esconderijo de Lênus... Ok, o tio Matheus me deu uma ajudinha também.

De qualquer forma, agora sei que ela está perto. Eu sinto isso.

Eu não tinha avançado praticamente nada quando os gnomos desapareceram de repente. Então eu fiz o salão inteiro explodir protegendo somente a área onde eu estava. E deu certo. Mas eu ainda não tinha chegado ao meu destino. Avancei pelo salão, agora preto por cauda da explosão. Mas quando estava chegando à porta que ficava atrás de um trono, tudo ficou preto é o chão desapareceu. Comecei a cair e, aparentemente, eu não conseguia usar nenhuma magia para voar ou tele transportar. Comecei a me preparar para uma dor insana quando simplesmente parei a poucos centímetros do chão. Levantei e vi que já não estava mais no salão principal. Eu estava naquele corredor do meu sonho. É certo que Michelle e Ártemis estão no fim deste corredor, mas eu também sei que, junto a elas, Lênus me espera, pronto para me matar. Mas ele não vai ter tempo de fazer qualquer coisa sem que eu o mate antes.

Dei dois passos e um pavor correu a minha espinha. Alguém estava atrás de mim. Virei ao mesmo tempo em que fiz o local onde o desconhecido estava explodir. Repeti várias vezes. Então senti uma dor no meu ombro e sangue derramar por um corte que não deveria ter. Assim que a fumaça começou a sair, vi que o desconhecido não havia sofrido dano nenhum.

— Sinceramente, eu achei que você fosse um pouco mais esperto. — disse ele. Quando ele chegou mais perto e pude vê-lo melhor. Ele era alto e estava todo de preto. Sua pele era morena e seu cabelo castanho claro estava cuidadosamente bagunçado. Seus olhos vermelhos eram extremamente ferozes, mas ao mesmo tempo com um ar de soberba. Nas suas costas saiam quatro asas de penas negras, como as do homem que nos separou na Rússia. — Entrar na base inimiga causando um alarde desses? Não é digno de alguém com importância como a sua...

— Quem é você? — disse. Alguma coisa me dizia que aquele homem não era Lênus. Era alguém maior, mais forte. Materializei uma espada e ele começou a rir.

— Eu sou Azazel. — disse ele. — O Anjo que "sucumbiu a luxuria".

Segurei ainda mais forte a minha espada, mas foi a única reação que eu conseguir ter. Ele desenhou um círculo no ar a assoprou. Uma rajada de ar me fez sair voando por todo o corredor até bater contra as portas de metal. A pancada fez com que eu sentisse tanta dor que eu não consegui me mover. Ele aproveitou essa fração de segundo, surgiu na minha frente e me deu um soco que fez as portas caírem. Eu saí voando até cair no chão e rolar. Eu não conseguia me levantar. Tudo em mim doía. Sangue saia pela minha boca e eu comecei a tremer. Levantei o rosto e o vi andando até mim. Bati com as mãos no chão e ele começou a brilhar como se tivesse uma enorme teia de aranha brilhante. Delas surgiram enormes colunas de fogo que, se uniram, e um gigantesco dragão de fogo apareceu. Coloquei Azazel como alvo e o dragão começou a atacá-lo. Por sorte, o dragão conseguiu manter Azazel ocupado tempo o suficiente para eu conseguir me curar.

Aproveitei o momento para correr e tentar chegar até o local onde o cristal com Ártemis está, mas sei que Lênus está me esperando lá. Ou seja: problema em dobro.

À medida que fui chegando perto eu comecei a sentir o poder de Ártemis, mas não conseguia o de Lênus. Foi quando eu cheguei ao cristal. E lá estava do mesmo jeito que o vi no sonho. Emanando uma luz azul em meio à sala escura e a deusa de armadura presa dentro dele. Demorei alguns segundos para perceber que Lênus estava parado do lado direito do cristal. Seus olhos vermelhos brilhavam como sangue.

— Ora ora... — disse ele em tom de deboche — Que honra receber o ilustre Darlan Rodrigues na minha humilde casa. O que deseja?

— Bastardo! — eu gritei — Onde está ela?

Ele riu e fez uma cara de desaprovação.

— Não lhe ensinaram em seu treinamento que você deve sempre respeitar o anfitrião da casa com respeito?

Ele respirou e estalou os dedos, fazendo Michelle aparecer acorrentada pelo pescoço ao lado do cristal. A visão fez meu sangue esquentar. Ela estava machucada, pálida e com um olhar vazio, como se ainda sofresse por algo. Ela levantou o rosto e quando me viu começou a chorar. Eu materializei a espada dupla de diamante e seus lábios me disseram o que eu já queria fazer.

"Mate-o..."

Juntei todas as forças que eu tinha para atacar Lênus, mas não consegui me mexer. Algo me prendia, alguma magia. Azazel.

Lênus sentiu a magia dele, e seu rosto escureceu. Foi quando o anjo caído apareceu do meu lado. Ele estava praticamente sem nenhum dano, apenas suado.

— O que faz aqui? — trovejou Lênus.

— Vim fazer um trabalho a mando do triunvirato... — disse Azazel. — e dar um recado a você. "Ela" disse que se você matar o garoto, ela destrói a sua alma.

Ele deu um sorriso como se gostasse da ideia e sumiu. Lênus por um momento ficou extremamente pálido, mas a raiva logo o ruborizou novamente.

No momento em que a magia de Azazel desapareceu, eu ataquei Lênus. Duas asas pretas se abriram em suas costas e o envolveram como um escudo. Algumas penas se soltaram e começaram a se lançar contra mim. Como se fossem balas. Eu fui arranhando por seis delas antes levantar um escudo. Foi quando eu vi que duas delas haviam acertado a perna de Michelle. Eu precisava tirar Lênus dali. Mas como?

Eu não poderia errar!

Dois segundos. Transportei-me para trás de Lênus, segurei seu braço e nos transportei para o mais longe o possível de Michelle. O que eu não contava, era que eu ia ter uma adaga na barriga assim que nos materializamos. Eu fiz uma corrente se enforrar em seu tornozelo e o lancei contra o chão.

As coisas aconteceram muito rápido, mais rápido do que eu sou capaz de explicar. Então, um grito seguido de uma explosão. Nós dois paramos, ele segurando um machado e eu as espadas. Não era de nenhum de nós dois, muito menos de Michelle. Aproveitei o momento e curei o ferimento da barriga, que doía muito. Um gigantesco círculo mágico em formato de sol se abriu no teto, iluminando todo o local.

Lênus olhou para trás e viu Apolo apontando um arco para ele. No momento em que Apolo abriu o círculo magico eu troquei a espada de uma das mãos por uma besta e atirei no cristal, que explodiu. Uma lua prateada se harmonizou com o círculo mágico de Apolo. Ártemis caiu no chão e foi aparada por Michelle.

— Não... — gritou Lênus quando Ártemis destruiu a corrente que prendia Michelle.

E quando Lênus se desconcentrou com Michelle sendo libertada, eu golpeei-o com a outra espada por trás.

O que eu não esperava, era que a espada quebraria sem machucá-lo. A espada, cujo a lâmina era feita de diamante, quebrou como se fosse feita de vidro.

— As asas de um anjo são muito mais resistentes que um diamante. Elas são a nossa armadura! — ele rosnou voltando a sua atenção para mim. Ele abriu a asas novamente. — Você achou mesmo que eu era tão despreparado quanto você?

Se eu tivesse levantado um escudo completo dois segundos mais tarde, eu teria sido decapitado por Lênus. Ele gritou alguma coisa em hebraico e bateu o cabo do machado no chão. Quarenta anjos de asas pretas completamente armados apareceram e começaram seus ataques.

— Mas... — foi tudo o que eu consegui dizer. — Qual é o motivo disso tudo?

— Bem-vindo a guerra, principezinho... — Ele abriu os braços e sorriu. — Isso é só o início da festa. — Lênus se apoiou no machado e apontou para a bandeira com o cão de três cabeças. — Você já ouviu falar do Império das Trevas? Então sabe o que queremos. Esse é o objetivo. Sempre foi o objetivo, desde Nicholas. E eu, estou dando o início de tudo. — ele entrou em posição de ataque e me olhou com um sorriso maníaco. — Foda-se a minha alma, eu que vou ter o prazer de ter destruído Darlan Rodrigues.

XXII

Apolo

Mine e eu acabamos aparecendo na ala norte do castelo. E como já era presumível, tivemos uma avalanche de empecilhos. Precisávamos ir para baixo do castelo, eu sentia o poder de Ártemis vindo de lá. Então foi fácil encontrar o caminho até lá.

O antimundo. Eu nunca pensei que ouviria este nome novamente, mas isso foi ingenuidade minha. Ela nunca parou, sempre orquestrou qualquer tipo de coisa contra Atlantis, os deuses e principalmente contra Nicholas. Algo grande está por vir, eu sinto isso. Espero conseguir guiar Darlan no caminho correto e não cometa o mesmo erro que cometi com...

Meu raciocínio parou quando chegamos ao salão principal. Estava completamente queimado, preto, menos por uma pequena circunferência no meio dela, revelando que ali tinha um carpete verde.

— Foi o Darlan. — disse Jay chegando com o pai ao nosso encontro. — Acredito que o caminho que leva a onde eles estão é por aquela porta.

Ele apontou para uma porta que ficava estrategicamente atrás do que restou do trono na outra extremidade do salão. Assenti e começamos a andar.

— Esperem... — disse Mine assustada. —... "no covil sombrio a insanidade reinará..."

— Isso é uma parte da profecia do Darlan. — disse Jay. — O que isso tem a ver?

Mine olhou para as próprias mãos e eu entendi o que ela estava sentindo.

— Foi isso que eu vi. — ela colocou a mão na cabeça como se tentasse acessar o espírito de delfos, algo que não daria certo. — Esta sala... Pai, mesmo sendo previsões de delfos, elas tem chances de serem alteradas, certo?

— Sim. — respondi. — Uma chance de cinquenta por cento.

Sua mente começou a trabalhar rapidamente. Ela viu algo que não tem coragem de falar. E, com este selo maldito, não consigo usar o meu poder para saber o que é. Mas, a muitos séculos, eu não a via tão preocupada e determinada desde quando ela me procurou após fugir de esparta. Não, desde quando ela lutava ao lado de Nicholas.

— Certo, eu tenho um plano. — disse ela séria.

O fim da escada nos levou a um corredor iluminado por algumas tochas. Ouvimos um barulho vindo da esquerda e logo em seguida consegui sentir o poder de Darlan. Corremos a, no final do corredor, vimos um vislumbre de um dragão de chamas. Quando estávamos prestes a sair do corredor eu senti. Aquele poder, não tinha dúvidas. Azazel também estava ali.

Eu vi Azazel há éons atrás. Ele é um anjo caído peculiar. É difícil prevê-lo, ele só segue quem ele julga que vai ser benéfico para ele. Foi por isso que ele foi expulso do Céu, pois ele seguiu Lúcifer para ter essa "liberdade". Mas, o que Lênus ofereceu para que Azazel ficasse do seu lado?

Assim que saímos do corredor vimos o enorme dragão de fogo lutando contra o anjo caído no ar. Suas quatro asas pretas brilhavam no escuro. Ele as usava como escudo e arma ao mesmo tempo. Ele parecia estar dançando, uma dança perigosamente mortal. Azazel conseguiu destruir o dragão rapidamente e sumiu logo em seguida.

— Acho que ele deve ter ido até o cristal... — sussurrou Jay. — Vamos tentar ir de forma silenciosa.

Demos um total de seis passos quando Azazel apareceu atrás de Jay e o abraçou.

— Você vem comigo! — riu o anjo caído.

Jay apenas teve tempo de gritar antes dos dois sumirem em uma poça de escuridão. Matheus e Mine tentaram pular atrás, mas a poça se fechou de imediato, fazendo os dois bater um no outro.

— Ele é consegue se cuidar sozinho. Ele vai voltar. — mesmo não acreditando nisso eu não poderia me mostrar desesperado. — Temos outras coisas para nos preocupar.

Corremos o mais rápido possível até chegarmos ao cristal e nos depararmos com Michelle acorrentada. Abri um círculo mágico no teto iluminando todo o local e criando uma barreira de proteção em Ártemis dentro do cristal. Conjurei um arco e apontei para Lênus, que estava a uns sessenta metros de nós. Lênus olhou para mim e Darlan aproveitou este momento para atirar no cristal, que explodiu libertando a minha irmã.

Ártemis logo conseguiu recuperar a consciência e, mesmo fraca, destruiu a corrente que prendia a ruivinha. Lênus gritou em hebraico e vários outros anjos caídos apareceram.

— Tem um plano? — disse Ártemis rouca nos braços da ruivinha.

— Se mantenham vivos... — disse Matheus.

Os Anjos Caídos foram um grupo que, desde a guerra no céu, nunca mais fizeram algo significativo. Sempre foram "neutros". Por que eles decidiriam se mover agora? Qual é o resultado que eles querem. Essa é a maior vantagem deles, a nossa falta de informação. Javé sempre foi um pouco fechado em relação aos outros panteões. Nem mesmo nós deuses temos informações procedentes sobre a guerra no céu, principalmente informações angelicais.

Lutar contra os anjos caídos não é fácil. Suas asas são parte de seus corpos, mas também são usados para a guerra. Elas se tornam armas e escudos poderosíssimos, sem contar as armas empunhadas por eles. Para conseguir derrotá-los, você tem que saber a hora e o local exato onde atacar, aproveitar uma falha da asa. Não estava fácil, mas tínhamos que sobreviver.

Michelle e Ártemis lutavam da forma que podiam, nenhuma das duas estava em condições para isso, mas não se entregara. Mine, Matheus e eu tentávamos um proteger as costas do outro e aparentemente estava dando certo. Anjos também perecem por doenças humanas, se forem bem fortes. Mine protegeu todos os que devíamos proteger, enquanto nas flechas que eu atirava, rogava uma praga que mataria quem acertasse. Peste, Varíola, Gripe espanhola, foram as leves. Darlan estava ocupado com Lênus, e eu sentia que precisava ir ajudá-lo. Lênus está em um nível totalmente diferente de tudo o que Darlan já enfrentou. Não posso cometer o mesmo erro que cometi com...

Mesmo com dificuldade, estávamos conseguindo diminuir o número de anjos caídos. Mas estávamos ficando cansados. Matheus caiu de exaustão, ele estava muito longe para que conseguíssemos salvá-lo. Mas foi nesse momento que o nosso jogo começou a virar.

— O meu pai não, seu filho da puta. — gritou Jay enquanto cortava a cabeça do anjo. Ele pegou um frasco com poção e jogou para o pai. — Beba logo.

Mine começou a chorar de felicidade e sua determinação aumentou. E com a volta dele, conseguimos abaixar o número de anjos drasticamente. Mas uma coisa estava me incomodando. Como o Jay conseguiu derrotar o Azazel?

Nathan De Oliveira

XXIII
Jake

Ser puxado por uma poça de escuridão é como cair em uma areia movediça. Só que dói, e o frio parece vir de dentro dos seus ossos.

Quem me puxou, me soltou assim que chegamos a um local totalmente escuro, não tinha limites, chão ou teto. Era apenas... Escuridão. Parecia que eu estava flutuando. Eu não sabia quem era aquele homem. Mas consigo sentir seu poder. Não em um único ponto, é como se ele estivesse por todo canto.

— Quem é você? — gritei materializando uma metralhadora. — O que você quer comigo.

Meu Campeão... Disse uma voz de mulher no além. Finalmente eu te encontrei!

Eu senti uma energia percorrendo o meu corpo, como se eu fosse eletrocutado. E quando a minha visão clareou, o que eu vi me trouxe a pior dor do mundo. Eu estava na minha casa. Não a de Brasília. A dos meus pais em Milão. E sentada no sofá estava a minha mãe, sorrindo para mim.

Ver a minha mãe me despedaçou, eu comecei a chorar. Eu queria correr para abraçá-la e nunca mais soltar. Mas eu sabia muito bem que aquela não era ela. E seja quem for que estiver fazendo isso, é um monstro.

— Jake, meu filho, finalmente te encontrei. — disse ela em italiano.

— Quem é você? — respondi em meio as lágrimas. — Você não é real!

Ela se levantou com o olhar reprovador que vi raríssimas vezes.

— É assim que você fala com a sua mãe depois de tantos anos?

— Você não é a minha mãe! — explodi. Aquilo estava doendo muito. — Ela morreu há muito tempo.

Ela me abraçou e eu não consegui afastá-la. O cheiro dela era o mesmo, limão e hortelã. Eu a abracei de volta. Poderia parecer impossível, mas, depois de doze anos, eu finalmente estava vendo a minha mãe novamente.

— Desculpa... — eu disso com dificuldade em meio ao choro. Ela passou os dedos por trás das minhas orelhas, como ela costumava fazer sempre que eu chorava. — A senhora não sabe o quanto eu sinto a sua falta.

— Você cresceu tanto... — ela continuou me abraçando. E eu também não queria soltá-la. — Está mais forte, bonito. Tão bonito quanto seu pai na sua idade.

E ela não havia mudado nada. Será que a minha mãe esteve perdida esse tempo todo? Mas o que ela estava fazendo no Antimundo? Não sei, mas não quero estragar esse momento.

Sentamo-nos no sofá e aquilo me deixou... feliz. Conversamos por um tempo. Ela me fazia perguntas sobre como eu passei os últimos doze anos. Ela escutava fascinada, me dava conselhos e me repreendia em algumas coisas. Mas eu não estava triste. Afinal, eu estava com a minha mãe. Isso era o que mais importava. Depois do que pareceram horas de conversa, minha ficha caiu.

— Espera.... — eu disse interrompendo a conversa. — A missão. Eu não posso deixá-los lá.

— Filho, espere. — minha mãe segurou a minha mão e sorriu. — Você conseguirá voltar para ajudá-los. Só fique mais um pouco comigo.

Nesse momento, um vidro pareceu explodir na minha mente. O que eu estava fazendo ali? Por que minha mente pareceu estar nublada?

— Eu sei, mas não posso deixar Darlan e a Mi. — levantei-me e olhei bem nos olhos dela. — Ti amo bene...

— Eu também...

Eu sabia. A minha mãe nunca iria esquecer a resposta. Nunca. Materializei uma espada e coloquei contra o pescoço dela. O sorriso daquela mulher desapareceu.

— Filho...

— CALA A BOCA, VADIA! — gritei. Lagrimas voltaram a descer no meu rosto, mas agora eram de ódio. Como eu pude ser tão burro. — A minha mãe nunca diria para esquecer meus amigos que estão precisando de ajuda. E mais importante. Ela nunca esqueceria a resposta: *Non più di me*! QUEM É VOCÊ?

A cor de seus olhos vacilou entre o verde e o Vermelho por um segundo. A mulher levantou e o rosto da minha mãe passou de uma aura gentil, para uma maligna.

— Vai ser da forma dolorosa, então... — ela segurou a lâmina da espada com a mão e o sangue dourado dela começou a escorrer por ela. — Finalmente te encontrei, meu herói!

Eu não consegui me mexer. A cor daquele sangue parecia ouro, uma cor que eu jamais havia visto. E aquela cor, estava me paralisando. Eu comecei a sentir uma espécie de fumaça preta começar rodear, até que deixei de enxergar quando ela me cobriu por inteiro.

Uma dor que eu jamais havia sentido começou bem no fundo do meu corpo. Uma dor, misturada com um frio. Eu gritei e senti meu corpo batendo no chão. A dor parecia corroer cada célula do meu corpo.

De repente ela mudou. Transformou-se em prazer. Comecei a me sentir, mais forte. E a minha visão clareou. Eu via um enorme deserto nevado. Nele havia apenas duas pessoas, dois jovens. Um deles usava uma armadura grega azul, prata e marrom do couro. Seus cabelos quase loiros estavam em uma trança que já estava se desfazendo. Na braçadeira direita se abria em um escudo com o brasão de Atlantis. O outro garoto, usava uma armadura parecida, Mas totalmente preta e ele estava usando um elmo espartano, fazendo com que eu não conseguisse ver o seu rosto.

Os dois lutavam com uma força estrondosa, mas eu senti uma certa relutância em ambos. Até que o de azul conseguiu tirar o elmo do de preto. E aquilo... O rosto dele.

O rosto dele era o meu.

Eu ajoelhei em choque e a visão se desfez. Então eu voltei para a sala onde estava a minha falsa mãe. Ela estava de pé com um vestido longo vermelho e uma coroa dourada que parecia lembrar a cabeça de um husky, mas seu rosto ainda era o da minha mãe.

— Venha meu herói... — disse ela com um sorriso sádico nojento. — Dessa vez não deixarei que falhe!

O movimento que fiz durou apenas 2 segundos. Pulei para cima daquela vadia e no caminho materializei a espada novamente. A surpresa dela me deu a oportunidade de perfurá-la

— Você vai pagar por ter usado a minha mãe. — eu disse enquanto ela se desfazia em uma fumaça preta.

Então todo o local que eu estava começou a brilhar e fechei os maus olhos. Quando abri, estava no saguão do cristal de Lênus novamente. Não sei quanto tempo eu havia perdido. Mas muita coisa aconteceu. A primeira coisa que eu vi me deixou desesperado e puto. Meu pai estava ofegante e de quatro, enquanto um anjo de asas pretas estava prestes a cortar o pescoço dele. Eu me materializei na frente dele no mesmo momento que cortava a cabeça do anjo.

— O meu pai não, seu filho da puta. — gritei com ódio.

XXIV

Darlan

"Com o sacrifício do Vazio, para o Cervo Salvar..."

A cada golpe Lênus parecia ficar mais forte. Ou, no caso, ele finalmente estava começando a lutar com vontade. Eu estava começando a ficar cansado, muito cansado na verdade. Mas eu não podia mudar o ritmo. Um segundo e Lênus conseguiria me matar. Eu não posso descumprir a promessa que fiz a Michelle. Não depois que eu vi a situação dela.

Aparentemente o número de anjos caídos estavam diminuindo, então os outros estão conseguindo, então não posso me dar ao luxo de perder. Em algum determinado momento, que não percebi qual, comecei a sentir a presença de Jake novamente, isso me deu um certo alívio. Afinal, agora eu sei onde todos os meus estão e como estão.

— Você disse... — falei tentando não demonstrar cansaço. — Que esse sempre foi o objetivo. Eu sou o objetivo?

A risada de Lênus ecoou como um tiro de um canhão.

— Você é bem arrogante, garoto. Se achando o centro do universo. — ele se afastou um pouco, provavelmente para respirar. — Poder. É isso o que queremos. Proscritos sempre foram considerados uma mazela. Não importam onde, no Céu, no Olimpo, no Mundo Humano. Nós queremos aquilo que foi tirado de nós, que é nosso por direito.

— Ninguém é dono de tudo. — eu disse. — Vocês estão fazendo exatamente aquilo julgam. Vocês querem vingança. E isso não leva a nada.

Um fogo roxo começou a sair dos pés de Lênus e sua aura assassina ficou tão forte que eu poderia praticamente apalpá-la.

— Você realmente é só um garoto idiota. — vociferou Lênus. — Há certos momentos em que a vingança e a violência são necessárias. Principalmente quando tem idiotas igual a você! Mas você não entenderia, vocês, todas as encarnações, sempre tem o que querem!

Ele me lançou mais uma horda de projeteis de penas e me atacou com o machado novamente. Me protegi com um escudo, mas a força do baque entre o machado e o escudo me lançou para trás. Alguma coisa agarrou meus braços e minhas pernas e me suspendeu. Algo estava me asfixiando, dificultando a minha concentração em fugir dali.

— Vou ser legal com você... — disse Lênus aparecendo atrás de mim e colocando a lâmina do machado no meu pescoço. — Antes de você morrer, vou te mostrar uma coisinha.

A minha visão ficou escura. Mas eu ainda sentia nitidamente a lâmina no meu pescoço. Quando a minha visão clareou seu vi um uma enorme região montanhosa, porém desértica. Porém o céu era roxo, como, no antimundo. Ao meu lado pousou o homem que nos separou na entrada de São Petersburgo. Suas seis asas negras abertas pareciam ser parte da armadura de ferro negro. Uma armadura hebraica antiga. E seus cabelos estavam soltos. Logo em seguida surgiu um garoto, com uma armadura parecida, porém mais simples. Seus cabelos estavam presos em uma enorme trança.

Demorei alguns segundos pra perceber que aquele era Lênus mais novo.

— Radamés está morto. — disse o Homem. — Mas ele caiu levando o plano *daquelas duas*.

— Então, essa é a hora de agirmos. — disse Lênus. — Atlantis está sem a encarnação de Nicholas e *elas* estão fracas.

— Não... — disse o Homem firmemente. — Elas virão atrás de nós. Precisamos estar preparados.

— Você está dizendo que vamos entregar nossas forças? — explodiu Lênus. — Nós somos muito melhores do que elas. Nó podemos fazer o que elas não puderam. Este É o momento para agir.

— CALE-SE! — vociferou o Homem. — Não se esqueça que por um pensamento como o seu, perdi a guerra e fomos expulsos do Céu. — ele virou e olhou diretamente para Lênus. — Mas lógico que você não saberia disso. Você nasceu muito depois disso.

Lênus tentou dizer algo, mas o homem o congelou com levantando apenas dois dedos.

— Lilith será vingada no seu devido tempo. Mas ela, como sua mãe, reprovaria essa sua obstinação. — o Homem o liberou e desapareceu deixando apenas a sua voz. — Venha, temos que receber as nossas convidadas.

A visão mudou, agora os dois estavam em um enorme salão de pedras. As tapeçarias eram verdes com detalhes pretos e as tochas crepitavam com um fogo roxo. O Homem estava mais a frente e Lênus mais atrás, ao lado de Azazel.

A portas se abriram e duas mulheres entraram. Uma delas era negra, com enormes tranças que iam até o joelho. Ela usava um vestido egípcio de ouro e prata. Seus olhos eram uma bagunça de verde e vermelho brilhante. Como se seus olhos estivessem manchados ou trocando de cor. A segunda mulher tinha uma pele branca e pálida. Ela usava um vestido longo tão preto quanto seus cabelos. Seus olhos eram totalmente vermelhos e irradiavam ódio.

— Rainha Darkness, Rainha Seth. — disse o Homem fazendo uma pequena reverencia com a cabeça. — O que fazem aqui?

— Lorde Lúcifer, — disse Darkness. — acho que já deve saber dos últimos ocorridos.

Lúcifer apenas olhou um desdém.

— Estamos aqui para pedir seu apoio a nossa causa. — disse Seth. — Sabemos que...

— Aceito... — interrompeu Seth. — Desde que eu também receba a coroa.

— Como é? — sibilaram as duas.

— Vocês precisam da minha ajuda... — disse ele. — Eu só ganharia em uma aliança com as duas. Se querem que as minhas forças integrem o Império, eu também devo receber a coroa.

— Você está propondo um triunvirato? — indagou Seth.

— Vamos ser racionais... — disse Lúcifer dando um passo à frente. — Os anjos caídos são a maior força do antimundo...

— Depois do Império! — interrompeu Darkness.

— Decerto que sim... — ele respondeu com visível desdém. — Temos a mesma ambição. Se nos juntarmos seremos a maior força. Acho que vocês já devem ter pensado nisso, pelo contrário não estariam aqui.

Lúcifer mexeu as mãos e um mapa-múndi apareceu no espaço entre eles, mas a divisão estava totalmente diferente.

— Com a entrada dos anjos caídos ao Império, teremos dois terços do Antimundo. — disse ele circulando boa parte do mapa. — Com isso, teremos força o suficiente para subjugar Gullveig, que mantem Vidar em cárcere, e Chiyou, que domina o oriente.

— Com isso anexaríamos as únicas partes que não fazem parte do Império. — analisou Seth. — Teremos o controle de todo o antimundo.

— Isso nos daria força o suficiente para atacar Atlantis e consequentemente os Panteões. — adiantou Darkness.

Então o mapa se apagou de repente.

— No seu devido tempo. — disse Lúcifer com um olhar ameaçador. — Esta é a minha proposta. Um triunvirato, ou nada.

Seth e Darkness se olharam. Estava claro que as negociações não haviam saído da forma que queriam. Mas era melhor do que nada. Em suas cabeças apareceu uma coroa de ferro preto que crepitava fogo. Fogo preto na de Darkness e dourado na de Seth. Elas quebraram uma parte da coroa que logo se reconstituiu. Entregaram o pedaço de ferro com fogo a Lúcifer, que as envolveu com um fogo roxo. Cada uma disse algo em sua língua, hebraico, grego e egípcio. Uma luz preencheu todo o local e quando cessou, Lúcifer usava uma coroa de ferro preto com fogo roxo. Seus olhos que eram azuis, começaram a mudar para o vermelho, parecendo com os olhos de Seth.

— Acho que agora podemos conversar de igual para igual. — disse Lúcifer.

Atrás dele, Lênus estava de joelhos, mas quando levantou pude ver seu rosto. Ele estava com ódio. Um ódio que fez com que seus olhos não passassem pelo período de transição. Eles já estavam tão vermelhos quanto os de Darkness.

A imagem se dissolveu e voltei para a batalha. Lênus ria. Eu estava preso em cima da base do cristal. Ainda não conseguia me mexer.

— Isso já é mais do que suficiente. — disse Lênus enquanto levantava o machado. — Agora você tem uma noção do que queremos, ou o que eu quero no caso. Mas dessa vez não vou ativar o cristal com o núcleo vivo. Te matarei primeiro, assim poderei roubar sua magia sem limites.

Eu não conseguia me mexer, falar, nada. O machado parecia estar vindo em minha direção em câmera lenta. Eu ia morrer. Não tinha como eu conseguir fugir dali. Mas eu não iria abaixar a minha cabeça naquele momento. Eu Darlan Rodrigues, só morrerei contra um inimigo de cabeça erguida e olho aberto.

Quando o machado estava a centímetros de me acertar, uma pequena flecha prata acertou a lâmina fazendo o machado voar longe. Uma saraivada de flechas fora disparada contra Lênus, que se protegeu com as asas. Então, Artêmis surgiu montada em um cervo e começou a lutar com ele.

Michelle aproveitou o momento e cortou o que me prendia e pude voltar a respirar direito, mas me mover ainda era difícil. Ela pulou e me empurrou para sair de dentro da base do cristal. Eu caí no chão e ouvi um barulho de algo crescendo. Meu corpo doía parecia pesar mais de uma tonelada. Quando olhei para cima meu coração quase parou. Michelle estava congelada dentro do cristal.

Materializei a outra espada de lâmina de diamante. Jake também estava vindo atacar o cristal. Mas fomos parados com um grito.

— Parem, ou eu a mato. — gritou Lênus. Ele estava fazendo Ártemis de refém com [PARTE REMOVIDA PELO OLIMPO: INFORMAÇÃO ULTRA SIGILOSA] — Sabia que o maior segredo de um deus é a sua fraqueza? E se ela é descoberta, já pode-se considerar morto.

Apolo tentou atacá-lo, mas Lênus usou a deusa como escudo. Sem tirar [PARTE REMOVIDA PELO OLIMPO: INFORMAÇÃO ULTRA SIGILOSA] do pescoço dela.

Eu caí de joelhos, não conseguia mais me manter de pé. Eu não sabia mais o que fazer, nem aguentava, na verdade.

— Obrigado por trazer o vácuo até mim, Darlan! — sorriu Lênus.

Lênus [PARTE REMOVIDA PELO OLIMPO: INFORMAÇÃO ULTRA SIGILOSA] e a deusa desmaiou. Ele a lançou longe e Apolo foi atrás dela. Lênus atacou e Jake tentou me proteger. Mas o ataque nunca foi direcionado a mim. O cristal, onde Michelle estava explodiu. Mas, ao invés de explodir possibilitando-a de sair, como aconteceu com Ártemis. Tive que ver a pior visão do mundo. Michelle caindo no chão esquartejada.

A última coisa que me lembro, foi a risada de Lênus cortando o silencio.

Nathan De Oliveira

XXV
Hermíone

"No covil sombrio, a insanidade reinará..."

Foi exatamente como Delfos me mostrou. E mesmo assim eu não consegui evitar. Eu tinha as respostas do futuro, mas não serviram de nada. Eu estava paralisada, horrorizada com a cena que todos nós tínhamos acabado de presenciar. De repente caí de joelhos, mas Matheus me segurou antes de começar a vomitar. Ele estava chorando, e com os olhos fechados. A risada de Lênus doía, mesmo daquela distância. Como eu, a Rainha Eterna, irmã de Nicholas, filha de Helena e Apolo, que participei de inúmeras batalhas, deixei isso acontecer... Deixei uma garota inocente, jovem morrer dessa forma?

Então um frio percorreu pela minha espinha. Um verso da profecia antecedia isso. E algo me dizia...

— AAAAAAAAAAAAAAAAAAAAAAAAAAAAH. — o grito de Darlan atravessou o local como uma onda. Empurrando tudo que encontrou. Inclusive Jake que estava ao seu lado.

Um vento forte começou a percorrer pelo local formando um enorme tornado com Darlan no epicentro. Matheus me segurou pela cintura e se segurou em uma das colunas. Jake fincou a espada no chão, Lênus usou o machado e meu pai, que estava segurando Ártemis, fez uma barreira para proteger os dois. Os gritos de Darlan não paravam, pelo contrário, ficava mais alto.

O círculo magico de Darlan se abriu no chão onde ele estava e uma coluna de luz subiu, destruindo o teto e tudo o que encontrou até encontrar o céu do Antimundo. Todo o local começou a desmoronar e a intensidade do tornado começou a ficar mais forte. Darlan começou a flutuar, e a atacar tudo descontroladamente, enquanto chorava e gritava. Ele estava insano.

Jake se soltou da espada e começou a voar em nossa direção, mas quando eu me preparei para a pancada, o vento diminuiu e me vi dentro da barreira do meu pai.

— Mine, Jay, me ajudem aqui. — gritou ele.

Corremos e seguramos os seus braços, transferindo magia, para que ele pudesse aumentar a força da barreira. Foi quando vimos Lênus fugir pelo buraco feito no teto que só aumentava.

— Precisamos fazer algo... — gritou Jake chorando muito. — Ele está descontrolado.

Ártemis recobrou a consciência e sentou-se.

— Vamos selar a magia dela... — disse a minha tia e todos olharam pra ela.

— Não... — disse Apolo. — Eu não posso...

— Precisamos ir embora daqui, Apolo! — gritou a deusa. — E não vamos conseguir levá-lo daqui dessa forma. Depois vemos uma alternativa melhor.

— Eu já disse que não vou fazer isso... — sibilou Apolo.

— Eu faço. — disse a deusa. Ela começou a cantar em grego e uma enorme lua se abriu no céu. Ela levantou a mão e apontou em direção a Darlan. Uma luz prateada começou a brilhar em o que parecia ser tatuagens que cobriram todo o corpo de Darlan. Mas ela começou a falhar. — Preciso de ajuda ainda estou fraca...

Matheus e Jake colocaram uma mão nas costas de Ártemis. A luz voltou e brilhou iluminando tudo a nossa volta. Quando cessou, Darlan caiu no chão desacordado e o tornado e toda a destruição sumiram de repente.

Meu pai desfez a barreira e Jake desmaiou logo em seguida.

— Senhor Apolo, leve o Darlan. — disse Matheus. Eu vou levar o Jake. Vamos logo embora do antimundo. Lá do outro lado, vemos o que vamos fazer...

O sol nasceu e iluminou toda a cidade de Florença. Uma paisagem magnifica, mas que nenhum de nós sentados na sala da mansão da Itália de Nicholas. A tristeza era como um elefante que esmagava cada um presente. E ninguém parecia ter forças para tirá-lo dali.

Assim que passamos o portal de volta ao mundo normal, encontramos Henry, o Representante da Oceania com alguns agentes. Eles nos trouxeram até Florença, onde Klaus nos esperava na mansão. Contamos tudo o que havia ocorrido e ele não disse nada. Mas eu o entendo. Não há nada que se possa dizer neste momento. Por dois dias, ninguém conseguiu dizer uma palavra. E Darlan, desde então, nunca acordou.

No terceiro dia, Ártemis quebrou o silêncio. Ela nos explicou sobre o selo que fez em Darlan. E que seria necessário até que ele aprenda a controlar a magnitude da magia que tem. Apolo logo em seguida nos jogou a bomba de que Darlan não acordaria tão cedo. Então Klaus nos apresentou seu plano, de como deveríamos operar até que Darlan voltasse. Todos aceitaram. Ele estava certo, por mais doloroso que fosse.

Acordei assustada com alguém batendo na minha porta. Em dois dias ocorrerá a coroação de Darlan e o dia da minha... Levantei-me e vesti o robe que estava no chão ao lado da cama. Quando abri a porta me deparei com Waleska, Rainha Consorte de Klaus. Uma das minhas melhores amigas em Atlantis. Ela era uma mulher alemã de uns quarenta e nove anos de idade. Seus cabelos eram de um castanho claro e seus olhos cor de chocolate. Estava com usando um vestido e botas pretas.

— Bom dia, Majestade. — disse ela fazendo uma reverencia de cabeça enquanto sorria. — Trouxe seu café da manhã.

Ela entrou e colocou a bandeja em cima mesinha da antessala. Eu fechei a porta e me sentei em uma das cadeiras ao redor da mesinha.

— Você já sabe, não é? — perguntei quase em um sussurro.

Ela assentiu e se sentou na outra cadeira.

— Sei sim... — disse ela enquanto pegava uma das xicaras com chá. — Quero que você saiba que eu sempre estarei ao seu lado. Não importa a sua decisão. Afinal, você foi a primeira a me receber quando vim pra Atlantis.

Eu olhei para o rosto dela e percebi que ela estava fazendo uma força enorme para não chorar. Isso foi a gota que faltava para o copo transbordar. Comecei a chorar como uma criança. Pelo que eu estava fazendo, pela morte da Michelle, por tudo. Mas principalmente, eu estava chorando por saudade do meu irmão, Nicholas. Eu estava me sentindo sozinha. Mesmo rodeada de pessoas que se importavam comigo.

— Venha... — disse Waleska. — Temos um dia cheio hoje.

O sol já estava se pondo quando cheguei ao mausoléu de Nicholas. Um enorme períptero feito de mármore branco há uns oitocentos metros do Palácio Imperial de Atlantis, no círculo mais interno na cidade. Parei no pórtico e olhei a gigantesca estatua do meu irmão que há alguns metros. A bandeira imperial tremulava de forma calma e imponente, como se nada estivesse acontecendo. As luzes da cidade já estavam começando a serem acesas. Atlantis estava animada, o que não era espanto, afinal a última coroação de príncipe foi há duzentos anos. E a última encarnação coroada em Atlantis foi há quinhentos e sessenta anos. Mas infelizmente, não acontecera apenas isso na cerimônia.

Entrei na nau, a enorme sala central onde fica o sarcófago de Nicholas centralizado bem no meio dela. Entalhado em pedra, o corpo do meu irmão descansa aqui debaixo a mais de três mil anos. Acendi as tochas e sentei encostando as minhas costas na parede de pedra do sarcófago, como sempre faço quando quero estar sozinha com a pessoa que mais sinto falta neste mundo. Comecei-me a lembrar de quando ele veio me procurar aos dezoito anos, depois do treinamento em esparta. Dizendo que iria limpar o nome de nossa mãe. E foi o que ele fez. Contei a ele tudo o que havia acontecido nos últimos dias e, no final, comecei a chorar. Chorar como ninguém nunca me viu chorando e, por um momento, eu senti como se estivesse sendo abraçada por ele. O cheiro de damasco e oliveira pairou no ar, o cheiro do meu irmão.

— Está na hora, não é, Nick? — sussurrei. Eu tenho uma sensação, ou me forço a acreditar, que mesmo com as encarnações, como o Darlan, meu irmão sempre está do meu lado e olhando por mim. E depois de tudo o que eu vi, acho que finalmente chegou a hora de realizar um pedido de Nicholas. — Obrigada, por tudo!

— É difícil dizer adeus a quem amamos, mesmo depois de tanto tempo... — disse alguém ao meu lado, me assustando.

Quando olhei em direção a porta encontrei Anúbis parado. Ele estava com sua apresentação divina, com dois metros de altura, roupas de Neteru e cabeça de chacal. Seu olhar era de tristeza e eu entendia uma pequena parcela do porquê.

— Anúbis... — disse levantando-me e enxugando as minhas lagrimas. — Não vi o senhor aí.

Ele se transformou na mesma aparência que estava usando na missão.

— Eu que peço desculpas por te atrapalhar em um momento íntimo. — disse ele chegando mais perto do sarcófago. — Fiz o que me pediu... — ele se virou e olhou bem no fundo do meu olho. — Tem certeza disso?

— Tenho... — respondi. — E sobre Michelle...

— Eu já sei de tudo. — ele me interrompeu rapidamente. — Não a culpo. Na verdade, o único culpado ali é Lênus e ninguém mais. — ele pôs a mão no meu ombro e continuou. — Já sabe o que vai fazer depois de amanhã?

Assenti positivamente. Eu quero, mas tenho medo de que eles não aceitem, mas... Eles são tudo o que eu tenho de família agora. Meu pai, Apolo e Darlan, o mais próximo que eu tenho da companhia do meu irmão.

Fiz uma reverencia e comecei a para fora da nau. Quando saí vi a noite estrelada do céu de Atlantis.

— Que as parcas conduzam o meu destino.

Respirei fundo e voltei para o palácio sabendo que a minha decisão era correta.

***

Abri a porta que somente eu e Klaus podemos usar para entrar na sala do trono. Ela fica atrás dos nossos tronos, que por sua vez, fica em um mezanino em cima dos tronos dos representantes. Olhei pelo parapeito e vi Klaus conversando com o representante de Atlantis no meio do salão. Quando comecei a descer as escadas, os dois me viram e Ikaros fez uma reverencia completa, enquanto Klaus fez apena um aceno com a cabeça.

— Aconteceu alguma coisa séria Klaus? — perguntei me aproximando deles. — Você não é de me chamar com urgência...

— Depende do que você considera sério. — respondeu ele com o seu sarcasmo habitual.

Antes que eu pudesse reiterar a minha pergunta, as enormes portas do salão se abriram e meu pai entrou. Ele estava sério e comecei a ficar apavorada com a possibilidade de que Darlan possa ter morrido.

— Pai, o que aconteceu? — perguntei mais como uma ordem do que um pedido. — Eu estou ocupada com algumas coisas antes da coroação.

Apolo parou perto de nós e me olhou.

— O espírito de Delfos. — ele disse rapidamente. — Ele me mostrou uma visão do novo Oráculo.

Eu já havia me esquecido que o espírito de Delfos havia saído de mim naquela noite em Oslo, quando desisti de ser o Oráculo. E o espírito não deixaria o cargo vago assim. O cargo nem esfriou e já tem um novo ocupante. Isso era mais do que uma prova de que a minha decisão não podia mais ser desfeita.

— E quem é? — perguntei tentando esconder o meu medo.

— O meu irmão. — respondeu Ikaros. — Ontem, enquanto Delfos mostrava o meu irmão para Apolo, meu irmão sonhou com uma cobra gigantesca convidando-o a ser o novo Oráculo.

Isso me trouxe lembranças tão antigas que achei que nem existiam mais. Do dia que tive o mesmo sonho que o irmão de Ikaros e descobri que era filha de Apolo. Aceitei o convite e fugi de Esparta em direção ao Templo de Delfos. As portas do salão se abriram me tirando do meu pequeno transe interno. Entrou um garoto extremamente parecido com Ikaros, porém era um pouco mais baixo. A diferença era que seus cabelos eram um castanho médio, como um mel escuro. E diferentemente do irmão, ele sorria com facilidade, sua feição era mais leve.

— Esse é Daniel Evanoff. — disse Ikaros. — Meu irmão mais novo. Tem vinte e um anos e estuda enfermagem na Universidade de Atlantis.

O garoto fez uma reverencia a nós quatro e abriu um enorme sorriso.

— O Iki já deu boa parte da minha identidade... — ele foi interrompido pelo irmão que disse "olha o respeito", mas loco em seguida continuou. — Minha magia é o controle e manipulação de qualquer tipo de metal.

— Legal... — respondeu Klaus rindo.

— Garoto, você está mesmo disposto a aceitar esse trabalho? — disse tentando ser o mais doce possível. — Ele não é fácil e você vai ter uma lista enorme de privações...

— Eu dei uma alterada nas regras... — disse Apolo me fazendo olhar pra ele assustado. — Quer dizer. Os tempos mudaram desde que a sua vez, Mine. E eu não podia mudar as regras com você tendo feito o juramento a elas.

— Entendi. — respirei fundo e voltei a Daniel. — Então, que exerça seu trabalho com dignidade e sabedoria. O que Zeus falou?

— Ele meio que não tem como não querer isso. — Apolo de repente ganhou sua aparência divina e encheu o salão com um brilho dourado. — Agora tenho trinta minutos antes dele fechar aquilo novamente.

Eu, Klaus e Ikaros nos afastamos e deixamos apenas os dois no centro do salão. Apolo começou a dizer algumas palavras na língua dos deuses, que apenas Daniel entendia naquele momento. Daniel ajoelhou e Apolo estendeu a mão na direção dele.

— Faça o juramento! — disse Apolo com uma voz que preencheu todo o local.

A voz de Daniel tornou-se melódica e preencheu todo o salão.

Prometo consagrar a minha vida ao serviço dos Deuses e da Humanidade.
Darei à Apolo e à Delfo o máximo respeito e o reconhecimento que lhes são devidos.
Exercerei a minha arte com consciência e dignidade.
Manterei por todos os meios ao meu alcance, a honra e as nobres tradições, antigas e novas, do Oráculo de Delfos.
Usarei minha imortalidade para guiar a pessoas no caminho certo, mesmo em tempos de escuridão.
Guardarei respeito absoluto pela vida desde o seu início, mesmo sob ameaça e não farei uso dos meus poderes contra os Deuses e a Humanidade.
Faço estas promessas solenemente, livremente e sob a minha honra.

Eu já passei por esse mesmo processo. O juramento é sussurrado no nosso ouvido pelo espírito de Delfos, tudo o que temos que fazer é repetir. É nesse momento que ocorre a parte mais bonita, mas também a mais assustadora. Mesmo com todas as portas e janelas fechadas, um vento forte começou a correr pelo salão. Logo em seguida, uma nevoa verde tomou começou a rodear Daniel e Apolo. Ela se juntou até formar uma cobra gigante, Píton, e foi em direção ao garoto ajoelhado. A cobra começou a se enrolar em Daniel até cobri-lo totalmente. Então ela virou nevoa novamente e entrou no corpo de do garoto.

Ele levantou e abriu os olhos que estavam verdes. Então o novo Oráculo começou a falar com a sua icônica voz. Todas as vozes daqueles que um dia abrigaram o espírito de Delfos juntas acompanhando a voz de Daniel. Agora, a minha voz faz parte do coro antigo.

Após ver a própria história, o adormecido despertará;
A donzela é a chave para o Dragão derrotar.
A América perecerá, mas uma nova surgirá;
E na celebração, a batalha dos Nefilins começará.
O matrimonio prevalecerá;
E da antiguidade Heron retornará.

O brilho nos olhos de Daniel desapareceu e o vento no salão parou. Ele ia cair quando Apolo o segurou. Chegamos perto deles e nenhum de nós conseguimos dizer nada. Isso não era bom. Acho que não precisa de experiencia prévia como Oráculo para perceber que significa que as coisas ainda vão piorar.

— Nossa... — disse Daniel tentando sorrir. — Acho que acabamos de receber uma profecia problemática.

Nathan De Oliveira

XXVI

Jake

"O Eleito, a soberania deve aureolar..."

Brasília, Brasil. 07 de Setembro de 2015.

O mundo parecia estar em câmera lenta. O Desfile de Independência do Brasil acontecia e eu marchava pela Esplanada dos Ministérios em modo automático segurando a espada que pesava em minha mão. Atrás de mim, marchava a tropa mágica e os integrantes da Guilda de Brasília. Entre eles estava meu pai e eu deveria estar ali também, mas estou liderando a tropa.

Quer dizer, Darlan que está liderando.

Darlan está em coma desde que resgatamos Ártemis e a Mi... Desde que ela morreu. Então eu me transformei nele para esconder a sua verdadeira situação. A pedido do próprio Rei Klaus.

Nesses dois dias desde que voltamos do Alaska, aconteceu um turbilhão de coisas. A maioria eu tive que me transformar no Darlan. Mas o pior foi contar aos pais da Mi que ela havia morrido. Sério, eu comecei a chorar antes mesmo de terminar.

Ártemis voltou para o Olimpo assim que plano do Rei Klaus foi acertado. Hermíone voltou para Atlantis, segundo ela, tinha um assunto de extrema importância que ela tinha que resolver. Não vou mentir. Eu sinto falta dela. E Apolo? Apolo não pôde ir com Ártemis para o Olimpo. Ele me está me ajudando a cuidar de Darlan, por isso ele está morando na mansão da Itália.

Assim que chegamos ao final das arquibancadas, segui o caminho que os militares me indicaram. Quando a tropa mágica se dispersou, respirei fundo e me apoiei na espada. Eu me sentia prestes a desabar, fisicamente e psicologicamente. Minha transformação quase foi interrompida. Então, eu me levantei e me concentrei para não acabar com o segredo. Estava tão entorpecido pela instabilidade atual, que nem percebi meu pai chegando.

— Como está campeão? — ele sorriu para mim, mas eu sabia que ele também estava abalado e, principalmente, preocupado. — Vamos, Jake já está nos esperando no carro.

Sim, lógico que meu pai sabia que eu não sou o Darlan e que ele está em coma na Itália. Mas ele também tem que mentir para fazer os outros acreditarem que não há nada de errado. O que importa, é que eu o tenho ao meu lado nesse momento que parece ser tão desesperador.

Só retirei a minha transformação quando entrei em casa. Pareceu que eu tirei uma armadura de duas toneladas de cima do meu corpo. Meu pai disse alguma coisa, mas eu não consegui escutar. Subi direto ao meu quarto e desabei na minha cama. Sabia que eu teria que ir para Atlantis em algumas horas. Hoje é a coroação de Darlan como encarnação da magia e príncipe do Império. E eu terei que ser ele novamente.

Acordei com um susto. Parecia que eu havia dormido horas, mas foram apenas quarenta minutos. Alguma coisa em mim me dizia que tinha alguma coisa errada. Não era nada relacionado a perigo, ou que estávamos sendo atacados. Parecia que algo em mim estava em conflito. Uma dessas coisas foi o sonho que eu tive... Eu não lembro o que era, mas lembro de apenas uma voz feminina dizendo: "Finalmente o encontrei, meu herói"!

Isso é por causa do estresse. Essa frase se tornou um mantra para mim nesses últimos dois dias. Então eu me lembrei da época em que a minha mãe morreu. Meu pai aguenta a dor da morte dela por doze anos. E eu já estou quase entrando em colapso com apenas dois dias. Eu perdi minha amiga, mas ele perdeu o amor da vida dele. Acho que a força do meu pai não é somente da magia.

Fui à procura dele e o encontrei na área da churrasqueira que fica no quintal da casa. Ele estava sentado no chão mexendo no celular, e quando me viu chegando, começou a sorrir.

— Está melhor, filho? — ele perguntou enquanto eu me sentava ao seu lado.

— Ainda não... — suspirei e deitei as costas na cerâmica fria. — Como o senhor conseguiu superar a morte da mamãe?

Ele pareceu surpreso com a pergunta, mas não demorou para respondê-la.

— Eu nunca superei. — ele pegou um cigarro e acendeu. — Acho que com o tempo, você se acostuma a viver com a dor.

Isso me deu uma pequena atordoada. Agora eu finalmente comecei a entender algumas ações do meu pai. É por isso que meu pai evita ao máximo qualquer viagem à Itália, por isso ele nunca se casou novamente. As cicatrizes deixadas pela minha mãe nunca foram cicatrizadas. Eu me levantei e fiquei olhando fixamente para ele, pensando em como eu queria ser forte como ele.

— O que foi? — ele perguntou arqueando uma das sobrancelhas.

— Nada... — eu me deitei de costas para ele. —Você vai estar do meu lado até isso acabar?

— O tempo todo! — ele me respondeu com um sorriso.

Faltavam apenas duas horas até o início da cerimônia de coroação. Eu já estava vestido com as roupas de Darlan e estava com meu pai, Apolo, Hermíone e o Rei Klaus em uma reunião no salão secreto do rei. Estávamos discutindo como faríamos para manter o segredo de Darlan enquanto ele ainda está impossibilitado e, principalmente, como fica a frequência na escola.

No final de tudo, decidimos usar o clone perfeito que o Darlan usou quando foi para a Europa com a Mi. Mas nos eventos oficiais, eu seria ele. Poucas pessoas deveriam saber do paradeiro dele e elas seriam todos os que estavam presente nessa reunião e a família de Darlan. Nem mesmo os representantes deveriam saber.

Depois que isso tudo foi decidido, eu comecei a não ouvir mais a conversa que estava tendo na sala. Eu só queria implorar para Apolo tentar acordar Darlan. Mas não era possível, ele já tinha tentado. Não era porque eu não queria desempenhar meu papel. Muito pelo contrário, eu sei que se fosse ao contrário, Darlan faria a mesma coisa por mim. Mas eu queria meu melhor amigo de volta. Eu sei que ele vai sofrer muito sem a Mi. Eu também estou sofrendo, mas seria bem mais fácil suportar a dor compartilhando-a com alguém. Além disso, eu estava preocupado com ele. Eu não podia perder a minha amiga e meu melhor amigo de uma vez.

Então eu fui interrompido de meus pensamentos quando Hermíone pegou em meu ombro. Quando olhei para frente, todos haviam saído e estava apenas nós dois na sala.

— Você tem certeza de que vai conseguir? — disse ela me fazendo levantar puxando minha mão. — Você está muito abalado.

— Eu vou conseguir... — eu disse e ela me abraçou.

Eu acabei não aguentando e comecei a chorar no ombro dela. Isso era extremamente embaraçoso, afinal, desde que a minha mãe morreu eu nunca chorava na frente de ninguém e ultimamente eu não tenho conseguido mais esconder. Mas eu não estava me sentindo vulnerável. Enquanto eu chorava em nos braços de Hermíone, eu me sentia protegido e aconchegado. Era como se eu a tivesse ao meu lado há muito tempo. Foi nesse momento que uma coisa finalmente ficou claro para mim: Eu estava apaixonado por ela.

— Obrigado! — eu disse secando as últimas lagrimas e respirando para me acalmar. — Estou melhor agora. Graças a você.

— Mas eu não fiz nada... — ela começou a corar e começou a ir para a porta.

Eu a segurei pelo pulso e, quando ela se virou, eu a puxei e a beijei. Agora eu finalmente consegui entender o que Darlan dizia. Quando você está verdadeiramente apaixonado, o beijo é mais incrível do que qualquer magia. E era assim que eu estava me sentindo, a pessoa mais sortuda de todas. Aquele beijo não era um beijo só de ficar, ele estava transmitindo os meus sentimentos. Eu quero que ela esteja do meu lado e que ela permita que eu esteja do lado dela. Pelo tempo que o destino desejar.

Um som de fogos de artificio nos interrompeu. Quando olhamos um para o outro, começamos a rir.

— Eu quero ter você ao meu lado... — eu disse segurando a mão dela.

— Achei que nunca fosse dizer isso...

Saímos da sala de mãos dadas em direção a cerimônia.

O Rei Klaus colocou a cabeça na cabeça de Darlan. Quer dizer, na minha. E então eu me levantei.

— Vida longa à Darlan Lucas Soares Rodrigues, Encarnação de Nicholas Leon Gregory e Príncipe de Atlantis do Império Mágico e territórios auxiliares. — disse o rei com uma voz alta, forte e clara.

Então todos, até o rei, se ajoelharam por alguns minutos. Estávamos em um palco que fora montado na praça do círculo externo da cidade. Onde fica o palácio e o mausoléu de Nicholas. E líderes de muitos países estava aqui. Representando os deuses, estavam Atena e Hórus. Ao lado deles estava o novo Oráculo de Delfos, com uma túnica branca e verde, coroa de louros na cabeça e sandálias de couro marrom que iam até os joelhos. Apolo estava junto à família de Darlan, na primeira fileira.

Quando todos se levantaram eu me dirigi ao púlpito onde eu, ou Darlan, deveria fazer um discurso. Eu nunca fui bom com essas coisas, mas Apolo e o irmão de Darlan me ajudaram a escrever um discurso que parecesse que realmente eram palavras dele. Fui o mais breve possível, mesmo assim pareceu que foi uma eternidade e me senti extremamente aliviado ao sentar-me novamente.

O próximo discurso era de Hermíone e quando ela estava se dirigindo ao púlpito, percebi o rei, os representantes e os deuses ficarem nervosos. Será que a Rainha Eterna é ruim em fazer discursos ao ponto de essas autoridades ficarem preocupadas? Hermíone respirou e começou o seu discurso.

— *Senhoras e senhores. Eu sou Hermíone Belvedere Gregory, irmã materna de Nicholas, Rainha Eterna do Império Mágico e Oráculo de Delfos. Gostaria de congratular Darlan por ter concluído a sua primeira missão oficial com êxi...* — sua voz falhou e ela não concluiu a palavra. — *Mas não é sobre isso que eu estou aqui hoje. Muitos me conhecem hoje, mas poucos conhecem a minha história. Sim, todos sabem que eu sou filha de Helena de Tróia com Apolo e como eu me tornei o Oráculo de meu pai. Mas não é somente isso. Quando eu fiz dezoito anos, a guerra de Tróia ainda acontecia e os espartanos me tratavam como uma garota abandonada. Isso me incomodava. Então foi quando eu descobri que era filha de Apolo, afinal, minha mãe disse a todos que Menelau era meu pai. Apolo me acolheu quando eu fugi e pediu para eu ser seu representante na terra, e eu aceitei. E por causa do espírito do Oráculo eu me tornei imortal e, por muito tempo, abandonei meu nome e adotei o nome de Pítia, me escondendo dos outros.*

Quando Apolo trouxe Nicholas ainda bebê para mim, eu sabia que aquele garoto iria ter um destino horrível se soubessem que eram seus pais. Então eu o criei até o momento em que Apolo o mandou para Esparta, para receber o treinamento de Ares. Quando ele se tornou o Nicholas que todos conhecem, eu o segui, pois sabia que ele iria limpar o nome de nossa mãe. E assim ele fez. Eu puder ser Hermíone novamente e nós dois finalmente poderíamos usar nosso sobrenome, Gregory, com orgulho. E ele foi meu melhor amigo até a sua morte.

Quando Nicholas criou esse país, ele me pediu para ser a guardiã depois de sua morte. Guiar o país dentro das eras e fazê-lo prosperar. E foi assim que a Rainha Eterna

Hermíone surgiu, me transformando em duas vezes imortal. E hoje estou aqui, três mil e duzentos anos depois, ainda realizando o pedido do meu irmão. Pelo menos um deles. Antes de morrer ele me fez mais um pedido. Que eu fosse feliz, quando eu me sentisse confortável, era para aproveitar a minha vida.

E esse é o momento.

Hermíone me deu uma olhada de segundos, e eu comecei a entender o que aquele discurso e olhar queriam dizer.

— *Recentemente, eu saí em uma missão oficial. Coisa que eu não fazia desde a criação do cargo de Rainha Eterna. E vi o tanto que o mundo mudou. Eu finalmente pude ver que o desejo de Nicholas com o país já havia se realizado há muitos anos. E nessa missão eu não fui a Rainha Eterna vinte e quatro horas por dia. Eu pude ser uma simples garota de dezoito anos. Eu sorri, corri, me apaixonei, briguei, chorei e, principalmente, eu amadureci. Por isso...*

Ela respirou fundo, olhou para os deuses e para o rei e continuou.

—*... Eu Hermíone Belvedere Gregory, abro mão dos poderes do Oráculo de Delfos, que agora é o dever de Daniel Evanoff e renuncio ao cargo de Rainha Eterna! Eu deixo a imortalidade para atender ao último desejo de meu irmão. Ser feliz! Obrigada!*

Então ela tirou a coroa dourada e entregou ao rei Klaus, fez uma reverencia e saiu do palco. Agora eu entendi o nervosismo dos deuses. E foi assim que a cerimônia acabou. Ninguém não tinha ideia do que estava acontecendo e o porquê ela fez isso. Mas eu sabia. Ela fez isso para ficar comigo.

A primeira coisa que eu fiz quando saí do palco foi procurar Hermíone. Eu a achei olhando para a pintura do irmão no corredor dos reis. Ela havia trocado o vestido de rainha por um vestido de festa simples. Quando ela me viu começou a sorrir, mas logo se deslanchou quando eu não retribuí.

— Por que você fez isso? — trovejei. — Eu não...

— Eu não fiz isso por você! — ela me interrompeu. — Eu só cansei. Quero ser uma garota normal. Quero viver e ser feliz, como eu fui nessas semanas que passei com vocês...

— Então, você já queria isso? — disse coçando a cabeça.

— Sim... — respondeu ela. — Você, a missão... Tudo o que aconteceu me fez ver que finalmente era a hora de chutar o balde.

Eu não sabia o que responder. Mas eu sabia que a partir de agora eu deveria apoiá-la em qualquer coisa. Eu abracei e quase não escutei quando ela sussurrou contra o meu peito.

— Nunca me deixe, por favor!

Isso era algo que eu não tinha capacidade nenhuma de fazer.

Dois meses depois.

Hermíone e eu decidimos namorar oficialmente. E confesso que tinha medo de ela dizer não. Mas foi tudo tranquilo.

O plano do clone estava dando certo. Mas tínhamos que ter o máximo de cuidado para não descobrirem. Apolo estava cuidando de Darlan na Itália, e não me deixava ir lá por causa da escola e do clone, mas eu sempre ia lá de qualquer forma nos fins de semana ou feriado. Hermíone estava morando comigo enquanto procurava um apartamento. O rei Klaus não a deixou sair de Atlantis sem aceitar uma pensão. Ela e meu pai se dão super bem, o que é um alívio.

Estávamos andando de bicicleta no parque. Eu ainda não acredito como a Hermíone consegue ser tão ruim nisso. Eu ri, mas ajudei-a. Paramos um pouco para beber água e descansar. Tudo parecia estar começando a entrar nos eixos. Como eu disse, parecia.

Estava brincando com Hermíone quando eu vi uma garota ruiva passar por mim. Um calafrio passou pela minha espinha. Achei que era a minha imaginação, mas Hermíone também viu. Levantamo-nos correndo e fomos atrás da garota. Quando segurei em seu pulso, ela girou e eu quase desabei. Ao nos ver a garota começou a sorrir.

Quem estava na minha frente era...

"... Para então, a existência retornar."

Fim do primeiro livro!

Nathan De Oliveira

Comecei a recobrar a consciência com o barulho do crepitar de uma fogueira. Ao acordar me deparei deitado em uma pequena cama, feita madeira, feno e um lençol. Quando olhei para o lado, vi Nicholas sentado em uma cadeira me observando. Ele estava com as mesmas roupas que usava quando o vi em meu subconsciente anos atrás.

— Boa tarde... — disse ele calmo como o vento.

— Nicholas? — disse sentando-me na cama. — O que estou fazendo aqui.

— Eu o chamei. — ele se levantou e foi a até a porta que estava atrás dele. — Está na hora.

Levantei-me, mesmo estando tonto.

— Está na hora de que? — perguntei indo até ele.

— Eu prometi que quando chegasse a hora, lhe contaria a minha história. Ou melhor, a nossa história. Este é o momento. Preste atenção em cada detalhe, afinal, as minhas ações têm consequências até hoje! E use as informações para manter a salvo aqueles que você mais ama, ainda há tempo, não acabou. Só lhe peço uma coisa... — ele respirou fundo e olhou no fundo do meu olho. Pude sentir sua força como o rugido de um leão feroz. — Salve a alma da pessoa que mais amei.

Nathan De Oliveira

Império Mágico

Αυτοκρατορικη Μαγικη

Capital: Atlantis
Área: 6 515 961 km²
População: 236 147 098 Habitantes
Localização: Oceano Pacífico Sul (?)
Densidade Demográfica: 36,24 hab./km²
Moeda: Dracma ($\Delta\rho$)
Língua Oficial: Grego (documentos), Todas
Governo: Monarquia Eletiva Parlamentar

País insular criado por Nicholas vinte e quatro anos após o fim da Guerra de Tróia juntamente com Hermíone, na época já Oráculo de Delfos. Não se sabe a localização exata do país devido a barreira que esconde a ilha da visão do mundo. O País é dividido em vinte *Províncias* (equivalente a estados) e sua subdivisão são conhecidas como *burgos* (equivalente a municípios.)

O Império Mágico é considerado uma potência econômica mundial. É conhecido também por abrigar inúmeras culturas que criaram uma cultura única e singular do país, devido a mistura entre as diferentes civilizações.

O governo do império segue a seguinte hierarquia:

Rei e Rainha Eterna

$\updownarrow$

Conselho dos setes representantes

$\updownarrow$

Parlamento Imperial

$\downarrow$

Governadores de Província
↓
Prefeitos
↓
Parlamento Provincial

Os Prefeitos, Governadores e os parlamentos são eleitos através de eleições diretas do povo a cada cinco anos.

O conselho dos sete representantes é composto pelo Representante da América, Representante da África, Representante da Europa, Representante da Ásia, Representante da Oceania Representante de Atlantis e Representante da ONU. Os Representantes são escolhidos através de dos jogos continentais, sendo que o vencedor, mediante a aprovação do Parlamento Imperial, recebe o título vitalício de representante do continente disputado. Com exceção do Representante da ONU, que é nomeado pela própria organização a cada cinco anos.

O Rei é eleito em eleições nacionais para um cargo vitalício. Podendo se candidatar ao cargo os representantes continentais e os parlamentares com mínimo de dois mandatos no Parlamento Imperial. Em caso de vacância do cargo e a encarnação de Nicholas esteja viva, com mais de vinte e um anos e já coroado Príncipe de Atlantis, o trono é por direito dele.

O cargo de Rainha Eterna foi e ainda é um cargo criado única e exclusivamente para Hermíone Belvedere Gregory, irmã de Nicholas e Oráculo de Delfos na condição de Guardiã da Nação.

O Cargo de Príncipe de Atlantis é exclusivo da encarnação de Nicholas, sendo coroado apenas quando o mesmo completar vinte e um anos ou, em casos específicos, for emancipado.

Atlantis

1. Muralha de Nicholas
2. Círculo Interno
3. Círculo Médio
4. Círculo Externo
5. Rio Teseu
6. Cidade Externa
7. Porto Imperial

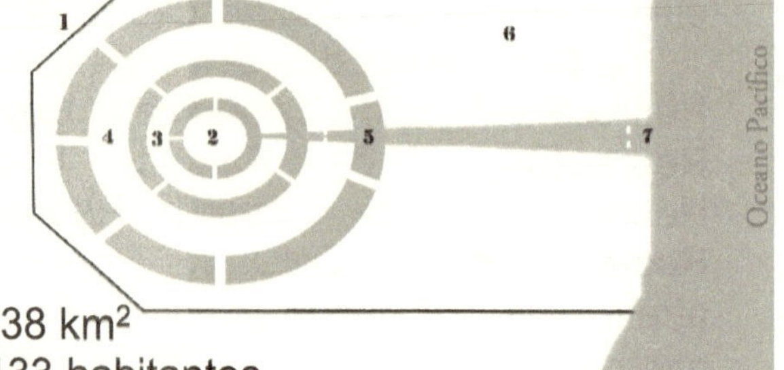

Área Total: 12 600,238 km^2
População: 13 907 133 habitantes
Densidade Demográfica: 1 103,72 hab./km^2
Clima: Temperado
Fuso Horário: GMT - 9

Atlantis é a Capital do Império Mágico, criada por Nicholas na época da fundação do País. Após a criação da barreira que esconde a localização do país, surgiu no mundo o mito de Atlântida, a cidade que desapareceu no mar. A cidade foi construída em formato de anéis, onde o **Rio Teseu**, puxado diretamente do mar, separa as quatro grandes áreas: desde o círculo interno até a cidade externa. É dividida em *pólis* (equivalente a bairros), respeitando a tradição e a cultura dos povos imigrantes dede a criação do país.

A cidade é protegida pela **Muralha de Nicholas**, construídas na criação da cidade para a proteção da população. Foram incluídas novas metragens de acordo que a cidade foi crescendo até chegar ao mar.

O **Círculo interno** é onde se encontra o Palácio Imperial, a Grande Biblioteca, a Universidade Imperial de Atlantis, o Parlamento, as Embaixadas Continentais, o Banco Imperial e o Mausoléu de Nicholas. Nela também se encontra a Grandiosa Estátua de Nicholas que, com duzentos e setenta e oito metros, pode ser vista por toda a cidade ostentando a bandeira imperial.

O **Círculo Médio** é a parte mais antiga da cidade. Foi aqui que os primeiros povos que migraram para Atlantis, acompanhando Nicholas. O círculo é dividido em bairros e os maiores são: a *Pólis* Helena, a *Pólis* Egípcia, a *Pólis* Persa e a *Pólis* Oriental.

O **Círculo Externo** foi criado após a morte de Nicholas, devido ao crescimento populacional e o aumento da imigração para o país. Com prédios e civilizações mais recentes faz a intermediação entre o antigo e o novo.

A **Cidade Externa** é o resultado da explosão populacional e imigratória ocorrida desde meados da Idade Moderna. Também abriga as áreas agrícolas de Atlantis, responsáveis por sessenta e cinco porcento do abastecimento de alimento da Capital. É dividia em Macro-Pólis Norte e Sul pelo Rio Teseu. No limite da Cidade Externa com o Oceano Pacífico, ficam as Praias de Helena (batizadas em nome da mãe de Nicholas e da Rainha Eterna) onde se encontra o **Porto Imperial**, a porta de entrada ao país e a capital pelo mar.

Atlantis se encontra na Província Neutra, região onde há apenas a cidade e os governadores são o Rei em exercício e a Rainha Eterna. A cidade é conhecida no mundo inteiro como a *"Capital da Magia"*, *"Cidade Milenar"* e *"Décima Musa"*. Por legislar e executar as leis internacionais da magia e acolher a cultura e o conhecimento das mais diversas civilizações desde a sua criação, vinte e quatro anos após o fim Guerra de Tróia.

Anexos

©MIR MAGII/ Nathan de Oliveira

Bandeiro Império Mágico

©MIR MAGII/ Nathan de Oliveira

Brasão Imperial

©MIR MAGII/ Nathan de Oliveira

Círculo Magico Darlan

Agradecimentos

É estranho pensar que eu finalmente estou publicando Mir Magii. O que começou como algo para passar o tempo, acabou virando algo que eu quero compartilhar com o mundo. Algo seja divertido para as pessoas, como foi para mim na criação desse universo.

Eu comecei a escrever numa época horrível da escola, era como se fosse o meu refúgio. Hoje Mir Magii leva a minha alma. Sei que é algo meio clichê, mas é a verdade. Cada personagem leva um traço meu, do mais belo ao mais odioso. Mas um deles é o meu maior orgulho, Darlan Rodrigues. Ele me carrega dentro dele, carrega a minha mais pura essência. Quem me conhece vai conseguir perceber isso logo de cara. E são a essas pessoas que eu devo agradecer aqui agora. As pessoas que me ajudaram e me apoiaram da maneira que podiam.

Acho que devo começar agradecendo a Deus. Afinal sem ele, talvez Mir Magii nunca tivesse nascido ou terminado.

A minha família, que mesmo com todas as brigas, sempre está ao meu lado. Ao meu Pai e a Minha Mãe, a minha irmã, que é a minha parceira e este ano me deu o melhor presente de todos, a honra de ser o tio do Davi. Não posso esquecer do amor da minha vida, minha criatura de luz, Brianna, a minha filha de quatro patas. Minha companheira carinhosa e doce, que eu não consigo mais ver a minha vida sem ela.

Aos meus professores que sempre me incentivaram a perseguir o sonho de publicar os meus livros. Que me ajudaram em inúmeras pesquisas sobre os temas abordados no universo de Mir Magii. Na universidade, no ensino médio.

Foi graças a eles e a este trabalho, que consegui ver o curso que eu realmente queria fazer. E isso não tem preço.

Eu devo um muito obrigado a todos os autores, livros, animes etc. que me ensinaram que um universo bem construído e escrito, consegue entregar uma história maravilhosa. E, se eu consegui entregar tudo o que planejei, tenho a convicção que Mir Magii será incrivelmente inesquecível.

Muita coisa aconteceu comigo nesses últimos tempos, e todas elas me ajudaram a evoluir cada aspecto da história. Uma delas são as pessoas que passam por nossa vida. Cada uma delas tem um proposito e uma lição a te ensinar. Mesmo que sejam ruins. Pessoas vem e vão, e todas elas têm um peso e um ensinamento. Mas as que ficam são as que também aprendem algo com você. Essas são as melhores experiencias. E são a elas em que vou agradecer.

Obrigado a todos os meus amigos, que me acolheram mesmo com os meus erros, pois sabem que eu também tenho acertos. Pessoas que sempre me incentivam, cada um com o seu jeitinho, uns mais brutos, outros mais doces. Mas sempre ali, do meu lado. Queria poder colocar o nome de cada um aqui, mas não quero magoar ninguém cujo eu possa esquecer.

Não posso esquecer de agradecer a Amazon, por oferecer seu espaço para que eu publique meu material, quando tantas outras nem sequer quiseram analisar meu trabalho. A todas as pessoas de outros países que me ajudaram a descrever e apresentar suas pátrias que são mencionadas em algum momento da história. O como o Alexey, meu amigo russo com o coração mais brasileiro que eu conheço. Foi com a ajuda dele que surgiu o nome Mir Magii, contração de *Mir kotoryy prikhodit ot magii,* que traduzindo do russo torna-se *O mundo que nasceu da Magia – Mundo da Magia.*

E por fim, mas nem por isso menos importante, na verdade o contrário, quero agradecer a minha Avó. Dona Lenira, que eu sei que me acompanha e torce por mim lá de onde ela está. Muitas vezes, enquanto escrevia, sentia seu cheiro. O que me motivava mais. A saudade que eu sinto dela foi a base usada para criar o sentimento e a saudade que o Jake tem pela sua mãe. Minha avó sempre estará comigo, onde quer que eu vá. E é por isso que eu dedico este primeiro livro a ela.

E você, que chegou até aqui, obrigado por se aventurar nesse meu mundo. No mundo de Darlan, Michelle, Jake, Hermíone, Apolo e tantos outros. Espero que tenha gostado e que saiba, que isto é apenas a ponta do iceberg. O melhor ainda está por vir.

Por um momento eu pensei em desistir. Afinal, esse mundo editorial brasileiro não é encorajador. Fiquei com medo, acreditando que eu não sou bom o suficiente. Mas meu sonho nunca foi apenas só publicar as minhas obras. Eu também quero fazer mudanças, quero mudar o esse mundo hostil e que não dá oportunidade para novos nomes. Quantas pessoas incríveis estão escondidas por aí por falta de incentivo ou de alguém que dê uma chance? Machado de Assis, Guimarães Rosa, Jane Austen, C.S Lewis, J.R.R Tolkien, todos esses grandes nomes começaram de baixo. Começaram desconhecidos, com pequenos trabalhos e hoje são o que são. Mas por que ficar glorificando apenas o passado sendo que podemos evoluir com o legado que eles nos deixaram?

Não sei se MIR MAGII será um sucesso, eu não tenho o espírito de Delfos, não posso prever. Mas eu posso tentar que ele seja. Eu prefiro ter o arrependimento de ter tentado e falhado do que o de nunca ter tentado. Posso não ser bom hoje, mas posso melhorar. Quero, que os meus livros tragam novas almas para esse mundo tão incrível que é a literatura, quero revolucionar esse mundo editorial, quero mostrar que a literatura brasileira evoluiu e está incrível. Não podemos viver de passado, não podemos, também, achar que apenas o estrangeiro é bom. Se MIR MAGII, ou qualquer um dos meus outros projetos, conseguir me proporcionar isso, ficarei muito feliz.

Glossário

Sfigato

Azarado ou perdedor em italiano.

Atlantis ou Atlântida

É uma lendária ilha ou continente cujo nos contos de Platão, Atlântida era uma potência naval localizada "para lá das Colunas de Hércules", que conquistou muitas partes da Europa Ocidental e África há aproximadamente 9600 a.C.. Após uma tentativa fracassada de invadir Atenas, Atlântida afundou no oceano "em um único dia e noite de infortúnio".

Em *Mir Magii*, Atlantis é a capital do Império *Mágico*. Pelo país ser escondido, a lenda surgiu no mundo.

Guildas

São associações que surgiram na Idade Média, a partir do século XII, para regulamentar o processo produtivo nas cidades. Também usada como mediação entre um indivíduo e um requerente de trabalho.

Chania

É a segunda maior cidade da ilha grega de Creta

Little Boy

É o nome de código da bomba atómica lançado sobre Hiroshima, no Japão, na segunda-feira dia 6 de agosto de 1945. Foi a primeira das duas únicas armas nucleares que foram utilizadas em guerra.

Hermíone

Na mitologia grega é filha de Menelau e de Helena. Quando tinha nove anos de idade, foi abandonada pela mãe, quando esta fugiu com Páris para Troia, que só retornaria dez anos depois.

Sari

É um traje nacional das mulheres indianas, constituído de uma longa peça de pano que envolve e cobre todo o corpo. São utilizados cerca de 6 metros de tecido.

Neteru

Na mitologia egípcia, é equivalente ao Olimpo. Considerado a morada dos deuses no Antigo Egito.

Canopos

Eram recipientes utilizados no Antigo Egito para colocar órgãos retirados do morto durante o processo de mumificação. Os Egípcios acreditam que a preservação desses órgãos era fundamental para assegurar uma vida no Além.

Embalsamar

Ato de Mumificar

Mary, Queen of Scots

Mary Stuart ou Mary: Queen of Scots, foi a Rainha da Escócia de 14 de dezembro de 1542 até sua abdicação em 24 de julho de 1567.

Athena Parthenos

Foi uma monumental estátua representando a deusa Atena criada pelo escultor grego Fídias para o Parthenon de Atenas em meados do século V a.C. Tinha cerca de 12 metros de altura e era revestida de ouro e marfim.

Fênix Negra

Ou Jean Grey é uma personagem das histórias em quadrinhos do Universo Marvel.

9 7 9 8 6 4 6 6 4 6 1 2 6